Sigrid Kleinsorge
Und vergib uns …

Titelfoto: Martin Peneder – www.mpeneder.at
Layout: www.groessenwahn.com

ISBN-13: 978-1530816071
© Sigrid Kleinsorge 2016

Es war bereits dämmrig. Der Boden gab unter ihren Füßen nach, Regen der Tage zuvor hatte ihm die Festigkeit genommen. Alles Spröde, beinahe rissig erschien er beim wöchentlichen Lauf noch vor Tagen, war nun verschwunden. Weich wie der Teppich, der im Wohnzimmer unter dem Tisch lag, sie mit nackten Füßen darauf und stolz auf dieses Erbstück. Ihre tägliche Ruhestunde am Abend bei einer Tasse Tee, Musik im Hintergrund. Am liebsten etwas Leichtes, darin verschwanden die Mühen des Tages. Und nie erschien Karin Dehmel etwas zu mühsam. Einen kurzen Augenblick vielleicht, auch das nur selten, mehrmaliges Augenzwinkern half dagegen, wie der Flügelschlag der Vögel, damit sie nicht an Flughöhe verlieren. Anstrengung durfte nicht das Gefühl der Freude überdecken, sollte die Erfüllung nicht schmälern.
Sie ging beinahe federnd die letzten Schritte unter den Bäumen, war voll von den Gesichtern der Kinder und Kindeskinder, von deren Gesten, dem Sprechen, deren Zuneigung, noch war da die Erinnerung an die Umarmung der Enkelin Leonie, fest, beinahe fordernd, das Gekitzel des langen Haares angenehm, noch nicht vergessen die Worte des Enkels, Oma, wie schön, dass du wieder da bist.

Dabei war sie nicht lange fort gewesen, gerade zehn Tage, keine Zeit. Oder vielleicht doch? Was würde, wenn sie einmal nicht mehr da wäre? Nicht sie allein machte sich darüber Gedanken, es beschäftigte auch den Rest der Familie, in deren Zeitplan sie eine feste Größe war. Vor allem für die Enkel, die sie bekochte, behütete, deren Sorgen und Freuden zu ihren wurden, die ihr das Leben auffrischten. Wer würde es übernehmen, nach ihr?

Sie hatte bei diesem Wiedersehen von den wunderbaren Wanderungen erzählt, noch immer meisterte sie das Auf und Ab der geröligen Wege beinahe mühelos, ließ sich dafür gern Komplimente machen. In ihrem Alter! Da war die Höhle von Petralona, die Festung Rentina – die Geburtsstätte des Aristoteles – da waren Menschen und deren Freundlichkeit, ihr, der Deutschen, gegenüber und das, obwohl sie zum Verzicht gezwungen waren. Auf ihre Bankeinlagen, auf steuerliche Vorteile. Schon zum zweiten Mal auf einen Teil der in langen Jahren erworbenen Rentenansprüche. Nicht nur der wirtschaftliche Aufschwung – den die neue griechische Regierung, deren Sieg wie ein Meteor einschlug und Europa aufwühlte, in ihrem Programm hatte – auch politische Ideen, Wahlversprechen, sollten nach den Vorstellungen von Menschen, die sie gewählt hatte, umgebogen, wenn nicht sogar verleugnet werden. Aber da gab es Verträge. Und Verträge galten, die waren einzuhalten. Das war die einhellige Meinung der Wandergruppe und auch ihre.
Alle Mühe hatten sie sich gegeben, diese Menschen in den Restaurants, in der kleinen Pension nahe beim Strand, kein Vorwurf, keine versteckte Aggressivität, keine Unstimmigkeit. Nur Freundlichkeit und Bemühen. Das hatte sie genossen. Nichts hatte das Vergnügen in dem Land der Krise trüben können.

Sie war jetzt beim Fahrradständer der Gartenwirtschaft angekommen, nur noch ein Herrenrad neben dem ihrem, ein Rennrad, silbrig glänzte es im Lampenschein der Gasträume, nicht einmal abgeschlossen stand es da. So ein Leichtsinn in diesen Tagen! Tage, an die niemand gedacht hatte. Seit lan-

gem nicht mehr. Die Dunkelheit des Endseptemberabends senkte sich schnell über Bäume und Büsche, verschluckte einen Teil der Wege, machte Übergänge unsicher.
Warum hatte sie den Vorschlag der Tochter Tanja zurückgewiesen, lieber nicht den Weg durch die Anlagen zu nehmen, nicht um diese Zeit und allein? Wie immer war sie überzeugt davon, dass sie es meistern würde. Wofür gibt es Probleme, hatte sie viele Male in ihrem Leben gesagt und gelacht. Und jeder, der sie kannte, wusste, was sie meinte.

Eine Gruppe saß, da war sie erst ein kurzes Stück geradelt, auf dem Rasen, etwas abseits des Weges, Decken unter sich, fünf oder sechs Männer, dunkelhaarig, dunkelhäutig, nicht nur durch das schwindende Licht des Tages. Auch ihre Mienen erschienen ihr düster und ein Gefühl, das sie nicht in sich vermutet hatte, das so gar nicht zu ihrer Vorstellung von sich passen wollte, trieb ihr den Schweiß auf die Stirn, unter die Achselhöhlen, sogar in die Handflächen. Der Lenker lag nicht mehr fest, wie gewohnt, in ihrer Hand, nein er zitterte nicht, war doch ein Ding aus Metall! Aber es gelang ihr nicht, ihn zu Ruhe zu bringen und sie überlegte abzusteigen. Die Männer sahen von Rasen aus zu ihr herüber, einer stand auf, kam aber nicht, wie sie befürchtet und an die Dinge in ihrem Rucksack gedacht hatte, auf sie zu. Er verschwand hinter einem der Büsche.

Wir leben in einem Rechtsstaat, dachte sie, da kann sich keiner von denen so etwas leisten, schließlich wollen sie ja alle hier bleiben, es hier besser haben. Ein Gedanke, der langsam in ihr Boden fand und sie in eine Verfassung versetzte, die ihr vertraut war. Also auf keinen Fall absteigen! Jetzt konnte sie wieder klar denken, wischte erst die eine, dann die andere Handinnenfläche am Anorak ab, er war lichtblau wie die griechischen Fensterläden vor Tagen noch. Den hatte sie für die Wanderreise gekauft.

Auch in Griechenland hatten die Menschen eine andere Hauttönung, andere Gesichter, das Haar oft dicht und dunkel, Bärtige, das war ihr eher anziehend, nicht bedrohlich erschienen. Doch da waren sie in ihrer Umgebung, da gehörten sie hin, auch, wenn das Leben nicht immer ihren Wünschen entsprach, sie hatten das, was man gemeinhin eine Heimat nennt. Und die bedeutete etwas! Auch ihr!

Sie war dort der Männergesellschaft begegnet, aus der Ferne allerdings nur, auf einem Boot, das zur Küste von Athos, wo man seit mehr als neunhundert Jahren ohne Frauen lebte, den eingeforderten Abstand hielt. Ihr fiel der Satz ein, die Reiseleiterin hatte ihn vorgelesen:

Aus diesem Paradies ist das Weib verstoßen, damit der Mann nicht jenes Paradieses verlustig geht.

Sie hatten gelacht. Sich nichts weiter dabei gedacht. Gar nichts!

Erhaben der Berg Athos, der zweitausend Meter aus dem Wasser steigt, die Augen erreichten kaum seine Spitze. Hätten sie sich dem Kloster nähern dürfen, es wäre ihr nicht in den Sinn gekommen, sich vor den Männern zu ängstigen, wie sie das jetzt tat und dabei schwitzte. Sie waren Christen, Christen wie sie.

Religion hatte Karin von klein auf begleitet, nicht, dass sie beständig gebetet hatten, doch zur Kirche waren sie gegangen, mehr als Abwechslung zu der nie endenden Arbeit auf

den Feldern und im Stall. Nach der Schule die Arbeitssachen an und los! Mit zehn fuhr sie schon Traktor.
Jeder Sonntag ein freier Tag, so stand es schon in der Bibel. Da waren andere Menschen, war Musik, und sie sang gern, für den Kirchenchor reichte die Zeit nicht. Aber einmal hatte die Mutter die Orgel gespielt, nie hatte sie das vergessen.

Sie stieg nicht wie sonst unter der kleinen Brücke ab, wo der Pfad so schmal wurde, dass schon das kleinste Hindernis das Rad ins angrenzende Wasser umleiten konnte. Sie trat und trat Umdrehung für Umdrehung, den Blick starr nach vorn gerichtet, wagte nicht einmal, sich umzusehen, als sie ein nahes Geräusch hörte. Und kam endlich dort an, wo sie in eine Straße einbiegen konnte. Eine Straße, in der Häuser standen und in der Mitte ein paar Bäume. Die letzten Meter bis zu ihrer Wohnung war sie dankbar für jeden Menschen, dem sie begegnete. Menschen, die hier eine Wohnung, eine Familie, eine Existenz hatten.

Das Telefon blinkte. Bin angekommen, sagte sie zu ihrer Tochter, du hast dir umsonst Sorgen gemacht.
Auch sie war die Sorge los, es war ja geschafft. So machten sie es immer, so wussten sie übereinander Bescheid.
Alles war wie gewohnt. Das Licht im Flur brannte, der Kühlschrank brummte, das Wasser lief aus dem Kran in die gläserne Kanne, nur die Minzeblätter wuchsen um diese Zeit nicht mehr. Sie hörte wie jeden Tag die Jüngste der Nachbarsfamilie nebenan laut wüten. Die Eltern waren hilflos der geballten Willenskraft des Kindes gegenüber. So hatte sie das niemals erlebt. Früh hatten sich ihre Kinder den gelten-

den Regeln gefügt, etwas anderes hätten sie und ihr Mann Uwe auch nicht geduldet, und das taten nun auch deren Kinder. Jeder konnte sich so in Sicherheit wiegen.

Sie schlief traumlos wie meistens, das gab ihr die Kraft für den nächsten Tag. Da war nichts zum Nacharbeiten, es warteten Dinge im Hier und Jetzt, Aufgaben, die zu erfüllen waren, ein ganzes Regelwerk von Tätigkeiten, das den Tag strukturierte, ihn sinnvoll machte. Auf den man sich freuen konnte.

Der nächste Morgen begann mit dem zum Ritual gewordenen Frühstück, zwei Vollkornschnitten mit Butter und Marmelade, zwei Tassen Kaffee, dazu eine Kerze, die für Gemütlichkeit sorgte und die Wichtigkeit dieser ersten Stunde des Tages, nur für sie allein vorhanden und verfügbar, bestätigte. Da gab es kaum Ausnahmen, außer wenn gestorben wurde. Der Tod machte alles zunichte. Auch die Routine. Das wusste sie seit langem. Zum ersten Mal, da war sie noch jung, der Tod des Vaters und damit das Ende mancher Wünsche. Die Mutter hatte sich danach mit allem an Gott und dessen Barmherzigkeit gewandt, selbst im Tod noch. Und immer wieder wurde um sie herum gestorben, heute öfter noch als früher. Freunde, Bekannte, Schulkameraden. Seit die Eltern tot waren, hatte sie niemand mehr hinter sich. Es war eigenartig, aber nur der Tod in direkter Nähe hatte sie erschüttert. Dabei gab es immer mehr Nachrichten vom Tod der Menschen, die aus ihren Ländern flohen. Ertrunken, Kinder, Frauen und Männer.

Sie schlug die Tageszeitung auf, auch das gehörte zum morgendlichen Ritual, sehen, was in der Stadt los war, was die Gemeinderäte beschlossen hatten, welches Bauvorhaben als nächstes geplant oder gestrichen wurde, wer gestorben war. Hier war sie zwar nicht geboren, doch inzwischen verwachsen durch Beruf und Familie und Vereine. Hier war sie zuhause.

Nicht weit von der Stelle, auf der sie sich gestern unter Menschen wieder sicher gefühlt hatte, war eine Frau zu Boden geschlagen worden. Nur eine Viertelstunde später, als sie dort geradelt war. Die Handtasche hatte die Frau, 55, also jünger als sie, festhalten wollen, doch der Mann, dunkelhäutig, vermutlich ein Ausländer, so las sie, hatte mit etwas auf die Passantin eingeschlagen, die war gestürzt, hatte die Tasche losgelassen, um sich abzustützen. Dann hatte sie um Hilfe gerufen. Ein Mann aus einem der umliegenden Häuser war gekommen, doch der Dieb war auf und davon. Da er sich ihr von hinten genähert hatte, konnte die Bestohlene keine genauen Angaben machen, doch sie vermutete, dass es sich um einen Mann aus der naheliegenden Flüchtlingsunterkunft handelte. So endete der Artikel.

Schon einige Male war sie an der Flüchtlingsunterkunft vorbeigegangen, es waren nur wenige Häuserblocks, die sie von dem Gebäude trennten. Sie meist eilig, zu einem der Termine, die ihr auch nach der Pensionierung den Tag strukturierten. Ein großer Hof, ein Tor, das offenstand, einige Männer, wie Muskelprotze in schwarzen Uniformen, davor oder dahinter, links ein kleiner Bau, vielleicht die ehemalige Pförtnerloge. Sie versuchte sich zu erinnern, was das einmal gewesen war. Sie hatte es vergessen. Niedrige Gebäude, sie erinnerten an Baracken, umstanden den großen Hof, in dem Kinder Bälle hin und her schossen, Männer zu zweit oder zu dritt standen und redeten. Eine kräftige Afrikanerin, stark geschminkt, ein weißes Kostüm betonte die Figur, war ihr aufgefallen. Was für ein Kontrast zu den schwarzgekleideten Männern, zu den Kindern in Spendenkleidung. Sie hätte in eine Modenschau gepasst.

Woher kamen die Menschen, was wollten sie hier in ihrer Stadt, in einem Land, das ihnen so fremd sein musste, wie ihr Afrika fremd gewesen war auf einer Reise mit ihrem Mann, als die Kinder endlich selbständig waren und sie nicht mehr jeden Pfennig umdrehen mussten? Ohne Begleitung eines Freundes hätten sie sich niemals dort zurechtgefunden. Und nichts zog sie danach wieder dorthin, trotz der wunderbaren Natur.
Täglich las man nun vom Krieg, der die Menschen aus der Heimat wegtrieb, von zerstörten Häusern, von der schlechten Arbeitssituation. Von der Hoffnung auf ein besseres Leben in Sicherheit, im Wachstumsland, das keinen Hunger kannte, in dem fast jeder ein Auto hatte, in Urlaub fahren konnte. In der das Leben nicht zur Disposition stand.
Aber wir haben dafür hart gearbeitet, dachte sie im Weitergehen, schon im Geiste mit dem Ordnen der Bücher in der Schulbibliothek beschäftigt, ehrenamtlich machte sie das, haben auf vieles verzichten müssen. Und das hatten sie, damit die Kinder studieren konnten, hatten gezeltet, waren in deutschen Wanderhütten untergekommen, alles ohne jeden Luxus. Dabei hatte auch sie trotz der Kinder mit zum Le-

bensunterhalt beigetragen. Sie hatten nie das Gefühl gehabt, etwas zu vermissen. Noch heute konnte sie sich an dieses alles andere auslöschende Glücksgefühl erinnern, es geschafft zu haben, wenn sie auf einem Berggipfel angekommen waren. Das war die Belohnung.

Was wussten die Männer davon, deren Frauen Kopftücher trugen? Diese aufgeputzte Afrikanerin? Wie sollte man sich mit ihnen verständigen? Selbst, wenn sie ein paar Worte Englisch sprachen. Oder deutsche Brocken. Hatten sie dasselbe Verständnis davon, was Hunger oder Angst war? Was Eigentum war und Verantwortung? Was waren ihre Werte?
Karins Englisch war zu einer Art kleinem Muttermal verkümmert, einige Worte ja, noch von einem Volkshochschulkurs, damit sie mal raus kam. In der Volksschule gab es keine Fremdsprachen zu ihrer Zeit. Und später, wann denn? Aber mit den Enkelkindern wachte wieder etwas davon auf, wenn sie deren Vokabelverzeichnis aufschlug und sie abfragte. Geschenkt, wie sie fand.

Später rief sie die Tochter an.
Ich habe es gelesen, sagte Tanja mit belegter Stimme am Telefon, hatte noch Zeit, bevor der Klinikbetrieb so richtig losging heute. Versprich mir, Mutter, dass du nicht mehr so leichtsinnig sein wirst. Es hätte auch dich treffen können.
Sie merkte, dass die Tochter mit den Tränen kämpfte.
Die nächsten Tage war die Familie im Gespräch darüber, wie sie es mit den Kindern machen sollten. Fußball, Schwimmen, der Musikunterricht, auch am Nachmittag fanden Lehrveranstaltungen statt. Von Kinobesuchen ganz zu schweigen

und bald wollte Leonie in die Tanzstunde. Man konnte sie doch nicht einfach sich selbst überlassen in dieser Situation! Niemand wusste, wer wozu fähig war und jetzt wurde es früh dunkel. Die Entscheidung war noch nicht gefallen, sie wollten es mit Freunden und den Kindern besprechen. Was meinst Du, Mutter, fragte Tanja.

Für Karin Dehmel gab es keine Frage. Leonie, sie war fünfzehn, durfte auf keinen Fall ohne Begleitung im Dunklen nach Hause fahren, da gab es ein ziemlich unbelebtes Straßenstück. So ein Mädchen, ein Freiwild für die Welt der Männer, in der Frauen ganz anders wahrgenommen und behandelt wurden. Sie hatte sich einige Filme angesehen, die daran keinen Zweifel ließen. Frauen besaßen in diesen Ländern keine Rechte.
Ich kann sie jederzeit abholen, wenn ihr keine Zeit habt, sagte Karin. Eine weitere wichtige Aufgabe. Und sie würde sie ebenso gern erfüllen wie alle anderen.

Tanja arbeitete noch immer im Krankenhaus. Es hatte einmal die Idee gegeben, sich selbständig zu machen, eine eigene Praxis, Allgemeinmedizin und das vielleicht in einem der Vororte, wo man noch Hausbesuche machte und die Patienten beim Sterben begleitete. Darin hatte sie sich geübt beim Tod der Angehörigen, erst die Großmutter, dann der Großvater, schließlich der Vater, empfand, dass sie daran gewachsen war, dass sie weder Krankheit noch Tod scheuen musste. Sie war mit dem Tod per du. Todi hatte ein Mann in einer der

Erzählungen ihn genannt, die sie zur Entspannung las, als er an dessen Tür geklopft und ihn zum Sterben abgeholt hatte. So sollte es sein.

Doch bis jetzt war aus der Praxis nichts geworden. Die Bedenken ihres Mannes Tom, der seit einigen Jahren nicht wusste, wie sich der Betrieb, in dem er arbeitete, entwickelte, ob er nicht versetzt werden würde oder gar seinen Platz verlöre, hatte sie die Pläne zurückstellen lassen.

So ein Einbruch, auch in Deutschland, in dem alles nur aufwärts gegangen war, seit sie sich erinnern konnte, die Größe der Autos, die Urlaube, die Gehaltsabrechnungen, die Preise in den Schaufenstern und damit die Wünsche. Vor einigen Jahren dann das Wanken des auf Ewigkeit sicher Geglaubten, sogar über den Hauskredit hatten sie sich Sorgen gemacht. Und kurz darauf waren die Kinder gekommen, erst Leonie, dann Niklas zwei Jahre danach. Das war, was sie wollten, eine Familie. Praxis also später.

Die Arbeit im Krankenhaus machte Tanja Spaß. Anstrengung gehört zum Wachsen, zum Leben, nie hatte sie das anders gesehen, da war sie die Tochter ihrer Mutter. Also nahm sie die Herausforderungen des Tages an, ging durch die Krankenzimmer, trug Befunde ein, informierte Schwestern und Angehörige. Verordnete, immer freundlich, immer auf dem Laufenden. Von morgens bis abends. Nie war ihr ein Fehler unterlaufen.

Als sie zur Notaufnahme gerufen wurde, schrieb sie gerade den Abschlussbericht für eine demente Patientin, wegen Diabetes war sie neu eingestellt worden. Genau und unmissverständlich mussten die Angaben für die Frau sein, die sie betreute. Eine Jugoslawin, die von hier aus ihre Familie ernährte und nur mäßig mit dem Deutschen vertraut war. Tanja legte den Bericht zur Seite, später würde sie ihn fertigstellen. Der Funkmelder rief bereits zum dritten Mal.

Die Frau, die ein Passant in der Fußgängerzone zusammenbrechen sah und deshalb die Ambulanz gerufen hatte, war nicht ansprechbar. Die Augenlider flatterten, doch sie hoben sich nicht. Puls und Blutdruck waren nicht stabil. Tanja suchte nach Unterlagen in der Handtasche der Patientin, fand Personalausweis, Kreditkarten, ein blutdrucksenkendes Medikament, Kassenzettel über einen Wintermantel, Daunenstepper stand da, Schal und Handschuhe, alles Belege von Karstadt. Bezahlt mit Visa. Keine Telefonnummer. Niemand, den man benachrichtigen konnte.
Sie tippte auf einen Schlaganfall, das Medikament war ein Hinweis darauf, doch die Untersuchungen waren negativ. Das Einreißen eines Aneurysmas, ihre nächste Vermutung, hatte eine Blutung im Gehirn verursacht. Das bestätigten die Aufnahmen. Künstliches Koma, man musste abwarten.

Es war ungewöhnlich, dass sie beim Tippen des Befundes in den Computer schon zum zweiten Mal einen falschen Buchstaben erwischte. Sie war irritiert durch das Alter der Eingelieferten, nur ein Jahr älter als sie selbst, beinahe noch eine junge Frau war diese Susanne Lummer. Möglicherweise würde sie ein Pflegefall. Kinder, dachte sie, ob sie Kinder hat? Wie würden die das aufnehmen? Damit zurechtkommen?

Sie dachte an ihre Kinder, an Leonie und Niklas. Dieses kräftige Mädchen mit dem langen Haar, mittelblond, das ihr über die Augen fiel, ihr erstes Kind, dachte an deren Ehrgeiz, unter den Besten zu sein. Es gelang, aber mit Anstrengung. Deren soziales Engagement, das Lob einbrachte. Und Niklas, ihr Junge, immer den Fußballergebnissen hinterher und in Erwartung des nächsten Star-Wars-Films. Cool fand er, was er sah und alles war wichtiger als die Deutschaufsätze. Aber er schrieb sie, nicht immer mit der erhofften Note, ein Grund mehr, auf den verhassten Deutschlehrer zu schimpfen. Seine Schuld, er kann einfach nicht erklären!

Eine Familienkonferenz wurde einberufen, auch Marcus, der Bruder, der keine Kinder hatte, sollte mit seiner Frau Nina dabei sein. Thema: Wie können wir uns vor der Flüchtlingslawine schützen?
Wenn die Familie zusammenkam, war ein Essen unvermeidbar, alle aßen gern. Oma kocht am besten! Damit war beschlossen, wer einkaufte, kochte, sich Gedanken über die Menüfolge machte. Daran hatte sich auch mit dem Tod von Karins Mann vor einigen Jahren nichts geändert. Immer hatten schon alle, auch Freunde der Kinder, um den Tisch mit dem Nussbaumfurnier gesessen, auf Stühlen mit hohen Lehnen, eine Situation, in der jeder über jeden immer Bescheid wusste. Freunden, denen das nicht gefallen hatte und zu intim war, sich bis aufs Hemd auszuziehen, so hatte es ein Freund von Marcus einmal genannt, waren nicht mehr gekommen.

Dieses Mal war Schweinelendchen, im Ofen gebacken, in Auftrag gegeben, die Mehrheit war dafür und hatte Schnitzel mit Leipziger Allerlei überstimmt. Salat vorweg, Melonensalat mit Himbeeren, die letzten, noch immer waren sie auf dem Markt zu haben, hinterher. Gut geht es uns, dachte Karin, als sie die sieben Glasschalen mit dem Nachtisch füllte und im Kühlschrank einen Platz dafür suchte. Denn falls es eine längere Diskussion geben sollte, hatte sie noch eine Käseplatte und ein paar griechische Leckereien, ebenfalls vom Markt, anzubieten. Zur Erinnerung an den gerade erst zu Ende gegangenen Wanderurlaub.

Der Tisch im großen Zimmer war gedeckt, das war für diesen Anlass der richtige. Es klingelte, im Monitor waren Tanja, ihr Mann Tom und Niklas zu sehen und kurz darauf stürmte der Junge die Treppe hoch und umarmte sie. Nur noch einen Kopf kleiner war er. Mit dreizehn. Karin war stolz auf diesen Enkel, hatte sich schon immer mehr zu ihm hingezogen gefühlt, zu Jungen überhaupt, sie fand sie weniger kompliziert.
Leonie kommt mit dem Rad, sagte er und zog die Schuhe aus. Blumen, jetzt schon herbstlich, und der Wein kamen mit den Erwachsenen.
Wein schon am Mittag? Sie sah den Schwiegersohn fragend an, der den Korkenzieher aus der Schublade holte. Besser, er kriegt noch eine Weile Luft.
Tanja sah zur Uhr, dann zu ihrem Mann, auch Tom wusste nicht, wieso Leonie noch nicht da war.

Sie bummelt neuerdings manchmal, sagte Niklas und sah die Oma triumphierend an. Er nicht, er war da, war pünktlich, so wie man es ihm beigebracht hatte.
Jetzt warten wir aber nicht länger, das war der Schwiegersohn Tom, als auch Marcus und seine Frau Nina schon am Tisch saßen.
Gerade in diesem Augenblick kam das Mädchen. Sie sah verschwitzt aus.
Habe mächtig in die Pedale getreten, sagte sie und goss sich ein Glas Wasser ein.
Vierzig Minuten, Tanja sah auf die Uhr, mehr nicht. Nach gefräßigem Schweigen, dem Hm, lecker wie immer bei dir, trugen die Kinder das Geschirr in die Küche, Karin räumte die Spülmaschine ein, jeder hing beim Nachtisch seinen Gedanken über den Zweck der Zusammenkunft nach. Was war zu sagen? Wie sollte man sich schützen? Konnte man das?

Marcus machte den Anfang. Es fiel ihm leichter, selbst kinderlos, musste er nicht diese Verantwortung tragen, sich nicht schuldig fühlen, würde er eine falsche Entscheidung treffen. Er und Nina hatten sich bewusst gegen Kinder entschieden. Vielleicht sah er deshalb die Dinge gelassener. Sein Leben gefiel ihm, so wie es war.
Ich erinnere mich, sagte er, als ich in Leonies Alter war, wäre mir jedes Eingreifen der Eltern lächerlich, ja abstoßend vorgekommen. Ein Grund, warum du und Vater nicht viel von mir wusstet.
Er sah zu Karin, die erinnerte sich an einen Sohn, der wenig von sich erzählte, und nickte.

Man kann niemanden, auch Kinder nicht, vor Erfahrungen bewahren, auch vor schlimmen nicht, sie bilden deren Charakter, wenn sie nicht dauerhaft Kopien bleiben sollen, sagte er noch.

Er sah zu Leonie, von der er nicht glauben konnte, dass sie, gerade dabei, flügge zu werden, wieder unter Aufsicht leben wollte – sei es auch zu ihrem Schutz – beobachtete wie sie nervös ihre Finger bearbeitete, ein leichtes Knacken war zu hören. Außerdem war er nicht von der Gefahr überzeugt, die den Asylsuchenden zugeschrieben wurde. Für ihn stand mehr deren missliche Situation im Vordergrund, die Bedrohung, der sie selbst ausgesetzt waren. Wie so oft wurden auch dieses Mal viele Worte gemacht, schon immer war ihm das suspekt gewesen. Nach Wochen oder Monaten würde alles, wie so oft in der letzten Zeit, ganz anders aussehen. Die Politiker waren darin begabt, sich die Dinge zurechtzulegen, wie es ihnen passte. Er war ein Praktiker. Es zählte, was man sah.

Karin fiel es schwer, ihren Kopf stillzuhalten, sie schwieg eine Weile, wandte sich dann an die Kinder.
Ihr sollt keine Angst haben, wenn ihr allein im Dunklen unterwegs seid. Tanja hat euch doch von dem Überfall erzählt und er ist kein Einzelfall. Raub, Belästigungen, Streitereien, selbst unter den Leuten in den Flüchtlingsunterkünften. Davor wollen wir euch schützen. Dieser Situation seid ihr noch nicht gewachsen.
Leonie sah herausfordernd zu der Großmutter und das Grau ihrer Augen wurde intensiver.

So ein Geschwätz! Weder du noch ich haben das alles gesehen, aber so sind die Leute, auch die, mit denen du Kaffee trinkst.
Sie konnte widerspenstig sein, beleidigend sogar, das war sie von Zeit zu Zeit der Mutter gegenüber, die sich darüber bei Karin beklagte, aber so etwas zu ihr, der Großmutter, das war noch nicht vorgekommen.
Pubertät, stichelte Niklas und grinste. Karin gab sich Mühe, ihren Ärger zurückzuhalten, bevor ich überkoche, dachte sie, koche ich erst mal Kaffee. Damit verschwand sie in der Küche.
Das Gespräch, jetzt redeten außer dem Jungen alle, wurde lauter. Sicherheit, Gefängnis, andere Kultur, Unterdrückung, Nestbeschmutzer, Pegida, AfD, nur einzelne Worte drangen zu ihr. Dann brachte sie den Kaffee.

Ein Neuanfang, sich nicht reizen lassen. Die Situation durfte nicht eskalieren. Eine Lösung, mit der alle leben konnten. Aber sie fanden sie nicht an diesem Tag. Leonie weigerte sich, wie ein kleines Mädchen behandelt zu werden, wollte sich umsehen und umhören, wissen, wie die anderen Eltern die Situation handhabten. In der Schule sollte es eine Initiative geben, die sich mit dem Thema beschäftigen würde.
Vorurteilslos, sagte sie und blickte mit starrem Nacken in die Runde.
Und Niklas sah für sich keine Gefahr.
Ich bin ein Junge und die Muslims sind gegen Schwule. Also!

In der Nacht fiel es Karin schwer, Schlaf zu finden. Immer wieder sah sie die Männer aus der Anlage, düster wie sie da gesessen hatten, wiederholte die Worte, die sie beim letzten Kaffeeklatsch gehört hatte:
Von unseren Steuergeldern, wo es uns an den Kragen geht, was soll aus uns Frauen werden, wenn erst die Moslems die Übermacht bekommen. Die Unterwerfung!
Dabei hatte sie sich informiert, es war eine kaum zu beachtende Prozentzahl, die genaue Menge hatte sie wieder vergessen. Aber Maria und Gerda hatten sich nicht davon abbringen lassen, dass die sich nie unseren Gesetzen beugen und uns ihre Religion aufzwingen würden. Du wirst schon sehen!

Karin fühlte sich unwohl, weil es zu keiner Einigung gekommen war. In acht Wochen wollten sie sich wieder treffen. Und bis dahin? Da war eine ungewohnte Missstimmung, ein Bruch. Leonie hatte sich ohne Kuss von ihr verabschiedet. Eine Seltenheit. Und wer war schuld daran? Sie konnte die Frage nicht schlüssig beantworten. Sicher war nur, dass es ohne den Flüchtlingsansturm nicht dazu gekommen wäre.

Als es bei Sabine Lummer läutete, hatte sie gerade ein Bad eingelassen, ein Vergnügen, das sie sich seit Jahren mit dem Beginn des Septembers gestattete. Im Bademantel ging sie zur Tür, hörte aus der Sprechanlage eine fragende Männerstimme, die ihren Namen nannte.

Wissen Sie, wie spät es ist, es ist bereits neun Uhr am Abend, sagte sie etwas spitz, denn sie hatte schon den Badezusatz eingestreut, der nun vergeblich vor sich hin schäumte. Das war ärgerlich! Es war sozusagen ein Luxus, den sie sich von ihrem mageren Einkommen, wie sie es nannte, leistete. Die Summe kam monatlich vom Staat, der, nachdem er sie von einer Weiterbildung zur nächsten geschickt hatte, Sabine Lummer als unvermittelbar in seinen Akten führte. Erst Krankenpflege, da war sie zusammengebrochen nach den ersten Wochen, lag nun selbst dort, wo die lagen, denen sie die Bettpfannen unter den Hintern schieben, deren fettige Haare sie hätte waschen sollen, und das alles mit einem freundlichen Gesicht. Was zu viel war, war einfach zu viel! Sie war unglücklich darüber, wusste sie doch um den dringenden Bedarf in der Pflege, aber da mussten robuste Personen her, ohne Geruchs- und Geschmackssinn. So eine war Sabine nicht. Im Gegenteil. Sie war feinsinnig, hatte einen Riecher für alles Schöne, beinahe übersinnlich hätte man sie nennen können. Nichts an ihr war fleckbehaftet, immer fand sie Dinge für ein paar Euro, für die andere Summen ausgaben. Sie war begabt für das Schöne, genoss die Natur ebenso wie den Gang durch die Stadt, wo sie sich mit einem Buch ins Café setzte. An einem sonnenbeschienenen Platz konnte sie Stunden vor einem Cappuccino verweilen und in Träume versinken. Sie war sanft und freundlich bis auf wenige Ausrutscher. Nach der Krankenpflege hatte sie noch einen Buchhaltungskurs besucht, der ihr den Kopf schwirren ließ, und zum Schluss eine Umschulung zur Krankengymnastin begonnen, und obwohl sie sich für alle körperlichen Zusammenhänge brennend interessierte, hatte sie aufgegeben. Einen Grund dafür konnte sie bis heute nicht nennen. Dabei war sie intelligent, hatte Abitur, konnte Sprachen. Das einzige, was ihr fehlte, war Durchhaltevermögen im Unangenehmen, weil es das Schöne in der Welt erschütterte.

Wir möchten Frau Sabine Lummer sprechen, sagte jetzt noch einmal die Lautsprecherstimme. Es geht um Susanne Lummer.
Sabine war blitzwach, als sie den Namen der Schwester hörte, so wach, wie sie um diese Zeit nach einem Glas Rotwein, das zu ihrer Abendmahlzeit gehörte, sonst nie war. Sie drückte den Türöffner, vergaß den Badeschaum und stand in der Tür, als zwei Polizisten die letzten Stufen nach oben kamen. Der Hund des Nachbarn schlug an, er mochte keine Männer, musste sie an ihrem Geruch bei geschlossener Tür erkannt haben. Über die Intelligenz der Tiere hatte Susanne ihr oft vorgeschwärmt, die davon überzeugt war, dass diese dem Menschen weit überlegen waren. Nicht umsonst hatte sie Tiere zu ihren Patienten gemacht.
Können wir reinkommen, fragte der Mann, er hatte ein Smartphone in der Hand.

Sie bat nie gern in ihre Wohnung, das Kleine und Unkomfortable ihrer Behausung blieb meist ihr Geheimnis, doch jetzt führte sie die Männer ins Wohnzimmer.
Der jüngere Mann legte das Smartphone auf die Marmorplatte, die ihr mit dem alten Nähmaschinengestell der Mutter, als Esstisch diente. Es war das gleiche Gerät wie das ihre, sie dachte einen Moment, sie könne es verloren haben, aber dann erinnerte sie sich, dass ihre Zwillingsschwester

Susanne das gleiche hatte. Sie hatten es gemeinsam gekauft. Und dann erkannte sie ihr Foto darauf, das mit der Perücke, die ihren spärlichen Haarwuchs kaschierte. Sie stand unvermittelt auf.

Was ist mit Susanne, fragte sie und bemerkte, dass ihre Stimme nicht fest genug war, um auf einer Antwort zu bestehen. Das kannte sie. Die Frage, ob sie mit Susanne Lummer verwandt sei, brachte sie beinahe um den Verstand. Nicht nur verwandt waren sie, nicht nur Geschwister, sie waren ein und dasselbe, Zwillinge nämlich aus einem einzigen Ei, das warf sie den Männern an den Kopf, die doch dafür gar nichts konnten. Auch nichts dafür, dass diese Zwillingsschwester Susanne nun im Krankenhaus lag, im Koma, das hatte man ihnen mitgeteilt und sie darum gebeten, nach der Frau mit dem gleichen Namen Ausschau zu halten und sie darüber zu informieren. Nichts als ihre Pflicht taten sie. Und das sagten sie auch, nannten die Adresse des Krankenhauses und boten ihr an, sie dorthin zu fahren.

Zum Autofahren sind Sie jetzt wohl zu aufgeregt, sagte der, der gern für gutes Wetter sorgte, wir bringen Sie. Dass Sabine kein Auto hatte, schon seit Jahren nicht, konnte er nicht wissen. Das war bei der Grundsicherung nun wirklich nicht drin.

Leonie konnte das Schultreffen über die Flüchtlingsfrage kaum abwarten. Sie brauchte Argumente. Seit sie Mohamed getroffen hatte, war etwas in ihr durcheinandergekommen. Ihre Souveränität den Dingen und Menschen gegenüber, die sie sicher von einer Situation zur nächsten führte – seit Eintritt ins Gymnasium war das ihre Art, sich zu behaupten – Kopf hoch und vorwärts, war verschwunden.

Sie hatten nebeneinander im Kino gesessen, zufällig, sie mit einer Schulfreundin, er allein. Ein Mitschüler aus dem Iran hatte von dem Film im Ethikunterricht erzählt „Taxi Teheran", auch von der kleinen Nichte des Regisseurs, die noch nichts vom Terror dort wusste. Müsst ihr sehen, es lohnt sich, hatte er gesagt.

Sie saßen bereits, als sich ein junger Mann, er war ihr schon in der Kinovorhalle durch einen spöttischen Zug um den Mund und seine intensiv blauen Augen aufgefallen, ihnen näherte. Augen, die alles abzutasten schienen, was ihnen unterkam. Auch sie. Dann war er an der Reihe stehengeblieben, in der sie in der Mitte saßen, hatte sich durchgezwängt, auch an ihnen vorbei, und sich neben sie gesetzt. Rechts von ihr.

Da der Film eine Aneinanderreihung von Taxifahrten ohne eigentlichen Handlungsfaden war, brauchte sie ihre ganze Konzentration, um die Untertitel zu lesen und zu begreifen, um was es eigentlich ging. Das Farsi, das gesprochen wurde, war eine viel härtere Sprache, als sie gedacht hatte, nichts Melodisches. Aber was wollte der Film? Verstehst du das, fragte mal sie die Freundin, mal die Freundin sie.

Auf dieses Stichwort musste der junge Mann neben ihr gewartet haben. Nach dem Abspann lud er sie zu einer Cola ein, da könnte er sicher zum Verständnis beitragen, er kenne sich in den arabischen Staaten ein bisschen aus. Natürlich hatten sie ja gesagt, sich geschmeichelt gefühlt. Er war älter als sie, Leonie hatte seinen Bartwuchs bemerkt, kleine

dunkle Punkte um eine schmale Oberlippe. Niemand in ihrer Familie war so groß wie er, auch nicht so schlank, seine Hände waren eher breit, die Fingernägel so kurz, dass sie dachte, der spielt mit Sicherheit Gitarre. Als sie das fragte, verzog er den Mund.
Gitarre nicht, aber etwas Ähnliches, wenn ich Zeit dafür habe und nicht unterwegs bin.
Er hieß Mohamed. Er sieht gar nicht arabisch aus, dachte Leonie, behielt es aber für sich, eher wie der Vater von José aus ihrer Klasse. Der kam aus Katalonien.

Mohamed war schon in Marokko und Tunesien gewesen, kurz auch im Libanon, als nächstes stand Afghanistan oder Libyen auf seinem Reiseplan, das wusste er noch nicht. Er war neunzehn, war nach dem Abitur getrampt und ein Jahr unterwegs gewesen.
Da weiß man, wer man ist, und was wichtig ist im Leben, sagte er und holte ein Foto aus seiner Brieftasche aus buntem Webstoff. Es zeigte ihn in einer Djellaba neben einem Kamel in der Wüste. In dieses Foto hatte sich Leonie verliebt. Sofort!
Und dann hatten sie die Telefonnummern ausgetauscht, eine ganze Woche hatte sie auf seinen Anruf gewartet, immer wieder ihr Smartphone befragt. Umsonst. Endlich dann.

Sie war nicht zum Schwimmen gegangen, sondern zu ihm. Er wohnte in einer ehemaligen Autowerkstatt, Klitsche nannte ihr Onkel Marcus das, ein großer Raum, geweißt, durch ein schräges Glasdach fiel das Licht auf Sperrmüllmöbel. Ein gelbes Metallbett auf Rollen, ein großes Schaffell darauf, an der Wand dahinter ein Instrument, dem einer Gitarre ähnlich, nur dickbauchiger. Ein runder, dunkler Tisch mit drei Gartenstühlen aus Holzlatten lehnte mit der Stirnseite an einer Wand. Unter einem Fenster, habe es selbst in die Mauer gebrochen, damit es nach Mekka zeigt, sagte er, lag ein Kelim aus Marokko. Leonie sah in einen verwilderten Garten dahinter. Die Lampe, sie hing mitten im Raum an einer dicken Metallkette, erschien ihr wie die von Aladin. Und auf der Stelle fielen ihr die Sätze aus Aladin und die Wunderlampe ein. *In einer großen Stadt Chinas lebte ein armer Schreiner namens Mustafa. Durch sein Gewerbe verdiente er kaum soviel, dass er mit seiner Frau und seinem Sohn leben konnte. Dieser Sohn, Aladin mit Namen, war ein Tunichtgut.*

Wie hatte sie an den Lippen der Mutter gehangen und gehofft, dass alles gut ausging, zuerst, als er eingeschlossen unter der Erde saß, dann, als er sich in die Tochter des Sultans verliebt hatte.

Die Wände hier waren mit Fotos von Menschen bedeckt, deren Fremdheit an Gesichtern und Kleidung denen aus Tausenundeiner Nacht gleichkam. Dazwischen eigenartige Schriftzeichen. Durch einen Vorhang aus derbem Stoff war der Raum unterteilt. Das Motiv war so verwaschen, dass man nicht erkennen konnte, was es darstellte. Noch nie hatte sie so etwas gesehen!

Wie kommt man denn da dran, fragte Leonie und drehte sich noch einmal ungläubig um die eigene Achse.

Durch eine Maklerin. Meine Mutter verdient damit ihr Geld und finanziert so ihr aufwendiges Leben. Und ein Stück fällt für den verlorenen Sohn ab. Das ganze Areal, er zeigte auf

den Garten hinter dem Fenster, soll einmal verkauft werden. Noch ist der Preis nicht hoch genug und so reich, wie der Eigentümer ist, hat er Zeit abzuwarten, bis sich jemanden findet, der hier Luxuswohnungen baut. Aber erst einmal profitiere ich davon.
Gar nicht schlecht, sagte Leonie und dachte an ihr wohlgeordnetes Zuhause, an die Wände, die einmal alle zwei Jahre gestrichen wurden, an die Möbel, die ihr mit einem Mal phantasielos vorkamen.
Etwas Besseres wäre erheblich schlechter für mich, es verdirbt die Menschen, sagte Mohamed. Dabei wurde sein Mund schmal und auch dieser Blick, den sie nicht deuten konnte, war wieder da.

Als Sabine Lummer ins Krankenhaus kam, die Polizisten hatten sie dort hingefahren, der eine hatte noch gesagt: Nichts wird so heiß gegessen, wie es gekocht wird, stand sie in der ausgeleuchteten Halle und wusste nicht weiter. Jemand, sie hielt ihn für einen Arzt, der weiße Kittel, durchquerte den Raum. Sabine stürzte auf ihn zu.
Meine Schwester, wo ist sie, bitte, ich habe solche Angst. Das war nicht ihre Art, aber nun hatte sich jede Vorsicht, jede Zurückhaltung verschreckt zurückgezogen. Der Mann, ein Pfleger, half ihr, eine Nachtschwester zu finden, erklärte, wer da mit Tränen in den Augen und zitternd im schnell übergeworfenen, langen Wintermantel und wirrem Haar vor ihr stand.
Nicht tot, bitte nicht tot, das stammelte Sabine, mehr nicht.

Später wusste sie das alles nicht mehr. Etwas von ihrem Willen Unabhängiges hatte sie in diesem Moment geführt, sprechen lassen, sich von der Krankenschwester stützen und Tee bringen lassen, den sie trank. Eine Beruhigungstablette, die Schwester hielt das für nötig, schluckte sie und wurde langsam ruhiger, dachte nicht mehr, fragte nicht mehr, saß einfach da. Betäubt.

Nachdem die Schwester ihr erklärt hatte, dass Susanne lebte, doch im künstlichen Koma auf der Intensivstation lag, sie also niemanden sehen, auch nicht sprechen konnte, dass man abwarten müsste, wollte Sabine sich unbedingt mit eigenen Augen davon überzeugen. Die vielen Apparate, die summten und hohe Töne von sich gaben, machten ihr Angst. Da lag die geliebte Schwester, das andere Ich wie tot, wächsern fast, oder vielleicht doch tot und niemand hatte es bemerkt. All diese Schläuche aus Plastik.

Sie wird künstlich beatmet und ernährt, sagte die Krankenschwester, nur ein paar Tage.

Sabine griff nach Susannes Hand, sie war warm, ein Glück, und begann zu schluchzen. Nach Hause wollte sie auf keinen Fall gehen. Irgendwo bitte ein Platz, wo sie den Morgen abwarten könnte, wo man sie sofort rufen könnte, im schlimmsten Fall. Sie war überzeugt davon, dass weder sie noch Susanne allein überleben konnte. Täglich standen sie miteinander in Verbindung, egal, wie weit sie auseinander waren, ihr Leben lang. Dank der neuen Technik schon seit einiger Zeit kein Problem mehr, sogar für solche wie sie mit Grundsicherung. Die Träume, in denen sie der immer erfolgreichen und von allen geliebten Schwester den Tod gewünscht hatte, damit auch sie einmal drankam, waren ausgelöscht. Und hätte sie jemand daran erinnert, hätte sie ihn erbost einen Lügner genannt.

Als Tanja am nächsten Morgen ihren Dienst antrat, kam ihr die Patientin, die sie gestern in ein künstliches Koma versetzt hatte, auf dem Flur entgegen. Sie war nicht leicht zu verunsichern oder zu erschrecken, aber jetzt zweifelte sie an ihrem Verstand, dem Teil von sich, dem sie das Gelingen im Leben zuschrieb. Ein kurzer Gedanke an das ergebnislose Familiengespräch, an das unverzeihliche Verhalten ihrer Tochter Leonie der Großmutter gegenüber, aber das konnte doch die Realität nicht so verzerren. Sie starrte auf die Frau, die auf sie zukam und fragte, ob sie Frau Dr. Finkelstein sei, sie nickte nur, noch kam kein Wort über ihre Lippen, nach einer Weile dann, Finkelstein, ja, aber Sie …
Die Krankenschwester hatte für die Übergabe nach ihr gesucht, fand die beiden Frauen sich gegenüberstehend, statuenhaft, und stellte Sabine Lummer als Zwillingsschwester der Patientin auf Intensiv vor. Aufatmen, Schultern locker machen, ein freundliches Gesicht aufsetzen, jetzt war sie wieder sie selbst, legte eine Hand auf den Arm der Frau, die ihr bleich und verstört erschien und führte sie ins Ärztezimmer. Sie würden alles dafür Mögliche tun, damit die Schwester wieder ein selbständiges Leben führen konnte, das sagte sie, aber mit einem gewissen Unbehagen, denn noch war nicht abzusehen, inwieweit das Gehirn durch die Blutungen geschädigt sein würde. Von einem möglichen Pflegefall zu sprechen, war zu früh, solange es ging, musste Hoffnung

wach gehalten werden. Das war das Credo schon während des Studiums und nun auch hier.
Sie können in Begleitung einer Schwester jederzeit zu ihr, und wenn Sie selbst Hilfe brauchen, lassen Sie es mich wissen.

Der Zustand der Patientin war unverändert. Gern hätte sie sich der Meinung des Oberarztes versichert, aber der war im Urlaub, Kanaren wie jedes Jahr um diese Zeit, seit seine Kinder aus dem Haus waren. Da ist nichts als Wind, Sand und Meer, das schafft Raum fürs Loslassen, sollten Sie auch mal, Frau Dr. Finkelstein, das hatte er noch gesagt, bevor er fuhr.
Sie wollte sicher sein, dass sie nichts übersehen hatte, grub sich durch einige Arztberichte, in drei oder vier Tagen würde man die Medikamente reduzieren, sie überprüfte noch mal die Angaben, damit die Patientin langsam wieder in den Wachzustand kam. Dann müsste man sehen und hoffen. Auch über eine Operation dachte sie nach, wollte sie aber in dem Zustand, in dem sich die Patientin befand, nicht riskieren. Man musste warten. Nie war sicher, welche Areale betroffen waren, aber die Blutung schien nicht weiterzugehen.
Sie ging noch einmal Mal auf die Intensivstation, setzte sich für einen Augenblick an das Bett von Susanne Lummer, von der sie nun wusste, dass sie weder einen Ehemann noch Kinder hatte, da war eben nur die Zwillingsschwester Sabine Lummer, diese unglaubliche Ähnlichkeit, sonst niemand.
Wie gut ich es doch habe mit Mann und Kindern, sogar die Mutter ist noch da, eine verschworene Gemeinschaft, jeder steht zu jedem, immer, selbst der Bruder, der etwas aus der

Art schlägt. Keine Selbstverständlichkeit mehr heutzutage, wo Trennungen an der Tagesordnung sind und Kinder für sich Welten entdecken, die ihr die Haare zu Berge stehen ließen. Das dachte sie gerade, als die Tür aufging und Sabine Lummer von einem Pfleger gestützt, hereinkam.

Wie jeden Mittwoch machte sich Karin um neun Uhr morgens auf den Weg zur Tafel. Sie nahm das Auto, einen Kombi, in dem bei Ausflügen und Kindergeburtstagen die ganze Familie Platz hatte. Das letzte Mal waren sie damit zur Go-Kart-Bahn gefahren, Anlass war Niklas Geburtstagsparty. So war das heute eben. Keine Schnitzeljagd mehr, der Höhepunkt ihrer Geburtstagsfeiern, keine harmlosen Gesellschaftsspiele wie Hänschen piep einmal oder das aufregende Flaschendrehen, in der zu besonderen Anlässen genutzten guten Stube.

Vielleicht würde der Wagen heute gebraucht. Vor einem Jahr hatte sie sich entschieden, dem Verein ihre Hilfe anzubieten und war mit offenen Armen empfangen worden. Die Tafel lebte vom Ehrenamt, von Spenden, ihr Gründungsziel war: Niemand soll hungern in unserer Stadt. Inzwischen gab es mehrere Ausgabestellen für Lebensmittel, seit einiger Zeit auch für Kleidung. Sie hätte gern gewusst, wie viele Tonnen wöchentlich durch ihre Hände gingen, wenn sie die Lebensmittel sortierte, die Verfallsdaten kontrollierte, alles in Bananenkisten verpackte und Menschen bediente, die einen Anspruch darauf hatten.

Schon jetzt, es war gerade halb zehn, stand eine Schlange vor der Tür, obwohl die Ausgabe erst um zehn Uhr begann. Menschen, denen man das knappe Auskommen, die meisten Hartz 4 Empfänger, ansah. Seit die Flüchtlinge in Mengen in der Stadt waren, auch sie kamen hierher und ihre Familien waren groß, wurde es für die Leute aus dem eigenen Land knapper. Das war Thema, immer wieder. Unter den Helfern, wie unter den Berechtigten.

Die Menschen vor der Tür waren größtenteils mit dem Fahrrad gekommen, ein Gepäckträger vorn, einer hinten, einige hatten einen Anhänger montiert. Nur wenige der Wartenden sprachen miteinander. Ein stummes Einverständnis. Karin dachte an Schlangen in der Nachkriegszeit. An Knappheit, dabei waren sie auf dem Land besser dran gewesen.

Es war kühl, Zeit für die gefütterten Jacken, jetzt schon November. Noch immer aber gab es Blätter an den Bäumen und einen oft wolkenlosen Himmel in diesem Jahr. Eine Jahreszeit, die Karin schon im Sommer herbeisehnte, wenn die feuchte Hitze in der Stadt zu arg wurde und einem aus allen Poren der Schweiß drang, man die Rollläden erst am Abend hochzog und auf einen kühlenden Luftzug hoffte. Und so ein Jahr war es gewesen. Sechs Wochen mehr als dreißig Grad, auch nachts kaum kühler.

So war ihr der Wanderurlaub, auf den sie eine Freundin aufmerksam gemacht hatte, noch dazu zum Sonderpreis, gerade recht gekommen. Griechenland um diese Zeit, wahrscheinlich mildere Temperaturen, zum Laufen ideal. Und wie überrascht sie von der Überschwemmung waren, als sie auf dem Flughafen ankamen. Stunden konnten sie nicht aussteigen, ein See das Flugfeld, es hatte seit Tagen geregnet und regnete noch immer. Schließlich waren sie patschnass angekommen. Aber Wetter war nicht zu beeinflussen, wie so vieles nicht, es war hinzunehmen und zu sehen, was man ihm abgewinnen konnte. Und da gab es immer etwas! Es kam einfach auf den Blickwinkel an. Außerdem hatte sie den neuen, wasserdichten Anorak und es war schließlich Urlaub, der einzige in diesem Jahr.

Sie schloss die Tür auf. Die Menschen drängten in den kleinen Raum, ihre Berechtigungsscheine in der Hand.
Reicht's denn heute für alle?
Die Frau hatte einen Akzent, vielleicht serbisch, dachte Karin. Sie nickte, aber es war schon einige Male vorgekommen, dass es nicht gereicht hatte.
Wir müssten doch als erstes dran kommen, schließlich sind wir hier Zuhause, wo kämen wir sonst hin, sagte jetzt eine Frau mit blondiertem Kurzhaar, das ihr vom Kopf abstand. Sie machte ein mürrisches Gesicht.
Karin hatte die Blonde schon einige Male gesehen, immer versuchte sie, etwas Besonderes zu erwischen, heute den Lachs, der einen Tag über dem Verfallsdatum war. Aber Karin sie ließ sich nicht beirren.
Deutsche sind wohl nicht mehr gut genug, die Blonde sah Karin böse an.
Es ist nicht genug für alle da, sagte die und wandte sich einem alten Mann zu, der einen Rollator vor sich herschob.
Die sind schuld, wenn es nicht reicht, sagte ein Mann und zeigte ins Nebulöse. Er war der nächste in der Reihe, war jünger als die meisten, seine Kleidung sah zusammengestop-

pelt und abgetragen aus, nur die Mütze schien neu zu sein. Viele der Männer und Frauen sprachen auch jetzt nicht. Einigen sah man an, dass sie dachten wie die Blonde, doch sie schwiegen, warteten, bis sie an der Reihe waren, packten ein. Nicht alle sagten danke.

Die Ausgabe war für diesen Tag vorbei.
Es reicht einfach nicht für unsere Leute und für die, sagte eine Frau. Sie arbeitete erst seit kurzem bei der Tafel.
Die, sagte eine andere und betonte das Wort mit dem gleichen Ausdruck der Geringschätzung, haben aber noch nicht mal ein Zuhause.
Hätten ja da bleiben können, wo sie herkommen, sagte die Neue. Sie war vielleicht sechzig und gut gekleidet. Karin drehte sich um, dachte, ob die hier richtig ist? Doch die Frau neben ihr konnte das so nicht stehen lassen.
Ich bin nach dem Krieg hierher gekommen mit nichts als dem, was ich am Leib hatte. Für jedes freundliche Wort war ich dankbar, ich habe das nicht vergessen.
Karin dachte an ihre Schwiegereltern, auch sie waren aus Schlesien gekommen, vom eigenen Haus in zwei kleine Zimmer ohne fließendes Wasser, hatten sich darin so unauffällig, wie es nur ging, verhalten. Viele Male hatte die Schwiegermutter darüber gesprochen, den Sohn, den einzigen, Karins Mann Uwe ermahnt: Leise, die Nachbarn!
Anständig, leise und sauber, daraus bestand das Leben, niemand sollte Anstoß nehmen. Das war noch nach vierzig Jahren so.
Ihr viel das Wort Leisetreter ein und sie musste lachen. Das war er nicht gewesen, der Uwe, er liebte das Lachen, die ein-

fachen Menschen, liebte es, zu schunkeln an langen Biertischen und das Bier. Sicher hätte auch er geholfen, vielleicht einen der jungen Männer gebeten, ihm im Garten zur Hand zu gehen, als er kränker wurde, oder ihm das Schachspiel beigebracht.
Oder doch nicht? Die Zeiten hatten sich verändert. Und eben nicht nur die Zeiten. Plötzlich wurden Ansichten laut, die man niemandem im Bekanntenkreis zugetraut hätte.
Alles war verteilt. Sie stellten die leeren Kisten zusammen, es musste noch die Abrechnung gemacht werden. Karin hatte sich bereiterklärt, das zu übernehmen. Eine Kleinigkeit für sie.

Sie hatte das Familiengespräch nicht vergessen können. Abends, wenn sie beim Tee saß, dachte sie wieder an die Schroffheit, mit der Leonie ihr begegnet war, an deren Nein. Eine dieser Launen, die in der Pubertät auftreten vielleicht, so hatte Niklas es genannt. Darauf hoffte sie. Sie wollte mit Leonies Mutter darüber sprechen, sobald es ging. In einigen Tagen war Tanjas freies Wochenende, da war Zeit für ein Gespräch. Voller Unruhe wartete sie darauf.

Mutter, du, gut dass du anrufst, endlich jemand, der mir zuhört. Oder hast du keine Zeit?
Als ob das jemals der Fall gewesen wäre! Und dann sprach Tanja über eine Patientin, kaum älter als sie selbst, die bedroht war, ein Pflegefall zu werden. Der Oberarzt nicht da, der ließ sich den Wind um die Nase blasen. Sie alleingelassen, ganz auf sich gesellt.
Aber ich werde es schon schaffen.

Karin kam das bekannt vor, sie hörte zu, dafür musste immer Platz sein, ein Leben lang war es so gewesen, die Sorgen mussten geteilt, gemeinsam getragen werden. Und Leonie, fragte sie schließlich.
Sie hat heute ihr Treffen in der Flüchtlingsfrage, wird sicher später werden.
Und wer begleitet sie?
Du hast doch gehört, sie will nicht. Ich kann nicht an allen Fronten kämpfen, dafür reicht meine Kraft nicht mehr, Mutter. Morgen ist ein anstrengender Tag und Tom ist auf Geschäftsreise die nächsten zwei Tage.
Gerade jetzt auch er nicht da. Karin schluckte.

Sabine Lummer kam täglich ins Krankenhaus. Sie setzte sich an den Bettrand, sah ihre Schwester unentwegt an, als könne ihr Blick bewirken, dass sie die Augen aufschlug. Und tatsächlich glaubte sie an Kräfte, die außerhalb ihres Verstandes lagen, Energien, die sich wortlos mitteilten. So hatte sie es immer mit Susanne erlebt, hatte gefühlt wie sie, gedacht wie sie, sich in die gleichen Männer verliebt, Gelüste auf das Gleiche gehabt, egal wo sie waren. Warum sollte es nicht auch umgekehrt funktionieren? Warum sollte ihr, Sabines, unbedingter Wunsch, nicht auch zu dem Susannes werden? Sie hatte gelesen, dass Menschen im Koma den anderen wahrnähmen, besser sogar als im Wachzustand, weil nichts Äußeres sie ablenkte, dass man sie erreichen konnte.
Wach auf, lass mich nicht allein!

Sie dachte es so intensiv wie möglich in den nächsten Minuten. Aber Susanne lag und schlief diesen durch Medikamente hervorgerufenen Schlaf, verbunden mit den Apparaturen, die ihr Leben überwachten, schien aber nicht mehr mit der Zwillingsschwester verbunden. Das Blut, dachte Sabine, es ist das Blut, das uns trennt. Dabei hat es uns so viele Jahre verbunden. Und es fiel ihr eine Situation ein, als die Schwester im Hof gestürzt war, sie konnten nicht älter als drei gewesen sein, das Blut, das ihr das Bein hinunterlief, sie, Sabine, hatte es abgeleckt bis die Mutter kam und ein Pflaster brachte. Die Mutter hatte gelacht, als sie sagte: Es schmeckt genau wie mein Blut.

Komisch, dass ihr das jetzt einfiel, eine Unendlichkeit hatte sie nicht mehr daran gedacht. Wie plötzlich mehr als vierzig Jahre ausgeräumt waren, weggeputzt. Sie sah sich und die Schwester im Hof hinter dem Haus, sah den Kaninchenstall, die Tomatenpflanzen, die rotbraun gefleckte Katze der Nachbarin, die in der Sonne lag und sich rekelte. Und wie sie den Vater mit dem Messer in der Hand, da waren sie schon älter, davon abhalten wollten, das Kaninchen zu schlachten. Aber er lachte das derbe Lachen, das er auch hinter der Theke hatte, wenn die Männer ihre Witze erzählten. Das war später, viel später. Daran wollte sie nicht denken, nicht jetzt, es musste etwas Positives sein, woran auch Susanne sich gern erinnerte. Jetzt sollte sie die Augen aufschlagen und dieses mädchenhafte Lächeln auf ihrem Gesicht erscheinen. Nur das.

Leonie rief Mohamed an.
Kann ich mal kommen?
Immer.
Heute um Drei, da habe ich frei.
Es beschäftigte sie, warum er diesen Namen hatte, warum Suren aus dem Koran an seinen Wänden hingen. Sie wollte ihn fragen, ob er Moslem war. Und wenn, was dann? Nach der Faszination des Fremden, beinahe Märchenhaften, und mit dem Abstand einer Woche war diese Frage aufgetaucht und hatte sie beunruhigt.
Er hatte die Djellaba an, als sie kam, das Teewasser kochte auf einem Zweiplattenkocher, der hinter dem Vorhang stand, es roch eigenartig. Sie wusste nicht wonach. Und weil er so dastand wie auf dem Foto, in das sie sich verliebt hatte, waren die Fragen, die sie sich sorgfältig zurechtgelegt hatte, wie weggeblasen. Sie würden wiederkommen, das wusste sie. Später.

Als er sie geküsst hatte, ein vorsichtiger Kuss, fragte sie, ob er Moslem wäre. Er lächelte dieses spöttische Lächeln und wollte sie statt einer Antwort ein zweites Mal küssen, doch sie beugte den Kopf zu Seite.
Bitte, sagte sie.
Er goss den Tee auf, fügte getrocknete Minze dazu, stellte zwei hohe Glastassen auf den Tisch und setzte sich ihr gegenüber.
So trinkt man ihn in Marokko, allerdings mit frischer Minze und zuckersüß.

Noch wollte er nicht davon sprechen, was ihn am Islam anzog, nicht über die Gedanken, die ihn beschäftigten. Sie gefiel ihm, ein Mädchen, das nicht wie die meisten anderen ihres Alters zugekleistert war, sie könnte zu ihm passen. Aber sie kannten sich ja kaum. Es ist mein Name, der sie irritiert, dachte er. Der Name, der ihm schon immer Hänseleien eingebrachte hatte. Wenn er mehr von ihr wüsste, wollte er ihr von Mohammed erzählen, diesem einen, der die Welt verändert hatte, dessen Namen er bisher unverdienterweise trug. Ein Zufall, beinahe lächerlich und doch so verheißungsvoll.

Die Mutter hatte ihm erzählt, als er darauf drängte, weil es ihm viel Ärger in der Schule einbrachte, wie der Name zustande gekommen war. Nach dem Bruder sollte das zweite Kind ein Mädchen werden. Das hatte sie gesagt, als sei es etwas Selbstverständliches und Planbares. Als Teeanger hatte sie Momo verschlungen, begeistert davon, dass außer ihr noch jemand Fantasie und Menschlichkeit, Werte die auch für sie zu dieser Zeit noch galten, in Gefahr sah, weil alles immer schneller gehen musste, niemand mehr für den anderen Zeit hatte. Und weil Momo diejenige war, die etwas dagegen tat, jedenfalls bei Michael Ende, war jeder andere Name für das erwartete Mädchen untauglich. Auch der Vater, dem das Buch etwas weltabseitig vorkam, konnte nichts dagegen ausrichten. Er hatte nachgegeben, wie er öfter nachgab. Als dann aber nicht das erhoffte Mädchen, sondern ein Junge in ihren Armen lag, gab es einen Augenblick der Sprachlosigkeit, bis der Vater sagte, dann heißt er Mohamed. Die Mutter schätzte die Vorliebe ihres Mannes für den Boxkampf, insbesondere seine Schwärmerei für Muhammad Ali nicht, aber – so hatte sie gesagt und dabei geschmunzelt – wenigstens war noch eine Silbe von Momo vorhanden, und sie nannte ihn auch immer nur Mo. Die Geschichte hatte Mohamed gekränkt, ein Boxer, der sich das Hirn zerschlagen ließ.

Ich möchte, dass du mir etwas vom Leben in den arabischen Ländern erzählst, sagte Leonie.
Sie hatte sich gefangen und wusste, man konnte nicht gleich mit der Tür ins Haus fallen, so nannte es ihre Oma, sondern musste sich vorsichtig annähern, wenn man etwas wissen wollte. Und sie wollte möglichst viel über den jungen Mann wissen, der so anders war, als alles, was sie kannte.
Bist du deshalb gekommen?
Ja, deshalb.

Als Tanja ihren nächsten Dienst antrat, bemerkte sie sofort, dass etwas nicht in Ordnung war. Ein Gerenne auf der Station, Hektik, sie hatte noch nicht einmal ihre Krankenhauskleidung an, als der Stationsarzt, braungebrannt aus dem Urlaub zurück, ins Ärztezimmer kam und sagte: Wo bleiben Sie denn!
Mein Dienst beginnt in einer halben Stunde, sagte sie, gewohnt, mit Guten Tag angeredet zu werden, doch seine Miene war unter der Bräune so kühl, dass es ihr unangenehm wurde.
Beeilen Sie sich, Zimmer 212.

Wer lag auf Zimmer 212? Was war passiert in ihrer Abwesenheit, ihrem freien Wochenende, Tage, die ja jeder einmal haben musste, vor allem sie mit zwei Kindern? Das ging ihr durch den Kopf, während sie sich umzog, sie überlegte, was es denn sein konnte, das alle so in Aufregung versetzte.

Die Patientin mit dem Aneurysma war, so hatte sie es angeordnet, aus dem künstlichen Koma in den Wachzustand versetzt worden, dabei in Panik geraten und aus dem Bett gestürzt. Dadurch, so jedenfalls behauptete der Stationsarzt, sei es zu einer Nachblutung gekommen, die hatte zu einem Schlaganfall geführt. Tanja wusste, dass der Übergang in den Wachzustand die Gefahr der Verletzung in sich barg, deshalb wurden die Patienten während der Aufwachphase fixiert. Sie konnte sich nicht erklären, was passiert war. Doch viele Dinge und Vorgänge waren in einem Menschen unvorhersehbar, noch lange war die Forschung nicht so weit, um alle diese Fragen schlüssig zu beantworten. Wer weiß, was in der Patientin Lummer vorgegangen war!

Immer wieder hatten sie unvorhergesehene Reaktionen von Patienten überrascht. Todkranke, keine Woche hatte man ihnen gegeben, machten sich noch für ein weiteres Lebensjahr auf, die Angehörigen schon in Erwartung ihres Ablebens, manche saßen bereits in dunkler Kleidung am Bett. Und umgekehrt. Sie erinnerte sich an einen Patienten, der mit einundachtzig viermal hintereinander am Herzen operiert werden musste, zu keinem Moment hatte sie geglaubt, dass er das überstehen würde, doch nach drei Monaten war er entlassen worden und später hatte sie ihn in der Stadt beim Einkaufsbummel getroffen. Eine junge Frau aber, sie hatte zwei Kinder im Schulalter, war mit einer Herzschwäche eingeliefert worden, hatte sich stabilisiert, man plante bereits ihre Entlassung, und dann lag sie tot im Bett.

Der Stationsarzt war dabei, die Patientin zu untersuchen, als sie ins Zimmer kam. Zwei Schwestern warteten auf seine Anweisungen, sie sahen ängstlich zu ihr, als könnte sie die Situation ändern, und nichts hätte sie lieber getan, als das. Dann seine schneidenden Worte.
Wieso haben sie keine Operation veranlasst? Und warum war die Patientin nicht fixiert?
Er sah sie scharf an, auch die Schwestern sahen nun zu ihr.
Der Zustand, in dem sie eingeliefert wurde, hat meiner Meinung nach keine Operation erlaubt, sagte sie, so ruhig sie konnte.
So, Ihrer Meinung nach, das ist das Ergebnis, er zeigte auf Susanne Lummer.

Nun waren nach dem Familiengespräch schon fast acht Wochen vergangen. Leonie und Niklas waren nach wie vor ohne Begleitung Erwachsener zu ihren Veranstaltungen gefahren, auch unbehelligt zurückgekommen. Doch die Sorge, die Karin umtrieb, hatte nicht abgenommen. Sie war überzeugt, dass sie in Gefahr waren, das Mädchen mehr noch als der Junge. Und sie konnte auch nicht sagen, dass sie selbst ebenso unbefangen wie früher durch die Stadt ging oder in der Straßenbahn nach einem Theaterbesuch nach Hause fuhr. Öfter als vorher nahm sie jetzt das Auto, lieber die vier Euro für die Tiefgarage, sagte sie zur Nachbarin, die sie dort dar-

auf ansprach. Den Stadtrucksack trug sie nicht mehr auf dem Rücken, sondern auf der Brust. Mehr als sonst registrierte sie Menschen mit anderer Hautfarbe, anderen Gesichtsformen, einer anderen Sprache. Das hatte es vor Jahren nicht gegeben, diese vielen Fremden! Innerhalb weniger Jahre war das Stadtbild ein anderes geworden. Und was würde nun passieren, nachdem dieser Menschensturm aus den arabischen Ländern nach Deutschland drängte und so vieles durcheinanderbrachte?
Wer oder was war Schuld daran? Sollte sie glauben, dass es eine von Putin ins Leben gerufene Aktion war, sein Rachefeldzug wegen der gegen sein Land verhängten Sanktionen. Manche behaupteten das und möglich war es. Damit gäbe es einen Schuldigen und sie traute ihm vieles zu. Aber es hatte früher begonnen, daran erinnerte sie sich. Schon im April waren neunhundert Menschen, ebenso viele wie ins Stadttheater passten, ertrunken und seitdem kamen von Monat zu Monat mehr Menschen nach Europa. Wie konnte es sein, dass der Tod der Ertrunkenen sie nicht so betroffen machte, wie die Berichte der Überfälle aus der letzten Zeit?
Zeitlebens hatte sie sich für einen einfühlsamen, toleranten Menschen gehalten, dem das Wohl der anderen am Herzen lag. Nun aber, das konnte jeder, auch sie, den Nachrichten entnehmen, die sie zunehmend weniger gern einschaltete, waren Tausende umgekommen, in der Hoffnung auf ein besseres Leben. Dicht gedrängt standen sie auf Bahnhöfen, vor Grenzübergängen, einfach überall, auch jetzt noch und der Winter stand vor der Tür. Was konnte man da tun? Doch bei nüchterner Betrachtung kam sie zu dem Schluss:
Es sind zu viele und sie sind so anders.

Am Nachmittag wollte sie mit Leonie in die Stadt gehen, der Geburtstagsgutschein zu ihrem Fünfzehnten war noch einzulösen. Sie trafen sich beim Italiener in der Stadt.
Die Spaghetti Bolognese machst du aber besser, sagte das Mädchen, dabei hatte sie die große Portion ohne zu sprechen vertilgt. Noch zwei Kugeln Schokoladeneis und dazu Fanta.
Erzähl doch von eurem Treffen in der Schule, sagte Karin.
Sie wusste, dass Leonie als Klassensprecherin ausgewählt worden war, nicht nur, weil sie sich für sozial schwächere Schüler einsetzte, sondern auch, weil sie sprachkräftig war und gute Argumente hatte. Ein tolles Mädchen, ein Glanzstück der Familie, nun auch in der neuen Generation.

Fünfzehn Mädchen und Jungen zwischen zwölf und achtzehn hatten drei Stunden zusammengesessen, aus jeder Klasse ein Schüler oder eine Schülerin. Sie hatten darüber gesprochen, ob und was sie dazu beitragen konnten, um in ihrer Stadt das *Willkommen* und *Das schaffen wir* Wirklichkeit werden zu lassen. Merkwürdigerweise war niemand in der Gruppe mit Migrationshintergrund, dabei gab es in jeder Klasse Kinder, die aus einem anderen Land kamen, so wie Jafar und José, in Leonies Klasse.
Die Ethiklehrerin leitete das Treffen. Sie war erst seit zwei Jahren an der Schule, ihre erste Anstellung nach dem Referendariat. Erst einmal sollte jeder etwas darüber sagen, was er über die Situation wusste, was er selbst dazu dachte, ob er das, was gerade geschah, gut oder nicht so gut fand.
Wenn es nicht so viele Moslems wären, fände ich es leichter, sagte ein Mädchen aus Leonies Parallelklasse. Es ist die andere Einstellung, die sie zu Frauen haben, sie respektieren

uns nicht. Ich fühle mich deshalb unsicher und weiche ihnen aus.
Leonie dachte an Mohamed, daran, wie angenehm er sich anfühlte, wie er ihre Ablehnung, mit ihm zu schlafen respektiert hatte. Ich kann warten, hatte er gesagt und ihr von seinen Eltern erzählt.

Als er elf war, ließen sie sich scheiden. Oft Streit vorher, die Stimmen so laut. Der Vater sei zu bequem, würde in der freien Wirtschaft mehr verdienen, dann könnten sie sich mehr leisten, aber er denke ja nur an seinen Garten und ans Boxen, wäre zufrieden mit dem Unterrichten, der dumpfbackigen Lehrlinge, die es zu keinem gescheiten Abschluss brachten. Der Vater war ein guter Lehrer, ein guter Handwerker und Gärtner, eher ein stiller Mensch, der sich ums Unkraut kümmerte.
So hatte ihn die Mutter einmal genannt. Mohamed erinnerte sich noch genau an die Situation. Es war die Eröffnung der Immobilienfirma der Mutter. Sie hatte einen Riecher dafür, wo Geld zu verdienen war. Wohnen muss jeder, war ihre Devise und sie wollte nicht bis in alle Ewigkeit rechnen müssen und abhängig sein. Also Bankdarlehen, Firmengründung. Der Vater war dagegen, für ihn war es genug, was sie hatten. Du warst doch früher ganz anders, das hatte er gesagt.
Die geladenen Gäste standen im Eingangsbereich zur Eröffnung zusammen, er, Mohamed, war neu eingekleidet, schwarze Jeans und ein schwarzes T-Shirt mit dem Firmenlogo OMOHAUS. Stolz trug er, neun damals, einen Teil seines Namens vor sich her, für alle sichtbar. Da war der Vater gekommen, hatte die Platte mit den Häppchen gebracht und

war über etwas gestolpert, das, so hatte die Mutter gesagt, überhaupt nicht dagewesen war. Laut und deutlich hatte sie, für jeden Anwesenden, auch für ihn, Mohamed, nicht zu überhören, Unkraut gesagt und den Vater durch die schwarze Brille angeblitzt. Der Vater hatte unbeholfen gelächelt, aber später zu Hause geflucht und auf den Boxsack, er hing in der Garage, eingedroschen.

Die Flüchtlingsgruppe in der Schule hatte sich darauf geeinigt, dass man sich erst einmal mit dem Unterschied der Religionen und dem daraus resultierenden Leben befassen wollte. Denn es hatte noch weitere Meldungen gegeben, die sich vor allem vor den Auswirkungen der moslemischen Religion auf ihr Leben fürchteten. Fünf aus der Gruppe, darunter auch Leonie, wollten sich mit der Entstehung und Verbreitung des Islam beschäftigen, mit den geltenden Werten und bei den nächsten Malen darüber berichten. Eine andere Gruppe wollte über die christliche Religion und deren Werte sprechen, denn es gab auch Wortmeldungen dazu, dass auch das Christentum bei seiner Verbreitung alles andere als zimperlich vorgegangen war. Dann würde man sehen, wo es Gleiches gab, wo die Unterschiede lagen und was es tatsächlich zu fürchten gab. Die dritte Gruppe wollte einen Nachmittag in der Woche in eine der Flüchtlingsunterkünfte gehen, dort zu Kindern und Jugendlichen in ihrem Alter Kontakt aufnehmen, sprechen, Fußballspielen, oder etwas anderes, das müsste man sehen.

Karin hatte nur zugehört. Sie bewunderte, mit welcher Genauigkeit die Enkelin ihre Worte wählte, die Argumente wiedergeben konnte, die gefallen waren, ihre Zweifel ausdrückte, ihre Hoffnung, dass die Ängste der Menschen, auch die der Familie, unberechtigt waren. Während sie sagte, hoffentlich gibt es eine Koexistenz der Menschen verschiedener Religionen, dachte Leonie an Mohamed, aber wie sollte Karin das wissen. Die wusste nur eines: Nie hätte sie das in diesem Alter so ausdrücken können. Und als sie hörte, dass es jemanden gab, der Leonie dabei helfen könnte, die Dinge herauszufinden, dachte sie, wie das Mädchen das Leben meistert mit knapp fünfzehn.

Aber dann fiel ihr ein, sie warteten noch auf die Rechnung, dass auch sie bereits mit vierzehn allein losgezogen war, um sich eine Lehrstelle zu suchen. Der Besuch einer weiterführenden Schule war für sie nicht in Frage gekommen. Das Geld, die Zeit, die viele Arbeit. Sie fuhr allein mit dem Zug in die Stadt, nicht ohne Herzklopfen, suchte das Arbeitsamt und erkundigte sich dort nach einer Lehrstelle. Zwei Wochen später trug sie das Kleid, das die Mutter ihr für festliche Anlässe genäht hatte, ein schmales Oberteil, das sich über den Brüsten wölbte und ein ausgestellter Rock, der unter dem Knie abschloss, dunkelblau, vielleicht auch mittelblau. Darin stellte sie sich beim Chef des Spielwarenladens vor, ein Familienunternehmen in der Innenstadt. Sie versuchte sich vorzustellen, wie sie damals ausgesehen hatte, die Frisur, dieses Gesicht einer Vierzehnjährigen, was genau in ihr vorgegangen war, aber die Erinnerung lag irgendwo unter den vielen vergangenen Jahren und war nicht auffindbar. Genau aber erinnerte sie sich an die vielen Abende, in denen sie zuhause am Küchentisch gesessen hatte, um neben den Aufgaben im

Haushalt und im Stall, die Prüfungen zu bestehen, erinnerte sich an Gespräche im Büro, die sie zwar nicht direkt betrafen, ihr aber unangenehm waren. Sie schloss ihre kaufmännische Lehre zur Zufriedenheit des Chefs ab und arbeitete dort bis zu ihrer Pensionierung. Seit ein paar Monaten gab es nun das Geschäft nicht mehr, das Internet macht uns kaputt, hatte der Senior, den sie in der Stadt getroffen hatte, gesagt.

Nur einen Tag hatte Sabine nicht nach der Schwester gesehen und schon war Schreckliches passiert. Die Ärztin bat um ein Gespräch, als sie gerade auf dem Weg zu Susanne war. Sie erfuhr von dem Schlaganfall, der so schwer war, dass es wenig Hoffnung auf ein normales, unabhängiges Leben für die Schwester gab. Eine erneute Hirnblutung hatte dazu geführt. Wie es dazu kam, darüber sei man sich nicht einig, sagte die Ärztin, aber im Augenblick sei sie auf vollkommene Hilfe angewiesen und würde es – genau konnte man das nie vorhersagen – aber nach den bisherigen Erkenntnissen, wohl auch bleiben. Sie wünschte, sie hätte eine bessere Nachricht, aber leider. Eine Reha-Maßnahme in ein paar Tagen, eine Kur in der Nähe, jeder Versuch müsse gemacht werden, und ob Sabine sie dorthin begleiten könnte. Dort würde sie auch in die Betreuung der Schwester eingewiesen. Was soll man sagen, wenn alle Hoffnung innerhalb von Minuten durch ein paar Worte zerbröseln wie alter Zwieback, wenn man vor einer nicht einmal in Ansätzen gedachten Situation steht, der man sich nicht gewachsen fühlt? Sabine sagte nichts, weil sie nicht wusste, was da zu sagen war.

Weil da nichts als Leere war. Sie hatte noch nicht einmal die Kraft, die Frau, Dr. Finkelstein hieß sie, der Name tauchte in grellen Buchstaben vor ihr auf, anzuschreien oder zu fragen, wer denn nun an diesem ganzen Elend schuld sei. Sie war erstarrt, befand sich in einer Zwischenwelt, nicht im Jetzt, nicht im Vorher und erst recht nicht in der Zukunft. Was für eine Zukunft?

Es ist ein Schock für Sie, Sie werden Zeit brauchen, sagte die Ärztin und sah betroffen aus.

Doch auch das nahm Sabine Lummer nicht wahr. Sie stand auf, bewegte sich marionettenhaft zur Tür und verließ das Zimmer der Ärztin. Nichts nahm sie wahr auf dem Weg zu Zimmer 212, die Zahl war das einzige, was sie erreicht hatte. Nicht die Schwester, die sie grüßte, nicht die Frau, die ihr ein Frühstück gebracht hatte, als sie vor Tagen in die Klinik gekommen war. Erst, als sie mit einem Mann vor der Tür, hinter der die aufgegebene Schwester Susanne lag, zusammenstieß, erwachte sie aus dem Zustand der Fühllosigkeit und schlug mit geballten Fäusten auf ihn ein.

Es war der Oberarzt, der nach Susanne gesehen hatte. Die Verwirrung, die er erlebte, glich der von Frau Dr. Finkelstein vor einigen Tagen. Gerade hatte die Frau noch vor sich hindämmernd im Bett gelegen und nun stand sie, eine Furie, vor ihm, das widersprach allem, was er in fünfundzwanzig Jahren Krankenhauspraxis erlebt hatte. Die Schwester, sie war hinter ihm aus dem Zimmer gekommen, sagte: Die Zwillingsschwester. Diese zwei Worte versetzten ihn zurück in seine normale Verfassung, die nicht so leicht zu erschüttern war. Er hielt die Faust, die zum nächsten Schlag angesetzt hatte, fest, gab Sabine eine Ohrfeige, etwas das oft half,

wenn jemand die Kontrolle verlor, und rief nach Frau Dr. Finkelstein.
Der Schock, das müssen Sie doch verstehen, sagte die.
Muss ich das? Wir sind ja hier nicht in einer Boxarena, das ist ein Krankenhaus.
Er ließ das Handgelenk von Sabine los und ordnete eine Beruhigungsspritze an. Tanja hätte ihren Chef in diesem Augenblick am liebsten umgebracht. Seine Art hatte sie schon oft aufgebracht, aber das Verhalten jetzt überstieg ihr Toleranzvermögen. Sie redete beruhigend auf Sabine Lummer ein, die schluchzend an ihrem weißen Kittel hing und dort dunkle Spuren hinterließ.
Keine Spritze, sagte sie zu der Schwester, als der Oberarzt außer Hörweite war.

Erst als sie wieder allein war, fragte sie sich, ob sie eine Schuld an der Situation träfe. Du bist Schuld, sagte etwas in ihr, dem sie den Mund verbieten wollte, aber wie ein unruhiges Kind ließ es sich nicht besänftigen. Immer die gleichen Worte. Hatte sie tatsächlich einen Fehler gemacht? Hätte sie eine Operation anordnen müssen? Hatte sie die richtige Dosierung beim Heruntersetzen des Narkotikum beachtet? War ihr irgend etwas durchgegangen? Alle Fragen konnte sie verneinen. Nie war sie leichtfertig gewesen, jeder konnte das bestätigen. Doch das Wort war nicht zu vertreiben. Sie nahm die Krankenakte, las Zeile für Zeile und wurde blass. Alles stimmte. Aber es fehlte der Vermerk: Patientin fixieren.
Ihr fiel das Vaterunser ein, das sie für den Konfirmandenunterricht gelernt hatte, wie auch Leonie erst kürzlich und Niklas demnächst, das sie beim Weihnachtsgottesdienst jähr-

lich auffrischte, dem einzigen, zu dem die Familie geschlossen ging.
Die eine Zeile: Und vergib uns unsere Schuld ...

Man hatte Sabine in das zweite Bett im Zimmer der Schwester gelegt, ihr ein Schlafmittel gegeben, alles hatte sie widerstandslos hingenommen, sich in den hellblauen Krankenhausschlafanzug helfen lassen. Sie schien keine Kraft für die einfachsten Verrichtungen zu haben. Ähnlich wie die Zwillingsschwester lag sie ohne eigenen Impuls. Die Ärztin hatte dafür gesorgt, dass beide bis zur Reha in vier Tagen im Zimmer 212 blieben. Das jedenfalls konnte sie tun und bestimmte es, ohne ihren Chef zu fragen. Doch an Schlaf war nicht zu denken. Sie hatte Nachtdienst, nicht, dass sie oft gerufen wurde, es war das Gewissen, das sie nicht zur Ruhe kommen ließ. Fahrlässig, Fixierung, zwei Worte nur, doch sie hatten ein Gewicht, das sie erdrückte.

Sabine Lummer hatte zwei Tage und zwei Nächte geschlafen. Benommen sah sie sich am dritten Morgen um, da war im Halbdunkel in einem Meter Abstand ein zweites Bett zu erkennen, und als sie sich aufrichtete, sah sie Susanne auf dem Rücken liegen, hörte sie schnarchen. Ein Geräusch, das ihr vertraut war. Sie sah einen Film an sich vorbeiziehen, darin Frau Dr. Finkelstein und einen Mann, den sie nicht kannte, weiß und unscharf. Beide sprachen auf sie ein. Eines der Wörter schien aus einem Lautsprecher zu kommen und hallte in ihrem Kopf nach: Ein Pflegefall.
Sie beugte sich vor.
Susanne, sagte sie, hör doch, ich bin es.

Die Schwester schwieg, nur das Bett gab einen knarrenden Ton von sich. Wenig Hoffnung für Susanne, das hatten sie noch gesagt, daran erinnerte sie sich nun wieder. Aber sie schnarchte neben ihr, wie sie seit Jahren geschnarcht und sie damit viele Nächte gestört hatte, möglich, dass die Ärzte sich irrten. Das gab ihr die Kraft aufzustehen, sich im Bad im Spiegel anzusehen, verknittert der Schlafanzug, auch das Gesicht, die Augen größer als sonst, das Haar wie immer strähnig und dünn, bevor sie es morgens wusch. Jemand hatte für Seife und Zahnpasta gesorgt, auch eine Zahnbürste noch in der durchsichtigen Verpackung, blau, wie die bei ihr Zuhause. Das wunderte sie, als sie sich die Zähne putzte und sich dabei im Spiegel zusah.
Sie hörte eine Tür gehen, Schritte.
Guten Morgen Frau Lummer, gut geschlafen?
Susanne braucht meine Hilfe, dachte sie und verließ augenblicklich das Bad. Es war die Morgenschwester, sie maß Temperatur und Blutdruck, stellte das Kopfteil des Bettes hoch, öffnete das Fenster, freundliche Worte begleiteten das Handeln der jungen Frau, die offensichtlich keine Antwort erwartete, aber Fragen stellte. Sabine sah, wie sie das Deckbett lupfte, das Nachthemd nach oben schob und die Zwillingsschwester aus einer Windelhose schälte. Da wurde Sabine schwindelig.

Als Mohameds Vater hörte, dass sein Sohn Arabisch lernte, war er besorgt. Sie sahen sich einmal im Monat, ein Rhythmus, der bei der Scheidung vereinbart worden war, den hat-

ten sie beibehalten, obwohl er nun erwachsen war. Schon lange machte er sich Gedanken darüber, was aus dem Jungen werden könnte, warum er nicht so zielstrebig war wie sein Bruder, der gerade sein Studium abschloss. Gern hätte er ihn unterstützt in der Wahl seines Weges, mit seinen Begabungen standen ihm viele Wege offen, aber wann immer er ein Gespräch darüber anfing, winkte der ab und sagte beinahe mitleidig:
Ach Jan!

Das war nicht der volle Name des Vaters, er hieß Johannes, aber er hatte sich eingebürgert, alle nannten ihn so, außer der Großmutter. Sie bestand auf Johannes, durch und durch protestantisch und davon überzeugt, dass ein Name eine Bedeutung für seinen Träger hatte, die sich eines Tages zeigen würde. Geduld mussten man dafür haben. Vielleicht dachte sie an Johannes den Täufer, das aber war ihr Geheimnis geblieben, sie hatte es mit ins Grab genommen. Auch die Kinder sagten Jan und er fühlte sich ihnen näher so. Außerdem passte es zu seinen Ideen von Gleichheit zwischen Eltern und Kindern, von einer Erziehung, die seine Frau antiautoritäres Gesülze nannte, und der sie enge Maßstäbe entgegensetzte.

Dieses Mal war er in die Bleibe von Mohamed gefahren. So nannte er die ehemalige Autowerkstatt, er hielt sie für etwas Vorübergehendes, nicht Bleibendes jedenfalls. Wenn der Junge sich erst einmal entschieden hatte, würden sie weitersehen. Außerdem, das wusste er, gab es Pläne, das Gelände umzunutzen, ein Wohnkomplex für gehobene Ansprüche sollte entstehen, das Aus für das alte Gebäude. Nichts als ein Störfaktor wäre es dann.

Wie immer war er mit dem Rad unterwegs. Mein Tribut an die Umweltverschmutzung, hatte er gesagt, das Auto vor Jahren abgeschafft, um die Luft, solange sie noch zu genießen war, ungefiltert einatmen zu können. Es war eine Lebenseinstellung, die auch Mohamed gefiel, doch oft hatte er mit dem Vater darüber gestritten, dass dieser individuelle Verzicht nicht ausreiche, dass nur etwas Großes, Umwälzendes Veränderungen bewirkte konnte, und seiner Meinung nach konnte und musste es dabei nicht immer friedlich zugehen.
Jan dachte dann an die Zeit, in der er keine Demonstration verpasst hatte, nicht die gegen den Einmarsch der Sowjets in Afghanistan, nicht die wegen des Nato-Doppelbeschlusses, auch nicht die im brüllend heißen Bonn, mit 300.000 anderen. Anfangs war auch Mohameds Mutter dabei gewesen, sie hatten Transparente gemalt, Parolen gegen die Aufrüstung skandiert, sie noch lauter als er. Aber dann war sie nicht mehr mitgegangen, das hilft ja alles nicht, waren ihre Worte gewesen, sie hatte sich mehr und mehr in die Arbeit vergraben und war schließlich darin verschwunden. Fantast, der du bist, war seitdem einer ihrer Sprüche, wenn sie und Jan sich nicht einigen konnten. Egal, was es war.

Mohamed hatte Waffeln gebacken, die aßen beide gern. Das Waffeleisen hatte Jan ihm geschenkt. Es roch nach Vanille und Kaffee und Waschmittel. Der Raum hatte sich seit dem letzten Besuch verändert. Überall hingen jetzt Zettel mit arabischen Schriftzeichen, darunter die deutsche Bedeutung und die Lautschrift: Hallo, Guten Tag, Zahlen bis zehn, die Wochentage, Liebe, Weisheit, Determination, Mut, Wille. Die arabischen Schriftzeichen gefielen ihm, sie waren bildhaft und kunstvoll und er fragte sich, wie lange man brauchte, um diese Schrift zu beherrschen und sah zu seinem Sohn. Mohamed hatte den Blick bemerkt.

Ich lerne arabisch, ganz schön schwer, nicht nur die Aussprache, auch das Schreiben, so ungewohnt von rechts nach links.

Und warum Arabisch, nicht Russisch oder Chinesisch wie so viele?

Weil es die Weltsprache werden wird. Schon jetzt gibt es 320 Millionen Araber und anderthalb Milliarden Muslime, die haben ein anderes Familienkonzept als wir. Da ist es gut, sich zu informieren.

Aber wir sind Christen, du und ich, und die zählen mehr als zwei Milliarden.

Erstens sterben Christen und Familien bei uns immer schneller aus, Karriere kommt doch heute vor Küche, Kirche und Kindern. Sind wir zwei nicht der beste Beweis dafür? Und zweitens bin ich kein Christ mehr.

Jan erschrak. Etwas im Ausdruck seines Sohnes hielt ihn davon ab, weiter zu fragen. Sie aßen schweigend die Waffeln.

Auf dem Weg zur Pegida-Demo trat Jan kräftig in die Pedalen seines Rades. Ging der linke Fuß vorwärts, dachte er *Arabisch,* beim rechten, *kein Christ mehr.* So vollkommen ums Vorwärtskommen gedanklich wie körperlich bemüht, war er dort angekommen, wo Polizisten eine Absperrung gebildet hatten. Ihm fiel das Atmen schwer und er wusste, es war nicht die zurückgelegte Strecke. Auch nicht die Angst vor den Pegida-Leuten, die mit den Anschlägen und ihren Drohungen vor Unterwanderung im Aufwind waren, Bürger mit sich zogen, die sonst brav vor dem Fernseher saßen um diese Zeit. Aber einhundertunddreißig Tote, das machte Angst. Und es waren ja nicht die einzigen Anschläge in der letzten Zeit.

Die Polizisten hatten sich so aufgestellt, dass genug Abstand zwischen den Gruppen bestand. Zum Glück gab es Menschen, die dem Völkischen etwas entgegensetzen wollten, wie ihn. So schwarz waren sie früher nicht gekleidet, dachte er, als er an den Polizisten vorbeifuhr. Vielleicht hatte er es auch nur vergessen, war eine Weile nicht mehr bei einer Demo gewesen. Ein großer, kräftiger Mann in einer schwarzen Lederjacke, einen graugrün gestreiften Strickschal mehrfach um den Hals geschlungen, stellte sich neben ihn. Es war der braune Pferdeschwanz und das runde, fast bäuerliche Gesicht, das ihn an jemanden erinnerte. Ein ehemaliger Schüler konnte der Mann nicht sein, dafür war zu alt.

Kennen wir uns, fragte Jan.

Nun musterte ihn der andere, bemüht um eine mögliche Erinnerung, doch dieser schlanke Mensch in Jeanshose und dunkelrotem Winterpulli, stoppelig das grau-blonde Haar, kam ihm nicht bekannt vor.

Ich bin Schreiner, vielleicht kennen Sie mich daher, sagte er und zeigte nun auch seine Hände, an dem ein Glied des Mittelfingers an der rechten Hand fehlte.

Auf dieses fehlende Stück hatte Jan immer gestarrt, und die Sicherheit des Mannes im Umgang mit der Kreissäge be-

wundert, als der in der Immobilienfirma seiner Frau das Parkett verlegt hatte.
Ja, jetzt, OMOHAUS, erinnern Sie sich auch? fragte Jan.
Da ging bei dem anderen ein Leuchten übers Gesicht. Geht das Geschäft?
Es ist die Firma meiner geschiedenen Frau.
Hätte mich auch gewundert, sagte der Schreiner.

Es kamen immer mehr Menschen, stellten sich auf die Seite, von der sie hofften, die Welt würde sich ihr zuneigen und möglichst alles beim Alten lassen. Die Jahrtausende alte Angst vor Veränderung. Beide Seiten waren um Disziplin bemüht, auch angesichts der Sicherheitshüter, die mit Schlagstöcken und Tränengas ausgerüstet waren. Und sie auch benutzen würden. Keiner warf Steine, nur Parolen flogen durch die Dunkelheit. Nach einer Stunde erklärten die Polizisten die Demo für beendet. Langsam trollen sich die Menschen.

Haben Sie Lust auf ein Bier, fragte der Schreiner, der sich nun vorstellte. Marcus Dehmel.
Der Grieche war nicht weit, es gab dort ein preiswertes Tagesgericht. Wie immer waren die meisten Tische besetzt, Menschen aus dem Viertel trafen sich hier. Marcus Dehmel erzählte von seiner Arbeit, sie mache ihm Spaß, ebenso viel Spaß wie die Musik, die er mit Freunden mache, nur so zum Vergnügen. Bei dem einen sieht man, was entsteht, beim anderen hört man es, das ist, was ich brauche, sagte er. Es sind die Dinge, nicht so sehr die Menschen, die für mich gelten.

Er bedauerte nicht, dass er kinderlos war, in dieser Zeit eine ungeheure Verantwortung, der hatte er sich schon vor Jahren nicht gewachsen gefühlt.
Und Ihre Frau, fragte Jan.
Ein Karriereweib, mein genaues Gegenteil. Sie beschäftigt sich mit dem am wenigsten Gegenständlichen in dieser Welt, jetzt lachte er, und oben links blitzte ein Goldzahn, mit Geld.
Sie saßen noch um elf zusammen. Jan erzählte von seiner Arbeit, von der er als Berufsschullehrer hoffte, er könnte auch den nicht so Privilegierten auf die Sprünge helfen. Es musste doch auch ohne Abitur gehen. Auch heute noch. Morgen würde er ihnen von der Demo erzählen. Ob sie sich wohl dazu äußerten? Einige unter ihnen standen der AfD nahe, das wusste er.
Vielleicht ist jemand unter Ihren Auszubildenden, der mir ab und zu helfen könnte. Nichts Großes. Hier ist meine Karte und danke für den Abend. Marcus Dehmel streckte Jan die Hand mit den verkürzten Mittelfinger hin.

Wenig später kam Hassan in die Klasse der Fachlageristen. Er fiel Jan nicht nur durch sein Äußeres auf, auch seine Konzentration und Aufmerksamkeit unterschieden ihn von den Mitschülern. Sein Deutsch war noch holprig, das Erste hatte er im Internet gelernt, täglich zwanzig Wörter und zwei oder drei Sätze und dann hier die Sprachkurse. Obwohl er freundlich war, ließen ihn die anderen links liegen. An einem Dienstag nach dem Unterricht, als Jan zu seinem Fahrrad ging, sah er, wie zwei Mitschüler, sie waren groß und kräf-

tig, im Unterricht eher unauffällig, Hassan auf dem Hof anrempelten. Der eine links, der andere rechts, so schubsten sie ihn hin und her. Jan wollte gerade eingreifen, da bemerkten sie ihn und ließen den Jungen in Ruhe.
Am nächsten Unterrichtstag sprach Jan ihn in der Pause an. Er war achtzehn, nur ein Jahr jünger als sein Sohn Mohamed, war allein aus Homs gekommen, die Eltern hatten darauf bestanden, dass er ging. Vielleicht konnten sie später nachkommen. In einer Flüchtlingsunterkunft teilte er das Zimmer mit zwei jungen Männern, die älter waren als er. Sie kamen aus Algerien. Eigentlich hatte er Architekt werden wollen wie sein Vater, aber man hatte ihm hier diese Ausbildung vorgeschlagen, eine Lehrstelle für ihn gefunden und er war froh darüber. Jede Möglichkeit ist gut. Irgendwann einmal vielleicht Architekt, sagte er.

Und dann sah Jan diesen jungen Mann in einer der nächsten Unterrichtsstunden weinen. Es liefen ihm, während er etwas von der Tafel abschrieb, die Tränen auf seine Aufzeichnungen. Jan dachte, er vermisse die Eltern oder seine Freunde und ging zu ihm.
Mein Smartphone, sagte Hassan.
Er war duschen gegangen, hatte es unter das Kopfkissen gelegt. Und als er zurückkam, war es nicht mehr da. Seine Kumpels sagten, sie hätten vor der Tür geraucht, nein, niemand sei ins Zimmer gegangen, außer ihnen. Hassan war verzweifelt. Der einzige Kontakt zur Familie. Er beobachtete die beiden, sah, dass sie ein Smartphone bedienten, das seinem aufs Haar glich, auch den Sprung an der unteren rechten

Ecke hatte es, doch sie behaupteten, sie hätten es gefunden. Draußen. Schon gestern. Und grinsten.
Am Nachmittag rief Jan den Schreiner an.
Der Berufsschullehrer, sagte er, vielleicht habe ich jemanden für Sie. Wir könnten vorbeikommen, wenn es Ihnen passt.
Na, das klappt ja wie am Schnürchen. Habe gerade einen Auftrag bekommen, den ich allein nicht stemme. Wie wäre es am Freitagnachmittag?

Leonie nahm die Aufgabe, die sie in der Flüchtlingsgruppe übernommen hatte, ernst wie immer. Sie legte einen Ordner an, hatte ein paar Stichpunkte aus den Wortmeldungen der letzten Sitzung notiert, die sie nicht außer Acht lassen wollte. Doch ein ganz persönliches Interesse trieb sie dieses Mal, so dass die üblichen Wiederholungen von Unterrichtsinhalten, die zu ihrem normalen Wochenprogramm gehörten, ins Abseits gerieten und sie nur der Entstehung und Verbreitung des Islam auf der Spur war. Sie musste wissen, was ihren neuen Freund dazu gebracht hatte, dieser Religion angehören zu wollen, einem Glauben, dessen Frauenfeindlichkeit in aller Munde war. Auch in ihrer Umgebung. Sicher gab es noch etwas anderes, das Mohamed für sich entdeckt hatte und für wertvoll hielt. Das wollte sie finden und ihnen entgegenhalten.

Wie immer recherchierte sie im Internet, Wikipedia war eine gute Adresse, um sich einen Überblick zu verschaffen. Dort las sie, wie es zur Entstehung und Verbreitung des Islam gekommen war. Öfter dachte sie dabei an Mohamed, und war, anders als sie gehofft hatte, mehr und mehr beunruhigt. Es war die Allmachtsvorstellung, die alle anderen Religionen verdammte, auch die ihre, ja sie bis in den Tod verfolgte und dabei vor nichts zurückschreckte, sogar noch das Himmelreich dafür versprach.

Sie versuchte, die Information so sachlich wie möglich zu betrachten und für die anderen aus der Gruppe zu notieren, die Grundlage für das nächste Treffen sein sollten. Aber immer wieder schweiften ihre Gedanken zu dem anderen Mohamed ab, dem ein „M" in der Mitte des Namens fehlte und zu dem nun bereits mehr als nur eine Freundschaft bestand.

Mohammed war in Mekka um 570 nach Christi geboren und stammte von der Sippe verarmter Haschemiten ab. Sein Vater starb vor seiner Geburt, seine Mutter, als er sechs Jahre alt war. Mohammed kam als Waise zu seinem Großvater, nach dessen Tod zwei Jahre später dann zu seinem Onkel, einem einflussreichen Handelsmann, der ihn aufzog. Dort leitete er bald selbst Handelskarawanen, er war bekannt für seine Treue und bekam deshalb den Beinamen „Al-Amin" (der Treue). Ein Kind ohne Eltern, ohne Familie. Auch Mohameds Eltern waren geschieden, auch er kannte keine Familie wie die ihre, keine Stabilität, keine Sicherheit. Möglicherweise hatte das etwas zu bedeuten? Sie konnte sich nicht einmal vorstellen, wie man ohne Eltern leben konnte, was man ohne Familie war.

Mit 20 Jahren trat er in den Dienst der reichsten und vornehmsten Kaufmannswitwe Chadidscha, sie machte ihm

einen Heiratsantrag. Da war er 25 und sie 40 Jahre alt. Was für ein Altersunterschied. Leonie wusste, dass junge Frauen manchmal einen Mann als Vaterersatz wählten, das wurde belächelt, wenn die Erwachsenen darüber sprachen, so, als wäre etwas nicht ganz in Ordnung. Aber das hier war umgekehrt.
Als Mohammed 40 war, zog er sich häufig ins Gebirge zurück und fastete, ging in eine Höhle am Berg Hira in der Nähe Mekkas. Auch ihr Freund liebte Bergwanderungen, allein musste er dabei sein, diese Abgeschiedenheit, einfach irre, das sagte er, als sie ihn bat, sie mitzunehmen. *Dort begegnete Mohammed der Engel Gabriel. Dieses Erlebnis bestürzte ihn, er zweifelte stark an dieser Vision, weil er nicht sicher war, ob sie von Allah kam oder von bösen Geistern. Er glaubte zunächst, er sei besessen, unternahm in der folgenden Zeit mehrere Selbstmordversuche. Seine Frau Chadidscha aber erklärte ihm, er sei zum Propheten berufen.* Ob Mohamed ebenfalls auf eine Offenbarung hoffte, wenn er unterwegs war, auf etwas, das ihm den Weg weisen sollte? Er schien nach irgendetwas zu suchen, das hatte Leonie schon einige Male vermutet, wenn er ihre Fragen nicht genau beantwortete, eher ein bisschen drumherum redete. Vielleicht kannte er die Antwort selbst nicht.
Erst nach der zweiten Offenbarung begann Mohammed zu predigen. Überlieferungen berichten, dass ihn die Eingebungen körperlich sehr mitnahmen. Er hörte dann Glockengeläut, fiel wie betrunken zur Erde und brüllte, hatte rote Augen, eine hohe Stimme und war voll rasender Wut. Er schwitzte oder fröstelte. Man hörte ihn stöhnen, röcheln und schreien. Das hörte sich wie Wahnvorstellungen an, dachte

Leonie. Unbedingt musste sie die Mutter fragen, wie so etwas zustande kam. Konnte Fasten und übermäßiges Beten dazu führen? Auch Mohamed neigte zu solchen Dingen, zu einer Strenge, die sie nicht verstand. Askese nannte er das.
Mehr und mehr fühlte er sich dazu berufen, öffentlich zu sprechen. Im Hofe der Kaaba, dem zentralen Heiligtum der Göttinnen und Götter der arabischen Wüstenstämme predigte er gegen den Vielgötterkult, wurde deshalb angefeindet und floh 622 nach Medina. Hier gründete er die erste muslimische Gemeinschaft, Umma. Das war der Beginn der islamischen Zeitrechnung. Später als das Christentum, also. Leonie konnte zwar nicht sagen warum, aber immer hatte sie es für die ältere der beiden Religionen gehalten. Vielleicht, weil die Regeln so strikt waren. *In Medina gewann er an Autorität und Gefolgschaft, wurde vom Prediger zum Feldherrn und Staatsmann. In den Jahren danach nahm der muslimische Anteil der Gemeinschaft immer weiter zu. Im Jahr 630 n. Chr. eroberte er die Stadt Mekka, zerstörte dort die „Götzenbilder" der Kaaba und drang mit seinen Streitkräften bis in den Süden Syriens vor. Das muslimische Reich wuchs. Die anfängliche religiöse Akzeptanz Andersgläubiger wandte sich später, als sie ihm nicht folgten, in offene Feindschaft. Es gab nur die Wahl zwischen Unterwerfung und Tod.*
Wie gern hätte sie Mohamed verstanden. So ging ihre Welt. Aber er schwieg. Vielleicht wartete er auf einen Auftrag, eine Prophezeiung, wenn er tagelang allein unterwegs war. Aber konnte so ein intelligenter Typ wie er, und nicht nur das gefiel ihr an ihm, noch heutzutage an so etwas glauben?

Bisher trage ich seinen Name unverdient, das waren seine Worte, als er erzählte, wie sein Name zustande gekommen war. Was hatte er bloß im Sinn? Es gab eine Welt, die er vor ihr geheim hielt. Warum lernte er Arabisch, warum war er zum Islam übergetreten, warum betete er wie die Menschen, die sie in einer Moschee gesehen hatte? Fragen auf die er schwieg, nur das spöttische Lächeln erschien und der Glanz in seinen Augen nahm zu. Sie wurden noch durchdringender. Hoffentlich wird er nicht verrückt, dachte Leonie, denn die Visionen des anderen Mohammeds kamen ihr nicht normal vor.

Die Flüchtlingsgruppe lobte Leonie für ihren Bericht. Die meisten hörten zum ersten Mal etwas über die Lebensweise der Menschen auf der arabischen Halbinsel, als die noch Nomaden waren, weiterzogen und andere Stämme überfielen, wenn es nichts mehr zum Überleben gab, hörten über die Entstehung des Islam, als eine der drei abrahamitischen Religionen. Es begann eine Diskussion darüber, ob die Eroberungszüge von damals etwas mit der beabsichtigten Verbreitung des Kalifats des IS zu tun haben konnten.
Sie rechtfertigen doch ihre Greueltaten auch mit dem Versprechen, dann ins Paradies zu kommen, dem einzigen, das es für sie gibt, sagte ein Junge. Er war zwei Klassen über Leonie.
Sie konnten und wollten nicht glauben, dass sich eine Religion so wenig gewandelt hatte in mehr als tausend Jahren, so dass noch immer Menschen anderer Religionen als Ungläubige verfolgt, ja sogar getötet wurden. Vielleicht war es nur ein Argument, um anderes zu vertuschen? Aber was? Eine

heftige Diskussion kam in Gang, es schnurrte nur so von Geschichten, bis die Ethiklehrerin, sagte:
Wir sollten nicht vergessen, dass es einen gewaltigen Unterschied zwischen dem IS und der Masse der moslemischen Bevölkerung gibt, auch wenn sie einen anderen Glauben haben als wir. Oder wollen wir den gleichen Fehler begehen wie die Terroristen und alle in einen Topf werfen?

Die sechs Wochen, die Susanne und Sabine im Rehazentrum verbrachten, hatten die Einschätzung von Frau Dr. Finkelstein bestätigt. Susanne war ein Pflegefall. Sie konnte weder gehen, noch allein essen, ihre Sprache war bis auf Reihungen verloren, sie zählte bis zehn, sang einige Takte von *Lieber Mond, du gehst so stille* und murmelte undeutlich ein Gebet, das sie mit der Mutter vor dem Einschlafen gesprochen hatten: *Lieber Gott, mach mich fromm, dass ich in den Himmel komm.* Dabei klang das fromm eher wie dumm und Sabine veränderte in Gedanken auch das komm zu kumm. Das Schlucken fiel ihr schwer und machte das Essen zu einer schwierigen und langwierigen Prozedur. Und sie musste weiterhin sauber gemacht, gewickelt und angezogen werden. Am schlimmsten war es für Sabine, dass die Persönlichkeit der Schwester sich veränderte. Die immer Freundliche, sogar Fröhliche, zerrte ungeduldig mit der nicht gelähmten Hand an jedem, der in ihre Nähe kam, zog den Mund in die Breite, es sah aus, als fletsche sie die Zähne und fauchte. Nur Sabine lächelte sie mit einem Lächeln an, das die an früher erinnerte, soweit das mit der Gesichtslähmung gelang. Das Einzige, was von der Zwillingsschwester übrig war. Dieses Lächeln!

Ein Freund der beiden half in den ersten Wochen. Er organisierte Sabines Umzug in die Wohnung der Schwester, besorgte das Krankenbett, den Rollstuhl, auch einen Pfleger, der täglich kam. Und er beriet sie in finanziellen Dingen, die ihr fremd waren. Das bisschen Geld, das sie seit Jahren zur Verfügung hatte, brauchte man nicht einzuteilen. Reichen musste es und das tat es mit Mühe und Not. Die Kleintierpraxis von Susanne, noch stand da das Schild *Vorübergehend geschlossen* sollte verkauft werden. Das Geld würde für die Rückzahlung des Restdarlehens der Wohnung reichen. Auch das hatte der Freund in die Wege geleitet. Als Sabine vorher allein zur Bank gegangen war, weil sie nicht wusste, wie sie die Raten des Kredits bezahlen konnte – die Summe war für sie ein Dreimonatsbudget – hatte der Bankangestellte sie äußerst freundlich und korrekt darauf hingewiesen, dass die Schwester die vereinbarte monatliche Rückzahlung zu leisten habe. Und wenn das nicht ginge, dann müsste man, wer genau das sein sollte, präzisierte er nicht, die Wohnung verkaufen.
Leider, Frau Lummer, aber auch wir sind nur ein Geschäft.

Sabine war ratlos, wäre beinahe zusammengebrochen unter der Last dieser nie gekannten Verantwortung. Verträge auflösen, andere abschließen, Krankenkassenabrechnungen kontrollieren. Doch der Verkauf der Praxis war eine Lösung.

Susanne hatte gut vorgesorgt. Anders als Sabine hatte sie das Erbe der Eltern so angelegt, dass es gewachsen war, während Sabine sich da und dort Dinge, von denen sie schon lange geträumt hatte, leistete und es so langsam aufbrauchte.
Auch die Rente sah gut aus. Susanne war umsichtig gewesen. Sabine sah sich plötzlich in einer finanziellen Situation, von der sie manchmal geträumt hatte. Sie wohnte in einer komfortablen Dreieinhalbzimmerwohnung mit Aufzug, ohne Ikea-Möbel, vor dem Wohnzimmer ein großer Balkon, von dem man ins Grüne sah. Wie oft hatte sie Susanne darum beneidet, wenn sie in ihrer Behausung, so nannte sie die 45 Quadratmeter, die ihr zur Verfügung standen, gekommen war. Sie richtete sich ein, saß mal in dem einen oder in dem anderen Zimmer, genoss die Ausdehnung der Räume, die perfekt eingerichtete Küche, in der nichts fehlte und es sich ganz anders kochte. Und ab und zu gelang es ihr, so zu tun, als sei das alles nur für sie da und Susanne zu vergessen.

Als Tanja nach Hause kam, war Tom, wie oft, wenn er Entspannung suchte, in einen Krimi von Berndorf vertieft, neben sich ein Bier, die Füße in dicken Ringelsocken auf dem hellbraunen Hocker, der zu den zwei neuen Ledersofas gehörte. Die Sitzgruppe war leicht, ließ den Raum größer erscheinen und bildete den Mittelpunkt des Wohnzimmers. Von allen Plätzen aus konnte man in den Garten sehen, auf den Bambus, der das Nachbargrundstück abgrenzte, auf sorgfältig angelegte Blumenrabatte, auf den Springbrunnen, in dessen tönerne Schale ein feiner Strahl fiel. Bis in den

Herbst hinein badeten darin die Vögel. Ein Hochzeitsgeschenk der Eltern, etwas Symbolisches, hatte der Vater gesagt, der nun schon Jahre tot war. Tanja hatte an etwas Andauerndes gedacht, etwas, das im Fluss blieb. Bis dass der Tod euch scheidet.
Eine Weile hatten sie die Anschaffung des Sofas hinausgezögert, nicht wegen der Ausgabe, mehr wegen der Kinder. Leonie mit ihrem Schneidersitz und Niklas knuspert, das waren Toms Bedenken gewesen, doch Tanja fand, dass der Yogasitz, so nannte sie die Art, die ihre Tochter beim Lesen oder Fernsehen einnahm, nicht gegen das Möbel sprach. Und Niklas würde ja wachsen. Beide waren stolz auf das Haus, das bereits zur Hälfte abgezahlt war, darauf, dass jeder seinen Rückzugsort hatte. Die Zimmer der Kinder waren zwar nicht groß, aber zweckmäßig eingerichtet, es gab zwei Bäder, ein Arbeitszimmer, ein Elternschlafzimmer und im Keller jede Menge Stauraum. So hatte Tanjas Mutter einer Freundin das Haus beschrieben.

Sie dachte an ein Glas Rotwein, aber nach solch einem Dienst würde es ihr die restliche Konzentration rauben und die brauchte sie noch. Sie musste mit Tom sprechen, mit dem Mann, den sie seit ihrer Jugend kannte und liebte.
Wenn er sie nicht entlasten konnte, wer dann?
Sie goss sich ein Glas Holundersaft ein und setzte sich ihm gegenüber. Auch jetzt blickte er nicht auf. Sie beobachtete, wie seine Finger, immer waren es die drei mittleren, langsam über die Seite glitten, das war eine Angewohnheit, die sie amüsierte. Jetzt griff er, ohne Aufzusehen, nach dem Bier-

glas, hätte es beinahe umgestoßen, und erst da bemerkte er sie.
Tanja, hallo Schatz, dann war er wieder beim Eifel-Krimi.
Sie hatte nie verstanden, was ihm diese Bücher gaben, die eher kritisch besprochen wurden und ihrer Meinung nach keine Literatur waren, welche sie schätzte, hatte sich aber mit seiner Erklärung zufriedengegeben: Zur Entspannung, so wie du Bilder malst!

Und vergib uns unsere Schuld!
Das war ihr Thema, es hatte sie den ganzen Tag über verfolgt. Jetzt wollte sie sprechen. Wollte, dass mit den Worten die Last kleiner wurde, möglicherweise sogar verschwand. Wie sollte sonst das Leben weitergehen können?
Muss dich mal stören, sagte sie.
Warte, gleich, nur diese Seite, das hältst du nicht aus! Tom rutschte mit zusammengekniffenen Lippen auf dem Lederpolster hin und her.
Nein, ich halte es wirklich nicht aus. Ich kann heute nicht warten, Tom.
Erstaunt sah er auf, nahm das Lesezeichen, ein Star-Wars-Charakter, Niklas hatte es ihm zu Weihnachten geschenkt, und klappte das Buch zu. Er griff nach dem Bierglas, bemerkte, dass es einen Rand auf dem Satztisch hinterlassen hatte, und wischte ihn mit dem Taschentuch weg.
Ich habe einen Fehler gemacht, etwas, das nicht wiedergutzumachen ist.
Tom sah, dass Tanja Tränen in den Augen hatte. Er versuchte, sich zu erinnern, wann das vorgekommen war. Außer beim Tod ihres Vaters konnte er sich an keine Situation erin-

nern. Jedenfalls nicht in den letzten acht Jahren. Da allerdings hatte sie haltlos geweint.
Ich hätte den Vermerk nicht vergessen dürfen, wie konnte ich nicht daran denken, dass Schwester Britta noch nicht so viel Routine hat. Es ist ihr einfach durchgegangen, die Patientin zu fixieren.
Ach, der Schwester ist es durchgegangen und du machst dich dafür fertig!
Tom war der Wunsch seiner Frau nach Unfehlbarkeit schon mehrmals grotesk erschienen. Diese Strenge sich selbst, auch den Kindern gegenüber, die er versuchte abzumildern. Wenn die ganze Welt so dächte, gäbe es keine Krimis mehr, gerade das Fehlbare im Menschen war es doch, das die Spannung ausmachte. Aber das war jetzt nicht Thema. Eben diesen Satz: Das ist jetzt nicht das Thema, Tom, hatte er schon oft von Tanja gehört, wollte ihn nun auf jeden Fall vermeiden.
Und was ist die Folge deines Fehlers?
Ein Pflegefall mit sechsundvierzig Jahren.
Jetzt weinte sie. Noch nie hatte Tom Tränen sehen können, auch beim Tod des Schwiegervaters hatte er sich abgewandt und den Eichhörnchen vor dem Fenster zugesehen, er stand auf, widerstand dem ersten Impuls, nach draußen zu gehen, setzte sich zu Tanja und legte den Arm um sie.
Die Zwillingsfrau?
Ja.
Ist sie nicht schon ein Pflegefall seit sie bei euch ist?
Eben nicht! Da gab es noch Hoffnung!

Tanja löste sich brüsk aus der Umarmung und ging zur Terrassentür. Dort sprach sie mehr vor sich hin als zu Tom, der nicht wusste, was er tun konnte.

Fixieren, fixieren, nur ein einziges Wort, wie konnte ich so nachlässig sein, es zu vergessen! Wenn ich es nicht gewusst hätte, müsste ich mir nicht solche Vorwürfe machen, dann wäre es zu verzeihen, aber ich wusste es. Es ist meine Schuld, dass Susanne Lummer nie wieder gehen und sprechen kann.

Tom erinnerte sich an ein Plädoyer aus einem der Krimis, in dem der Verteidiger des Mörders die Theorie des Determinismus vortrug, die besagt, dass in Ermanglung der Fähigkeit des Menschen, zwischen Gut und Böse zu unterscheiden, dem Schuldprinzip der Boden entzogen sei. Damit hatte er ein milderes Urteil für den Angeklagten bewirkt. Tom hatte mitgefiebert, fand es damals genial. In welchem der vielen Eifel-Krimis war das gewesen? Aber selbst wenn es ihm einfiele, er würde Tanja damit nicht überzeugen können. Dafür kannte er sie zu gut.

Hassan zögerte, als sein Lehrer ihm von dem Schreiner erzählte, doch schließlich willigte er ein mitzugehen, aber sein Unbehagen war ihm anzumerken. Jan wusste nicht, was ihm zu schaffen machte, der Junge sprach nicht darüber. Vielleicht nicht gut genug, das sagte er schließlich, da standen sie schon vor dem Haus aus den zwanziger Jahren, das Walmdach wie eine Schutzhaube, mit einem Garten und einem flachen Nebengebäude, der Schreinerei.

Nach einem festen Händedruck führte Marcus sie ins Wohnzimmer. Holzvertäfelungen an den Wänden gingen in breite Fensterlaibungen über, darauf Tontöpfe mit hängenden Farnen, darunter glänzende Dielen aus Mahagoniholz, so breit, wie Jan sie noch nie gesehen hatte. In jede der drei Türen, sie waren breiter und höher als gewöhnlich, hatte jemand im oberen Drittel ein Muster eingelegt, eine Sonne, einen Mond, einen Stern. Marcus zeigte auf die Einlegearbeiten: Mein Meisterstück.

Hassan wirkte verschüchtert, war nicht der Junge, den Jan aus dem Unterricht kannte, eher verdruckst ging er neben ihm her, und er fragte sich, ob er nicht einen Fehler gemacht hatte. Marcus war gleichbleibend freundlich, lud sie ein, die anderen Räume im Haus anzusehen und machte in jedem Zimmer auf ein Detail aufmerksam, eine Rosette im Fußboden, zwei Fenster, die spiegelbildlich angebracht waren, in ihrer Gesamtheit wirkten sie wie ein Portal, ein Sekretär, davor ein Stuhl aus dem gleichen Holz und ein ausladender Schreibtisch mit kleinen und großen Schubladen, auf dem Bauzeichnungen lagen.

In einem kleinen Raum neben dem Wohnzimmer tranken sie Kaffee und Marcus fragte Hassan, ob seine Eltern einverstanden wären, wenn er ihm an den Wochenenden helfen würde. Da sprudelte der Junge plötzlich los, dass er dem Vater, auch dem Onkel, schon geholfen habe, aber nicht so gut, sagte er und zeigte auf den Fußboden im Wohnzimmer. Er wolle ja Architekt werden, aber jetzt noch nicht, später einmal. Jetzt wolle er lernen und Geld verdienen, damit die Eltern und Schwestern kommen konnten. Und ein eigenes Zimmer. Jan erzählte von dem verschwundenen Smartphone und bemerkte die steile Falte zwischen den hellbraunen Augen des Schreiners.

Der hatte immer genug Platz gehabt, das Zimmer nie teilen müssen und seit seine Frau Nina das Haus geerbt hatte, gab es zwei Stockwerke und das Souterrain, genug für eine große Familie. Er dachte an die Tage, als er zur Schule gegangen war, an diese immer lauernde Angst, dass die zwei Jungen aus der Nachbarklasse ihm auf dem Heimweg in den Weg träten, ihn zu Boden rissen und auf ihn einschlügen. Damals war er ein schwächliches, oft kränkelndes Kind gewesen und er erinnerte sich jetzt an die Wut und die Scham, für die er kein Mittel gewusst hatte, außer sie zu schlucken. Man muss sich durchsetzen, hieß es zuhause.

Sie gingen in die Werkstatt, es roch nach frischem Holz, nach Beize, nach Leim. Marcus zeigte den beiden die Maschinen, einige kannte Hassan, und Jan dachte an die Werkstatt, in der er mit seinem Sohn Mohamed vor der Scheidung ganze Nachmittage zugebracht hatte, an ein Gefühl der Vertrautheit, das nach und nach verloren gegangen war. Alles an dem Jungen aus Homs begann zu glänzen und die Worte purzelten nur so aus ihm heraus. Er nahm verschiedene Werkzeuge in die Hand, strich über deren Oberfläche. So hatte Jan ihn noch nie gesehen, so lebendig. Schnell waren Marcus Dehmel und Hassan sich darüber einig, dass sie es miteinander versuchen wollten.
Morgen um acht?
Um acht, werde pünktlich sein. Danke.

Der Schreiner streckte seinem neuen Helfer die Hand mit dem fehlenden Mittelfinger hin.

Am Abend erwarteten er und seine Frau Nina Freunde. Seit ein paar Jahren war es zu einer Gewohnheit geworden, dass man sich reihum am letzten Freitag des Monats zum Klönen traf. Bei den vollen Terminkalendern hatte sich diese Abmachung durchgesetzt, man musste sie nicht endlos nach einem freien Abend durchstöbern. So waren Freundschaften über Jahre erhalten geblieben, obwohl Beruf und Familie jeden beanspruchten und sich auch beträchtlich unterschieden. Da war der Anwalt mit seiner Frau, die bei den zwei Kindern im Haus blieb, einer der wenigen aus Ninas Schulclique, zu dem noch Kontakt bestand. Da war der älteste Schulfreund von Marcus, ein Religionslehrer und seine Frau, eine Erzieherin und der Neurologe, er gehörte zur Musikgruppe, die Marcus gegründet hatte. Der war ein unverbesserlicher Single und liebte und liebkoste das Cello seines Großvaters. Habe Beziehungen zu meinen Patienten genug, sagte er einmal, als Marcus ihn darauf angesprochen hatte.

Nina hatte schon am Abend davor eine Kürbissuppe mit Mango und Curacao gekocht, Marcus' Spezialität, und immer gelobt wurde Gulasch mit Spätzle. Ein Rezept der Großmutter aus alten Zeiten, besser als jeder Schnörkel der Haute Cuisine.

Die Sieben saßen um den ovalen Esstisch, den Marcus vor einigen Jahren für diesen Anlass gezimmert hatte. Er stand in der Nähe der Küche, praktisch sollte es sein, das war zu fast allem sein Standpunkt. Typisch männlich, wie seine Frau fand, die mehr auf Wirkung bedacht war. Aber das

Haus wirkte allein durch seine Größe und Ausstattung auf die Besucher. Und der Tisch, das musste auch sie zugeben, war eine Wucht und lud jedes Mal zu Gesprächen ein, die das Essen begleiteten.

Es war die Frau des Anwaltes, der sein dunkles, leicht gewelltes Haar in der Mitte gescheitelt trug, die sagte: Kann mir mal einer sagen, warum so viele Männer heute Glatzen tragen wie die Neonazis, ohne, dass sie es sind?
Marcus drehte den Kopf zur Seite und zeigte auf seinen Pferdeschwanz.
Sieht vielleicht cooler aus als das, oder?
Stellt euch mal vor, wir Frauen würden uns die Haare auch auf dem Kopf abrasieren! Gefiele euch das vielleicht?
Dabei drehte sie das zu einer Seite länger geschnittene Haar um den Zeigefinger und sah zu ihrem Mann. So leicht wollte sie sich nicht abfertigen lassen, wünschte eine Diskussion, Argumente, das belebte sie.
Ihr färbt euch die Haare, wenn ihr in die Jahre kommt, und wir rasieren uns den Kopf, damit man die kahlen Stellen nicht auf Anhieb sieht.
Das war der Neurologe, der zu seinen kurz geschorenen Haaren, in deren Mitte bereits die Haut durchschimmerte, einen dichten Vollbart trug. Es wächst halt nicht überall gleich, wie man sieht. Er legte die Stirn in Waschbrettfalten. Aber warum sollen nur Frauen eitel sein dürfen? Wenn ihr wüsstet, was ich manchmal von meinen Patienten zu hören bekomme und die sind nicht etwa schwul. Er strich sich über den Bart.

Hat doch was Männliches, diese Kahlheit, findet ihr nicht?
Die Frau des ältesten Freundes von Marcus sah zu Nina und wartete auf eine Bestätigung. Nie hatte Marcus verstanden, dass dieser sportliche Typ mit dem dunklen Lockenkopf Religion studiert hatte und nun in der Schule unterrichtete. Aber Nina schüttelte nur den Kopf.
Sogar in Bankkreisen ist der Pferdeschwanz inzwischen kein Problem mehr und mir gefällt er.
Es ändert sich eben gerade vieles, sagte nun wieder die Frau des Anwalts und nickte mehrmals, als verkündete sie ein Novum.
Das kann man wohl sagen, bei diesen Worten hielt Nina Marcus ihr leeres Weinglas hin. Es ist eine Situation, die vieles verändern, vielleicht auch zerstören wird, was wir noch gar nicht so richtig begriffen haben.
Das war das nächste Stichwort für die Anwaltsfrau, endlich konnte sie etwas aus einer der Philosophie-Vorlesungen loswerden.
Bloch hat geschrieben, wo genau, das ist mir gerade entfallen: *Um das Reich des Friedens herzustellen, werden nicht alle Dinge zu zerstören sein und eine ganz neue Welt fängt an; sondern diese Tasse* (dabei zeigte sie auf ihr Glas), *jener Strauch oder jener Stein und so alle Dinge sind nur ein wenig zu verrücken. Weil aber dieses Wenige so schwer zu tun und sein Maß so schwierig zu finden ist, können das, was die Welt angeht, nicht die Menschen, sondern dazu kommt der Messias.* Also so schlimm wird's nicht werden, lächelte sie und beendete ihren Vortrag.

Bravo, sagte der Religionslehrer, das ist Stoff der zwölften Klasse, er konnte sich ein ironisches Lächeln nicht verkneifen.
Den Anwalt erstaunte das Erinnerungsvermögen seiner Frau. Er dachte an die Dinge, die ihr immer wieder entfielen, wie die Geschäftsessen, zu denen sie rechtzeitig aufbrechen mussten, die Änderungen im Stundenplan der Kinder, die vergeblich vor dem Schultor auf das Muttertaxi warteten. Aber vielleicht tat er ihr Unrecht.

Die Schüssel mit dem Gulasch war leer, die Weingläser hatte Marcus zum zweiten Mal gefüllt. Es fehlte noch der Nachtisch, eine Charlotte mit Himbeeren. Da konnte er nie widerstehen. Es lag ihm aber daran, bevor es dazu kam, über den jungen Hassan zu sprechen.
Würdet ihr einen Flüchtling beschäftigen, fragte er und sah in die Runde.
Nina schaute ihn irritiert an, das Gespräch ging in eine Richtung, die sie an diesem Abend gern vermieden hätte. Die Arbeitswoche war anstrengend gewesen, da waren ihr leichte Themen lieber. Schon in der Bank gab es keinen Tag ohne Berichte über Flüchtlingskatastrophen und Gespräche mit Kunden, die um ihre Einlagen oder um den Wert der Häuser bangten. Dauerpräsent war das Thema. Aber es war nicht die Art ihres Mannes, etwas zu fragen, was ihn nicht wirklich beschäftigte. Das wusste sie.
Der Religionslehrer trank einen Schluck, nickte dann. Wenn ich einen Job zu vergeben hätte, denke schon.
Zum Glück hast du keinen, sagte seine Frau und ihr Puppengesicht, das von den Jahren verschont geblieben war, nahm

eine leichte Rötung an. Sie war, seit die Flüchtlingszahl angestiegen war, besorgt wie die Eltern der Kinder, die sie als Erzieherin betreute. Seit Neuestem wurden auch die älteren Kinder, die in der Nähe wohnten, täglich gebracht und abgeholt. Nicht grundlos, wie sie fand.
Aber sie brauchen Arbeit, sagte ihr Mann, so wie du und ich. Wie soll man ohne Arbeit mit sich im Reinen sein?
Ich habe die Kinder, das ist Arbeit genug, wenn man es ernst nimmt natürlich, und alle am Tisch wussten, dass sie das tat, die Frau des Anwalts. Bei jedem Treffen war sie voll davon.
Dazu Haus und Garten, da könnte ich schon ab und zu Hilfe brauchen, aber einen Flüchtling würde ich mir nicht ins Haus holen.
Sie sah zu ihrem Mann, der ein unentschlossenes Gesicht machte. Marcus wusste von Nina, dass zweimal in der Woche eine Putzfrau ins Haus kam, für das Grobe, das war wohl das, was sie selbst nicht so gern machte. Sie selbst ging in diesen Stunden zu Ausstellungen und Vorlesungen über Philosophie und liebte endlose Diskussionen.
Aber ich.
Mit diesem Worten war Marcus war aufgestanden, um die dritte Flasche Wein zu holen, auch um mit den Antworten fertig zu werden.
Was heißt das, aber du?
Ninas Wangen hatten sich unter dem Make-up gerötet, da erschienen kleine Flecken, wie immer, wenn sie in großer Aufregung war. Als sie sich kennenlernten, hatte Marcus sie des Öfteren damit geneckt, aber mit den Jahren nahm er es wortlos hin.

Ab morgen wird mir ein junger Mann aus Holms in der Schreinerei helfen. Er war heute mit seinem Berufsschullehrer hier und hat mir gefallen. Ich denke auch darüber nach, ob wir ihm nicht das Zimmer im Souterrain anbieten sollen. Bis jetzt wohnt er in einer Flüchtlingsunterkunft mit zwei Männern aus Algerien, wie es scheint, keine integren Menschen. Sie haben ihn bestohlen.

Die Spannung im Raum war bei seinen letzten Worten gestiegen. Er kannte das aus seinem Elternhaus, wenn etwas nicht so funktionierte, wie die Eltern sich das vorstellten. Da war die gleiche, nicht greifbare dicke Luft. Noch sprach niemand, doch eine Schwüle breitete sich aus, die er lähmend fand.
Nina fand als erste Worte.
Da habe ich wohl auch noch ein Wort mitzureden. Nicht, weil es das Haus meiner Eltern ist, sondern weil niemand in einen anderen Menschen hineinsehen kann. Und niemand kann sagen, ob diese Menschen, die uns hier so unerwartet auf die Pelle rücken, wirklich aus den Gebieten kommen, in denen sie vom Tod bedroht sind. Oder was sie sonst hier wollen.
Du meinst die Identitätsverschleierung, um die Abschiebung zu verhindern, sagte der Anwalt.
Plötzlich sind sie alle Syrer, ohne Pass allerdings, vielleicht auch Terroristen, sagte seine Frau und strich den Pony aus der Stirn.
Hass gedeiht am besten dort, wo er mit Angst gedüngt wird, aus der Religion ist mir das nichts Unbekanntes. Leider auch aus der christlichen nicht, sagte der Religionslehrer. Er

machte eine Pause, schien nach etwas zu suchen, bevor er hinzufügte: Ich glaube es war Roosevelt, der gesagt hat: *The only thing we have to fear is the fear itself.* Es ist wirklich viel Angst da, das lässt sich nicht leugnen. Wenn man nur genau wüsste, wovor.

Marcus waren das zu viele Worte, dieser junge Mann, der fast sein Sohn hätte sein können, hatte etwas in ihm berührt.
Ich bin und bleibe ein Handelnder, wie ihr wisst. Und ich möchte es versuchen. Hassan kommt morgen um acht, um mir zu helfen.

Noch immer war keine Entscheidung darüber gefallen, ob man Leonie und Niklas zu bestimmten Veranstaltungen begleiten sollte oder nicht. Es war Karin Dehmel, die Großmutter, die darauf pochte, dass es dazu kommen sollte. Wann immer sie mit ihrer Tochter Tanja sprach, bat sie um ein neues Familientreffen, lockte mit Hirschgulasch, das war einer ihrer Magneten, bisher hatte er immer gezogen, doch die Tochter machte einen völlig übermüdeten und gestressten Eindruck, dessen Grund Karin unbekannt war und blieb.
Viel Arbeit, sagte sie, du weißt ja. Bis jetzt ist ja auch alles gut gegangen.
Karin biss sich auf die Lippen. Bis jetzt! Dabei las sie beinahe täglich von weiteren Überfällen, von Übergriffen. Eines war klar, die Tochter war mit etwas beschäftigt, mit dem sie nicht rausrücken wollte. Das war in all den Jahren nicht vorgekommen, denn sonst blieb ihr, der Mutter, nichts verbor-

gen. Warum diese Veränderung? War vielleicht ihre Ehe in Gefahr? Man hörte so viel vom Zerbrechen der Ehen in letzter Zeit, in der Nachbarschaft war der Mann zu einer anderen Frau gezogen, und nun saß seine Ehefrau mit drei Kindern in einem Haus, das sie nicht finanzieren konnte. Es gab beinahe ebenso viele Alleinerziehende wie Elternpaare, daran dachte Karin kurz, aber das mussten die beiden miteinander ausmachen. Und Tom, dieser ruhige Typ mit dem leicht schwäbischen Akzent, von ihm konnte sie sich einfach nicht vorstellen, dass er fremdging. Aber selbst dann würde sie sich nicht einmischen. Auch in ihre Ehe hatte ihr niemand reingeredet, sie und Uwe hatten mit dem, was vorfiel, allein zurechtkommen müssen. Keiner hatte daran einen Zweifel gelassen. Und sie hatten es bis zu seinem Ende geschafft.

Doch bei Leonie war das etwas anders. Das Mädchen hatte sich verändert, war weniger zugänglich seit einiger Zeit, machte abfällige Bemerkungen über die Gewohnheiten der Eltern, über den geschleckten Garten, die trauten Abende, und man hörte förmlich die Anführungszeichen, wenn sie darüber sprach. Für alles kann die Pubertät doch nicht herhalten, dachte Karin, und sie behielt recht.

Der Stundenplan der Enkel hing bei ihr in der Küche, damit sie wusste, wann die zum Mittagessen bei ihr auftauchten, wann sie für welches Fach zu lernen hatten, auch deren Verpflichtungen am Nachmittag kannte sie genau. Es wäre also ein Leichtes, Leonie unbemerkt zu beobachten. Sie zögerte, fand ihre Idee abgeschmackt, doch sie musste Gewissheit haben. Etwas stimmte da nicht! Deshalb folgte sie der Enkelin, die erklärt hatte, nach dem Essen zu einer Freundin zum Lernen für die nächste Bioarbeit zu fahren, was ungewöhnlich war, denn in der Regel lernte sie allein. Karin fuhr mit dem Fahrrad in einigem Abstand hinter ihr her, hatte Mühe, sich nicht abhängen zu lassen, denn Leonie fuhr schnell. An einer Kreuzung schlug das Mädchen einen anderen Weg ein, als den, der zum Haus der Freundin führte. Einen kurzen Moment war Karin so perplex, dass sie stehenblieb, sah Leonie gerade noch in eine Seitenstraße einbiegen und beeilte sich, sie wieder einzuholen. Nur ein kleines Stück weiter stieg die Enkelin vom Fahrrad, strich ihr langes Haar aus dem Gesicht, eine Geste, die Karin sehr vertraut war, und verschwand hinter einem Tor. Erst als Karin sicher war, dass sie unbemerkt blieb, stellte sie ihr Rad ab, ging ebenfalls zu dem Tor und sah ein verblichenes und verkratztes Schild: Autoreparaturen.

Sie wusste schon, was Herzklopfen war, aber das, was jetzt in ihr vorging, war mehr ein Flattern, war das Ein- und Aussetzen des Herzens im unregelmäßigen Rhythmus. Sie schwitzte, lehnte sich an die Hauswand und war fassungslos. Ihre wunderbare Leonie! Es gelang ihr noch nicht einmal, eine Vorstellung darüber zu entwickeln, was hinter dieser Tür vor sich gehen könnte.

Sabine Lummer hatte sich an den neuen Tagesablauf gewöhnt. Um neun Uhr kam der Pfleger, richtete die Schwester her, setzte sie in den Rollstuhl. Eine halbe Stunde vorher duschte Sabine in der gläsernen Dusche und sah noch halb

verschlafen den Wassertropfen zu, die sich dort bildeten, nahm eines von den Wässerchen der Zwillingsschwester, so rochen sie gleich, denn auch der Pfleger war angewiesen, Susanne damit zu besprenkeln. Möglichst gleich sollte alles sein, so wie auch vorher alles gleich gewesen war, unter diesem Gesichtspunkt suchte sie jeden Tag für sich und Susanne die Kleidung aus. Jeder sollte sehen, was sie waren, unzertrennlich, auch jetzt noch. Und nichts, aber auch gar nichts, durfte diesen Eindruck verwischen.
Wenn nicht daran, an was sollte sie sonst festhalten?

Das Ausfahren überließ sie niemandem. Schlag elf Uhr schob sie den Rollstuhl in den Fahrstuhl, lenkte ihn in die Straßen, die zum Fluss führten, stellte ihn an der Bank ab, auf der sie noch vor einiger Zeit gemeinsam gesessen und den Booten zugesehen hatten, die ab und zu vorbeifuhren. Manche tief im Wasser, volle Ladung, hatten sie das genannt und sich gefragt, wie sich wohl ein Leben auf einem Schiff anfühlen musste. Wasser, nichts als Wasser ein Leben lang, die Menschen am Ufer in Miniaturperspektive, kein Kino, keine Geschäfte, kein Restaurant. Geht nur ohne Kinder, hatte Susanne gesagt, die sind so wie wir, sich selbst genug, dabei hatten sie sich von Zeit zu Zeit an den Händen gehalten. Susanne und Sabine waren sich immer selbst genug gewesen, auch wenn Kinobesuche und gutes Essen im Restaurant nicht aus ihrem Leben wegzudenken waren. Nicht einmal ein Mann hatte in ihre Zweisamkeit Einzug halten können, partiell vielleicht, aber nie trennend. Verrat wäre das gewesen. Susanne an Sabine oder Sabine an Susanne. Beide hatten sich davor gescheut. Außerdem, welcher Mann wusste schon, für wen von den beiden er sich entscheiden sollte, sah er die eine an, erschien wie ein Spiegelbild auch gleich die andere. Immer tauchten sie zusammen auf. Das brachte Verwirrung. Nur Hunde hatten die beiden manchmal für Momente trennen können, die andere vergessen lassen. Sie drängten sich zwischen sie und wollten gestreichelt werden.

Da war der Hund der Kindheit, auf ihm waren sie geritten, hatten ihn gebürstet, hatten sich gestritten, wer ihm den Napf füllen durfte, von wem er lieber ausgeführt werden wollte. Dann hatte er tot in seiner Hütte gelegen. Tagelang nur Tränen ohne Trost. Und niemand wusste, woran er gestorben war. War nicht krank, war nicht alt gewesen. Seitdem waren Tiere etwas Magisches für beide. Etwas, das alles überstrahlte, das Susanne zu ihrem Beruf gemacht hatte. Doch jetzt sah Sabine mit ihren hellblauen Augen allein die Tiere über den Rasen stieben, die Augen der Schwester schienen davon nichts wahrzunehmen. Sie blickten und sahen nicht.

Um sich nicht so mutterseelenallein zu fühlen, hatte Sabine angefangen, der Schwester bei ihren Ausflügen Geschichten aus der Kindheit zu erzählen. Geschichten, in denen noch beide als Gleiche vorkamen, nicht immer gleichberechtigt zwar, schon damals war das so. Immer war Susanne das zarte, kleine Mädchen gewesen, das die Aufmerksamkeit auf sich zog, der man über den Schopf fuhr und die man mit Kosenamen bedachte, während Sabine, die Kräftigere von beiden, daneben stand und schaute und wartete. Kommt mehr nach der Mutter, sagten die Leute. Die Mutter wusch und buk und kochte und niemand nahm wirklich Notiz von ihr.

Alle Augen hingen am Vater, dem Wirt, der ein Großer im Späßemachen, im Aufschneiden war, und an Susanne, seiner Lieblingstochter. Auch jetzt kam es Sabine nicht viel anders vor, die Menschen, die beide kannten, fragten nach Susanne und ihrem Befinden.

Dieses Mal erzählte Sabine von der Wirtschaft, die der Vater geführt hatte, von den Männern, die über den Rand der Biergläser zu ihnen schielten. Das waren keine unbefangenen Blicke, da war Begehrlichkeit. Immerhin waren sie erst zwölf, dann dreizehn und dann vierzehn, als der Vater verlangte, dass sie im Schankraum aufzutauchen hatten. Sie putzten sich heraus, das war ihr Leben lang so geblieben, beinahe ein Wettbewerb war das geworden, waren scharf auf die Komplimente, weniger auf die Hände. Sie waren der Stolz des Vaters und stolz darauf. Die Zwillinge des Wirtes, das war etwas in diesem Ort, das wussten sie, das zählte. Jetzt, im Erzählen, fragte sich Sabine, welche Rolle die Mutter dabei gespielt hatte. Was würde sie sagen, wenn sie ihre beiden Töchter so hier sitzen sehen könnte? Wie ein kleiner Triumph durchfuhr es Sabine. Jetzt wäre sie diejenige, welche!

Sie sah zu Susanne, die ein paar Takte von Abendstille summte, dabei war es gerade Mittag.

Dieses Mal würden sie den ganzen Nachmittag für sich haben. So hatte Leonie es eingefädelt, die Großmutter wähnte sie beim Biolernen und die Eltern waren beschäftigt. Ihr ging die Gereiztheit der Mutter auf die Nerven in der letzten

Zeit. Was konnte sie dafür, wenn im Krankenhaus etwas nicht so lief, wie die es sich vorstellte. Soviel hatte Leonie mitbekommen, sie war ins Wohnzimmer geplatzt, als die Eltern darüber sprachen, aber bei ihrem Eintreten hatten sie das Thema gewechselt. Wofür hielten die sie eigentlich? Ein Kind, das nichts begriff? Sie war bereits fünfzehn, hatte ihre Geheimnisse und einen Freund. Und was für einen! Der fürchtete sich nicht so schnell vor etwas, brauchte kein Haus, keine Klamotten, der ging nicht mal zum Friseur. Er schnitt sich die Haare selbst. Und außerdem war er nicht so festgelegt. Da war noch Spannung drin, nicht nur in seinem Körper. Auch im Leben! Abgesehen davon, dass er so zärtlich war, wie sie nie gedacht hätte, dass es ein Mann sein könnte. Ganz anders, als ihr Vater, wenn er Gute Nacht sagte, auch anders als Onkel Marcus mit seinem Pferdeschwanz. Und dieses Kosewort, wenn er sie streichelte, warum ging es bloß immer wieder verloren? Noch nie vorher hatte sie es gehört, und sie war sicher, es stammte aus seinem neuen arabischen Wortschatz. Völlig undeutsch klang es, als schliefe es noch halb im Gaumen. Sie hatte sich vorgenommen, es aufzuschreiben, damit sie es wiederholen konnte, wenn sie allein war und sich nach ihm sehnte, doch bisher hatte es keine Gelegenheit gegeben. Er flüsterte es, wenn sie auf dem Schaffell lagen, und dann schien es darin zu verschwinden. In irgendeiner Locke. Fragen wollte sie ihn nicht, das wäre kindisch. Er war ja schon ein Mann. In solchen Momenten waren all ihre Bedenken vergessen, sie dachte nicht an Gewalt, an die Nichtachtung der Frau. Sie fühlte jedes Körperteil, das er berührte, geschätzt und geachtet. Seine Hände machten es erst zu dem, was es war.

Wenn sie dann später Tee tranken, noch nie hatte sie ihn Wein oder Bier trinken sehen, und nebeneinander saßen, kamen die Fragen zurück, die sie immer mehr beschäftigten, wenn er nicht da war. Sein Übertritt zum Islam, die Reisen in Länder, in denen diese Religion zuhause war. Auch demnächst plante er eine solche Reise. Würdest du mich mitnehmen, das hatte sie gefragt, doch er hatte gesagt, dass sie erst noch wachsen müsse. Dabei maß sie bereits einen Meter und siebzig. Als sie das sagte, hatte er gelacht und gesagt, nicht nach oben, nach innen. Damit wusste sie nichts anzufangen.

Aber warum sollte sie nicht auch nach Afghanistan oder Libyen oder sonst wohin reisen, schließlich war sie mit den Eltern und dem Bruder auch auf Bali gewesen. Bilder spukten noch heute durch ihre Träume. Wo genau denn da der Unterschied sei, wollte sie wissen, einfach weil sie neugierig war. Es ist ein Unterschied größer als Tag und Nacht, hatte er gesagt und sie sich damit selbst überlassen. Aber sie würde nicht aufgeben, das wusste sie und wenn es dauerte, nach innen zu wachsen, dann wollte sie eben warten.

Noch nie hatte Karin ihren Sohn bei der Arbeit gestört. Doch was geschehen war, duldete keinen Aufschub. Ein Gespräch mit Tanja schien ihr nicht ratsam, jetzt jedenfalls noch nicht. Schon einmal hatte sie miterlebt, wie die Tochter zusammengebrochen war und ihren Verpflichtungen einige Wochen nicht nachkommen konnte, und in dem Zustand, in dem sie im Augenblick war, wenn sie hörte, was die Mutter über

Leonie zu berichten hatte, schien Karin ein erneuter Zusammenbruch nicht unwahrscheinlich. Den Gedanken, ihren Sohn Marcus, der nächste, der in der Familie infrage kam, anzurufen, verwarf sie, setzte sich aufs Rad und fuhr zur Schreinerei.

Schon von der Straße hörte sie das Singen der Kreissäge, ein Geräusch, wie früher das Quietschen der Kreide an der Tafel. Sie bekam eine Gänsehaut. Nicht Marcus öffnete auf ihr Klingeln, sondern ein junger Mann, die Haut getönt, als käme er aus dem Urlaub, doch die dunklen, dichten Haare und etwas an seinen Bewegungen ließen sie diesen Gedanken fallen, und als er sie mit einem Akzent bat, einen Augenblick im Büro zu warten, erschrak sie. Sofort war das Erlebnis präsent, als sie in der Dunkelheit durch die Grünanlagen gefahren war. Ein Ausländer! Davon hatte Marcus nichts erzählt. Hatte auch er etwas zu verschweigen?

Er kam nach wenigen Minuten ins Büro. Sein Hemd war mit Holzstaub bedeckt, auch in den Haaren hatten sich ein paar Späne verfangen. Er war nicht zu belehren, noch immer trug er keine Kopfbedeckung. Ihre beständige Angst, der Pferdeschwanz könne sich einmal selbständig machen und zu einem Unfall führen. Wie der, als er ein Stück vom Mittelfinger verlor. Die Schutzbrille war nach oben geschoben, der Mundschutz hing ihm auf der Brust. Es war lange her, dass sie ihn so gesehen hatte, Jahre, als er noch zuhause gewohnt und dort seine ersten Holzarbeiten auf dem Speicher gemacht hatte.

Was ist passiert, Mutter?

Auch Marcus wusste, sie würde nicht einfach so bei ihm vorbeischauen, sie kannte sein Prinzip: Arbeit ist Arbeit und Schnaps ist Schnaps. Die Dinge waren zu trennen. Dabei trank er keinen Schnaps mehr, seit er nach einer Faschingsparty im Erbrochenen gelegen hatte, die Mutter war an sein Bett gekommen, hatte ihn angesehen, und ohne ein Wort zu sagen das Zimmer verlassen. Da war er zwanzig gewesen.
Ich muss mit dir über Leonie sprechen, aber vorher wüsste ich gern, wer der junge Mann ist, der mir die Tür aufgemacht hat.
Er heißt Hassan und hilft mir an den Wochenenden.
Ein Ausländer, oder?
Syrer, er kommt aus Homs und ist ohne seine Familie hier.
Karin schwieg. Sie wusste, was der Sohn sich in den Kopf gesetzt hatte, davon war er nicht abzubringen. Nie! Sie hatte es aufgegeben.
Als Karin erzählte, dass Leonie sie angelogen hatte, statt zum Biolernen mit einer Freundin zu einer kleinen Autowerkstatt gefahren und darin verschwunden war, strich sich Marcus übers Hemd und der mehlige Holzstaub fiel zu Boden. Sie konnte nicht damit fertig werden, dass Leonie, dieses wunderbare Mädel, von dem sie ganz und gar überzeugt war, log. Wir verbieten doch nichts, sagte sie und war sicher, dass ihr Blutdruckmessgerät, dass sie seit ein paar Jahren täglich befragte, nicht unter 170/100 angezeigt hätte.

Eine Autowerkstatt, komisch! Marcus, dem das Motorrad außer der Gitarre Ein und Alles war, überlegte, ob sich seine Nichte, wie er früher, für Motoren interessierte. Doch Karin

wischte seine Idee mit einer derben Handbewegung beiseite. Ihr Ding ist Bio! Das will sie doch auch studieren!
Sie vertraute ganz und gar auf das, was sie Bauchgefühl nannte und das sagte ihr, da ist was im Gange, was für das Mädchen nicht gut sein kann.
Vielleicht hat sie sich in einen Automechaniker verliebt, sie ist doch in dem Alter, in dem das fast jeder tut. Und kleine Geheimnisse versüßen das Leben!
Das wusste Marcus aus der eigenen Jugend. Und auch jetzt noch behielt er manches für sich. Weder Nina noch seine Mutter wussten davon. Wenn jemand ihn gefragt hätte, warum er das tat, wäre die Antwort gewesen: Ich brauche das.
Wenn es dich beruhigt, Mutter, werde ich dort mal vorbeischauen, nehme mein Motorrad mit, eine kleine Notlüge, die wirst du mir doch gestatten.

Seit die neue Ärztin auf der Station arbeitete, achtete Tanja penibel darauf, dass ihre Unterlagen ohne Fehl und Tadel waren, dass die Übergabe mit einer Freundlichkeit vonstattenging, die ihr neuerdings schwer fiel. Die Kollegin bewegte sich mit einer Selbstverständlichkeit durch das Haus, so, als wäre sie seit Ewigkeiten dort und genösse das alleinige Hausrecht. Dabei waren es erst wenige Monate. Sie war beliebt bei Patienten und Schwestern, wie sie es auch fertigbrachte, immer hatte sie ein Lächeln auf den vollen Lippen, immer einen Glanz in den Augen, das hellbraune Haar schien allen äußeren Einflüssen zu trotzen, es fiel gleichmäßig vom Scheitel bis zum Kinn, dort endete es mit einem leichten Schwung nach außen. Sogar nach dem Nachtdienst, den sie selbst nur unter Einsatz ihrer Kraftreserven überstand, mit dunklen Ringen unter den Augen und zwei schmalen Falten links und rechts des Mundes, die kaum noch verschwanden. Auch der Oberarzt war zu der Neuen durchweg freundlich, er schäkerte mit ihr vor den Patienten und sie tat so, als wäre nichts dabei, hatte eine flotte Antwort parat. Des Öfteren bat er sie und nicht Tanja, ihn bei der Visite zu begleiten. Die Patienten wollen was Junges, Frisches, das macht gesund, sagte er. Das verunsicherte sie noch mehr, denn seit dem verhängnisvollen Vorfall mit Susanne Lummer auf Zimmer 212 suchte Tanja in den Blicken nach Geringschätzung, ja nach Ablehnung. Etwas in ihr versteinerte zu einem harten Klumpen, der gegen die Magenwände drückte und klopfte. Ihr Appetit, mit dem die Familie sie gern aufzog, wenn sie sich zum zweiten Mal auflud, war nicht mehr da.

Tom sah, wie seine Frau finster durch das Haus ging, ihre üppige Mitte, die er schätzte und gern an sich drückte, verlor an Pfunden. Schade! Er bemühte sich, einen Ausgleich zu schaffen, übernahm mehr als sonst im Haushalt, legte den Berndorf zur Seite, wenn sie im Zimmer war und schlug schließlich vor, ein paar Tage ohne Kinder in die Berge zu fahren. Den Kopf freimachen, nannten sie das. Die Kinder würden bei der Oma bleiben.
Tanja packte die Bibel und Dostojewskis „Schuld und Sühne" aus und legte beide auf den Nachtschrank der kleinen Pension, in der sie schon mehrmals abgestiegen waren. Tom

legte seine zwei Berndorfs auf den anderen. Hätte es nur die Tage gegeben, wäre er beruhigt gewesen, da ging es gleich nach dem Frühstück los, kein Wind, kein Regen konnte Tanja abhalten, sich schwierige Touren auszusuchen. Im Gegenteil! Je unwirtlicher das Wetter, je steiler die Wege, wenn man die Schritte auf nacktem Fels, nur wenig gesichert, noch so nennen konnte, umso mehr glühten ihre Wangen. Ein Glück, dachte Tom in solchen Momenten, endlich habe ich meine alte Tanja wieder. Doch am Abend begann sie Gespräche über Schuld und Versagen. Über ihr Fehlverhalten. Vielleicht bin ich zu stolz, sagte sie, zeigte auf das Buch auf ihrem Nachttisch, sie hatte ihm die Stelle daraus vorgelesen, in der Dostojewski Stolz als die schlimmste Sünde des Menschen ansah, die nur durch ein Schulbekenntnis vor allen Menschen gesühnt werden konnte. Für Tom war das ein nicht nachvollziehbarer Gedanke, er fand nichts Abzulehnendes am Stolz eines Menschen, wenn er sich nicht zu Hochmut aufschwang, erinnerte sich gern der Worte seiner Mutter: Bub, ich bin stolz auf dich! Sie hatten ihm geholfen, an sich zu glauben. Und ähnlich wie er es bei Tucholsky gelesen hatte, war er der Ansicht, selbst wenn er irrte, in ihm sei nichts, das erlöst werden müsste. Schuld ging ihn nichts an. Nichts! Er tat, so gut er konnte.

Immer wieder sprach Tanja von der Patientin, von ihrem Fehler, der zu deren unwürdigen Lage geführt hatte. Zum unzeitigen Verlust eines sinnvollen Lebens.
Gut, dass sie keine Kinder hat und eine Schwester, die sich um sie kümmern kann, sagte Tom.

Aber mein Gewissen kommt einfach nicht damit zurecht, das Ergebnis ist doch meiner Nachlässigkeit zuzuschreiben. Jeden Tag, den ich in der Klinik bin, wird mir das bewusst. Ich werde das Gefühl nicht los, fehl am Platz zu sein.
Tom hatte keine Idee, wie er sie von solchen Vorstellungen abbringen konnte, er war ein technisch ausgerichteter Mensch, solche Gefühle kamen höchstens in seinen Krimis oder im Fernsehen vor. Und da war es die Aufgabe des Regisseurs, es zu lösen. Schon einige Male hatte Tanja vor dem Einschlafen gesagt: Vielleicht sollte ich mich um einen Kontakt zu den Zwillingen Lummer bemühen, sie um Entschuldigung bitten. Danach schlief sie unruhig, träumte von Sabine Lummer, die drohend vor ihr stand und versuchte, den bunten Schal, die Schwester hatte ihn getragen, als sie eingeliefert worden war, um ihren Hals zu schlingen.

Marcus wollte die Angelegenheit hinter sich bringen, wollte der Mutter weitere schlaflose Nächte ersparen. Wenn es um die Familie ging, war sie so empfindlich wie ein überreifer Pfirsich. Eine Druckstelle genügte. Er fand es zwar übertrieben, wie sie sich aufopferte, seit er denken konnte, damit alle zu ihrem Recht kamen, hatte selbst davon profitiert, doch sein Entschluss, kinderlos zu bleiben, war auch daraus erwachsen, ein eigenes Leben führen zu wollen. Ein Leben, das ihn nicht unter ferner liefen einstufte.
Er holte sein Motorrad aus der Garage, eine 500er BMW, eines der letzten Modelle dieser Serie. Er träumte davon, seit er es besaß, damit um die Welt zu fahren. Jeden Groschen

hatte er dafür gespart und jede nur mögliche Nebenarbeit angenommen. Und er wusste, hatte es immer gewusst, es würde sein. Zur Not auch ohne Nina. Noch war kein Zeitpunkt abzusehen, vorläufig nahm er es sorgfältig auseinander, putzte die einzelnen Teile, erstand im Internet Ersatzteile für Schäden, die noch nicht eingetreten waren, immer mit Bildern im Kopf von fremden Landschaften und Menschen. Es war ein Sammlerstück, das seine Aufmerksamkeit brauchte.

Wie immer sprang die Maschine mit dem dumpfen Brummen an, er setzte den Helm auf, das war eine der Abmachungen, die Nina mit ihm erkämpft hatte. Sie hatte es geschafft, Vater und Mutter, trotz der Helmpflicht, vor Jahren nicht.
Er kannte die Autowerkstatt nicht. Die Mutter hatte sie beschrieben, ihm den Zettel mit Straßennamen und Hausnummer auf den Schreibtisch gelegt. Als er durch die Straße fuhr, nahm er mehrere unbewohnte Häuser wahr und plötzlich wurde ihm ihre Sorge verständlich. Es sah wie eine aufgegebene Gegend aus. Er stellte das Motorrad ein paar Häuser von der Werkstatt entfernt ab, ging zu dem flachen Gebäude, das anders als einige der Häuser hier keinen ungepflegten Eindruck machte. Es stand etwas abseits auf einem verwilderten, eingezäunten Gelände. Das Schild an der Tür allerdings erschien ihm so, als hätte es keine Bedeutung mehr. Hier reparierte niemand mehr Autos oder Motorräder. Es gab keine Klingel, keinen Briefkasten an dem zweiflügeligem Tor. Nach zweimaligen Klopfen hörte er Schritte, Schlüsselklappern, Schließen. Er war nicht wenig erstaunt, als er dem Berufsschullehrer gegenüberstand. Beide Männer standen

sprachlos, in den Augen des Lehrers noch immer Erstaunen, bis Marcus sagte:
Jan, du hier?
Der brauchte etwas länger, um seine Fragen, die das unerwartete Auftauchen des Schreiners in ihm aufgerührt hatten, und die noch ohne Antwort geblieben waren, zu ordnen. Er dachte an Hassan, was konnte passiert sein? Dachte an seinen Sohn Mohamed, der gerade zum nächsten Supermarkt gegangen war, weil keine Milch im Haus war.
Woher kennst du denn meinen Sohn, fragte er schließlich und bat Marcus in die ehemalige Autowerkstatt. Dass der Schreiner Mohamed nicht kannte, erfuhr er, nachdem Marcus sich in diesem ungewöhnlichen Zuhause umgesehen hatte, das ihn an seine Jugend denken ließ, an Partykeller und die Feten darin. An das erste sich Aneinanderschmiegen, dieses Kribbeln, das durch den ganzen Körper ging.

Es dauerte nicht lange, dann kam Mohamed zurück, holte aus einem farbenprächtigen Stoffbeutel, den es in Deutschland nicht zu kaufen gab, eine Flasche Milch und eine Bananenhand, war erstaunt, seinen Vater mit diesen Mann hier zu sehen, der in ihm etwas anstieß. Doch vergeblich versuchte er, ihn mit einer Situation zu verbinden. Während Marcus mit den beiden Kaffee trank, dachte er an Leonie, an ihren Besuch, der die Mutter so erschreckt hatte und war nun sicher, dass sich die Nichte in den jungen Mann und sein Ambiente verliebt hatte. Ein hübscher, junger Mann in einer abenteuerlichen Umgebung. Abenteuer hatte für die Jugend schon immer eine Bedeutung gehabt, im Guten wie im Bösen, bis hin zum freiwilligen Kriegsdienst und zum Tod. Er dachte an das Haus seiner Schwester. Größer konnten Gegensätze kaum sein.

Es ist selten, dass jemand arabisch lernt, sagte er und zeigte auf die Zettel an der Wand. Jan schwieg. Mohamed sagte, wie schon zu seinem Vater vor einigen Wochen, eine Weltsprache muss man beherrschen, um nicht den Anschluss zu verlieren.
Chinesisch ja, aber Arabisch? Er dachte an Hassan und stellte sich die beiden jungen Männer nebeneinander vor. Auch sie waren Gegensätze. Groß, schlank und hellblond der eine, klein, drahtig und dunkel der andere. Warum sollten sie sich nicht kennenlernen? Des einen Muttersprache war Arabisch, der andere sprach Deutsch und hatte eine Bleibe, die auch zwei beherbergen würde. Eine Hand würde die andere waschen.
Mohamed hörte zu, als Marcus von dem Syrer erzählte, gern wollte er ihn kennenlernen, nicht nur wegen des Sprachaustausches, ihn interessiere der Islam, die Lebensweise in diesen Ländern, das weniger am Konsum orientierte Leben. Aber jemand in die Wohnung aufnehmen, das könne er nicht. Auf keinen Fall. Auch Jan sagte, der Kontakt mit einem Gleichaltrigen täte Mo gut, warum wollten sie es nicht versuchen. Doch die Miene des Sohnes gefror zu einer überheblichen Maske, hinter der er seine Gedanken versteckte, die zwar noch unausgereift waren, an denen jedoch niemand teilhaben sollte. Niemand!

Sie verabredeten ein Treffen im Haus des Schreiners, Sonntag in einer Woche nach der Arbeit gegen fünf, auch Hassan wäre dann da. Dass Marcus mit dem Gedanken spielte, auch Leonie dazu einzuladen, behielt er für sich. Allerdings gefiel ihm die Idee, ihr Gesicht zu sehen, über das sie sicher, einen Moment jedenfalls, die Kontrolle verlöre.

Am nächsten Tag rief er die Mutter an. Sie brauche sich nicht zu sorgen, wie er vorhergesehen hatte, war Leonie in einen jungen Mann verliebt und brauchte dafür freie Bahn.
Sie ist fünfzehn, wie alt ist er denn?
Neunzehn oder zwanzig, soweit ich weiß.
Schon! Und wie heißt er?
Mo. Er erinnerte sich, dass Jan ihn so nannte.
Wie, Mo?
Eine Abkürzung. Wovon, das würde Marcus ihr vorläufig nicht verraten. Erst einmal wollte er sich ein besseres Bild von diesem jungen Mann machen.

Tanja ließ der Gedanke nicht mehr los, sich bei den Zwillingen Lummer zu melden. Sie sprach nicht mit Tom darüber, aber immer öfter erwog sie den Gedanken, ihnen ihre Schuld einzugestehen. Gut, dass Tom nichts davon wusste. Es hätte ihn zur Weißglut gebracht und einen Ausbruch verursacht, der selten, aber wenn, dann mit Stärke sieben bis acht auf der Richterskala seine Wellen schlug. Jeder in der Familie fürchtete ihn. Auf einem glatten Meer fährt es sich besser, das war einer seiner Sprüche, und er liebte Sprüche ebenso wie seine Ruhe und den Berndorf, und soweit es ging, hielt er sich daran.

Von Woche zu Woche verschob Tanja die Absicht, den beiden Frauen ihren Besuch per Post anzukündigen. Das Eingestehen ihres Fehlverhaltens wog zu schwer. Doch ab und zu ging sie in die Nähe der Wohnung der Zwillinge und entdeckte sie eines Tages auf einer der Bänke, die am Fluss standen. Vom weitem sah sie den Gurt, mit dem Susanne im Rollstuhl fixiert war, sah den zur Seite gerutschten Kopf, die Schwester bewegte den Mund, die Hände zeigten aufs Wasser, vielleicht auf ein Boot. Tanja begann zu weinen, zu schluchzen, lehnte an einem der Bäume, bis ein Hund neben ihr sein Bein hob und ein älterer Mann sich dafür entschuldigte.
Tiere weinen eben nicht, dafür pinkeln sie alle paar Meter. Die haben's gut. Der Hund, ein golden Retriever, zog ihn bereits weiter. Noch eine Weile lehnte sie am Baum, doch sie vermied es, sich den beiden zu nähern. Ein anderes Mal.

Die diensthabende Schwester bat um ein Gespräch, als Tanja ins Krankenhaus kam. Sie gehörte zu den Älteren auf der Station, es fehlten nur noch wenige Jahre bis zu ihrer Pensionierung. Tanja hatte ein besonderes Verhältnis zu ihr, schätzte die zuverlässige, unaufdringliche Art der Frau mit dem kurzen grauen Haar, die jeden Handgriff kannte, von der die Patienten sich gern spritzen oder Blut abnehmen ließen und freute sich, wenn sie zusammen arbeiten konnten. Wenn die Patienten zum Abschluss des Aufenthaltes ihre Beurteilung abgaben, wurde Schwester Gertrud meist als diejenige hervorgehoben, die sie mit Respekt, Wohlwollen und Sachverstand behandelt hatte.

Tanja sah sich die Berichte an, fragte nach der letzten Visite und bat die Schwester um einen Kaffee. Der fehlende Schlaf, sagte sie und rieb über die müden Augen. Mit dem Kaffee brachte Schwester Gertrud zwei Stück Kirschstreusel, setzte sich ihr gegenüber und sagte:
Ich möchte nicht, dass Sie es von jemand anderem erfahren. Ich schätze Sie sehr, Frau Dr. Finkelstein, und es ist mir unverständlich, wie eine solche Entscheidung getroffen werden konnte.
Schon wollte Tanja sich rechtfertigen, das Bild der Zwillinge war noch immer gegenwärtig, so bezog sie das, was sie hörte, auf diesen furchtbaren Vorfall in 212. Doch die Schwester lief zornesrot an, als sie sagte:
Sie waren doch an der Reihe und nicht die Neue. Sie hätten Stationsärztin werden müssen. Erstens, weil es Ihnen zusteht, zweitens weil Sie die erfahrenere und drittens einfach die bessere Ärztin sind. Noch dazu alles hinter ihrem Rücken. Ich überlege, ob ich kündigen soll.
Der Oberarzt war gekommen und hatte es der Schwester mitgeteilt.
Mit der nächsten Gabel Kirschkuchen brach das letzte Stück Selbstvertrauen in Tanja Finkelstein auseinander.

An dem besagten Freitag kam es zu einem Zusammentreffen von Hassan, Mohamed, Jan, Marcus und Leonie. Nina war zu einer Weiterbildung gefahren, eine Schulung, die den Teilnehmern Argumente liefern sollte, Ängsten und Fragen der Bankkunden etwas entgegenzusetzen. Wobei Nina sich fragte, darüber hatte sie auch mit Marcus ausführlich gesprochen, wie man Menschen, die ihr Vermögen schwinden sahen, das sie sorgfältig zum Altwerden angesammelt hatten und brauchten, oder das für andere zur luxuriösen Gewohnheit geworden war und ihnen deshalb unverzichtbar erschien, von der Berechtigung des Unvorhersehbaren, vom Dasein der allgegenwärtigen Unsicherheit überzeugen konnte. Aber sie als Filialleiterin musste. Dazu spukte in den Köpfen, und das keineswegs unberechtigt, die Angst vor der Wertminderung ihres Eigentums durch den Zuzug von Menschen aus anderen Ländern mit großen Familien, mit denen auch andere Bräuche und Gerüche ins Viertel zogen. Und wie sollte man in einem anderen Viertel ein Objekt finden, das durch den Preisanstieg der letzten Jahre nicht mehr zu bezahlen war. Jeder legte sein Geld wegen der Nullzinsphase in Steinen an. Der Immobilienmarkt war ausgeräumt, wie es nach der Wende der Gebrauchtwagenmarkt gewesen war. Beispiele, wie sich Viertel leerten und herunterkamen, gab es genug. Man musste sich nicht in die Banlieues nach Frankreich oder nach Harlem begeben. Selbst Brooklyn, das inzwischen wieder zu Höchstpreisen avancierte, war vor Jahren bei ihrem Besuch in den Staaten ein von den ehemaligen Besitzern verlassenes, und heruntergekommenes Viertel gewesen. Da hatten sie sich ängstlich umgesehen, sich an den Händen gehalten und die Wertsachen nah am Körper getragen. Auch die Frau des Anwalts hatte eine Initiative gegründet, um die Nachbarschaft sauber zu halten, wie sie es nannte. Nix Dunkelhäutiges, ihr wisst schon, keine Moros und keine Muslime. Das drückt die Preise.

Leonie kam, als die vier Männer schon eine Weile in dem verglasten Wintergarten saßen, den Marcus an das Haus angebaut hatte. Die Bäume und Sträucher waren noch kahl, die großen Kübel mit dem Oleander standen unter der geschützten Pergola. Einen richtigen Winter hatte es bisher noch nicht gegeben, und nun musste es bald Frühling werden. Jan bot seine Hilfe an, die Bäume zu beschneiden, eine Arbeit, die er liebte, die ihn durchatmen ließ. Bei jedem Schnitt stellte er sich vor, wie Platz für neue Kraft entstand, sich frisches Leben ausbreiten konnte und ungeduldig wartete er darauf, dass die ersten Triebe Farbe zeigten. Er schlief sogar in der provisorischen Hütte, die er gebaut hatte, um es ja nicht zu verpassen, erzählte von seinem Schrebergarten, von Möhren und Salat, von Tomaten und Kräutern und fand in Marcus einen Gleichgesinnten.
Nina sonnt sich oder liest, während ich grabe. So ist das bei uns verteilt. Hand und Kopf.
Die beiden jungen Männer hörten zu, musterten sich verstohlen, noch hatte keiner von ihnen etwas zum anderen als hallo gesagt. Mohamed wäre lieber mit dem Syrer allein gewesen, etwas an der Art des Schreiners machte ihn unsicher. Unter sich fänden sie eher ein Gesprächsthema, er könnte ihn über Homs fragen, wie man dort über Terroristen dachte und wo sie sich aufhielten.
Hassan wusste nicht, was er von dem Sohn seines Lehrers halten sollte, er wirkte verschlossen, trotz seiner leuchtend blauen Augen, sie waren bei der Vorstellung in ihn eingedrungen und passten nicht zu seinem Namen. Ein Mohamed hatte dunkles Haar und dunkle Augen, so wie er selbst. Natürlich hätte er gern einen deutschen Freund, und natürlich

würde er gern Arabisch gegen Deutsch tauschen, doch wie konnte man einen Anfang finden?

Was haltet ihr davon, wenn ihr einmal in der Woche hierher kommt? Es gibt im Souterrain ein Zimmer, da könnt ihr euch ungestört aufhalten.

Marcus wartete, musste bei dem Gedanken schmunzeln, dass er, ähnlich wie die Eltern, sein Haus anbot, um nicht die Kontrolle über eine knifflige Situation zu verlieren.

Wenn Mohamed will, vielleicht Sonntag, sagte Hassan.

Sonntag geht nicht, da bin ich unterwegs, aber am Freitagabend könnte ich.

Jan verkniff sich die Frage, was am Sonntag so wichtig für seinen Sohn sein konnte.

Also Freitag, sagte Marcus gerade, als es klingelte.

Er hatte Leonie unter einem Vorwand zu sich gebeten und stellte nun fest, dass die Überraschung gelungen war. Nachdem sie in der Diele noch drauflos geschwatzt hatte, wie es ihre Art war, rücksichtslos diese Autofahrer, blieb sie an der Tür zum Wintergarten wie zur Salzsäule erstarrt stehen. Dabei schaute sie nicht zurück, sondern vorwärts, und zwar direkt zu Mohamed. Und dem ging plötzlich ein Licht auf, woher ihm der Schreiner bekannt vorkam. Ein Familienfoto, das Leonie ihm gezeigt hatte.

Vielleicht sollte ich euch erst einmal vorstellen, sagte Marcus und konnte sich ein Grinsen nicht verkneifen. Das ist Jan, der Vater von Mohamed und Lehrer von Hassan und das ist meine Nichte Leonie.

Er zeigte von einem zum anderen, aber noch immer rührte sich das Mädchen nicht. Jan sah mit Erstaunen, dass sein Sohn eine für ihn untypische, rote Gesichtsfarbe annahm und

konnte sich nicht erklären, warum. Diese Nichte sah nun von ihm zu Mohamed, zu Hassan, dann zu ihrem Onkel und sagte schließlich:
Die Überraschung ist dir gelungen, Onkel Marcus.
Das freut mich, Kleine, du weißt, ich liebe Überraschungen, hoffe, du nimmst mir das nicht übel.
Jetzt hatte auch Mohamed sich wieder gefasst, ging zu Leonie, nahm sie an der Hand.
Das ist mein Vater. Ich habe dir ja schon von ihm erzählt.
Das war ein Mädel, dachte Mohamed, die ließ sich nicht so schnell ins Bockshorn jagen, sie musste nur noch nach innen wachsen. Vielleicht würde sie einmal die Mutter seiner Kinder werden, aber wer wusste schon, wie sich alles entwickelte. Hassan versuchte zu verstehen, was da los war, sah das hübsche Mädchen an, sie gefiel ihm sehr, das nun den Schreiner fragte:
Und woher wusstest du es?
Die Bioarbeit, du musst besser lügen lernen.
Hassan war jetzt absolut sicher, dass er es falsch verstanden hatte, und dass sein Deutsch noch lange nicht gut genug war.

Mohamed dachte viel darüber nach, was er mit seinem Leben anfangen wollte. Es gefiel ihm nicht, einfach in die Fußstapfen der Eltern zu treten, was bei ihm auch gar nicht möglich wäre, es sei denn, er wollte sich zerreißen. Die Mutter erfolgreiche Immobilienfrau, auf die Macht des Geldes bauend, ständig mit dem Außen beschäftigt, mit einem zweiten Ehemann an der Seite, dessen dandyhaftes Gehabe er verabscheute. Dessen Hose, Hemd, Schal, alles passend, das Haar kurz am Kopf anliegend und parfümiert, so steht er Tag für Tag in seiner Boutique „Horn immer vor" und lässt die Kasse rasseln. Die Reisen in Fünfsternehotels, Dubai, Katar, Südafrika, Kreuzfahrt zu den ewigen Gletschern. Einmal hatten sie ihn eingeladen. Danach nicht wieder. Nicht nur er fand, dass er in diese Gesellschaft nicht passte.

Und Jan, sein Vater, ein Gutmensch, dem er nichts vorwerfen konnte außer seiner Schwäche. Seine Lebensvorstellungen waren nicht so weit von den eigenen entfernt. Ein einfaches Leben, in dem jeder eine Chance hatte, in dem auch innere Werte geschätzt wurden, darum bemühte sich der Vater, aber solange die Menschen mehr und mehr mit dem Konsum und dem Vergnügen der Selbstdarstellung, dem das Selbst hinterherhinkte, beschäftigt waren, halfen die guten Absichten und der Verzicht des Vaters nicht. Es musste etwas anderes, Wirksameres sein, etwas, das der westlichen Welt andere Werte entgegensetzte. Deshalb war er nach Marokko und nach Algerien gefahren, war in der Wüste unterwegs gewesen. Er wollte das andere Leben dort am eigenen Leib spüren, um zu wissen, ob es sich lohnte, dafür alles aufzugeben. Die Menschen dort hatten ihn beeindruckt, sie waren zufrieden mit dem wenigen, das sie hatten. Kinder schossen Papierbälle durch die Luft und lachten, die Menschen redeten miteinander. Natürlich hatte er nicht verstanden worüber, aber nun lernte er ja Arabisch.
Er hatte auch darüber nachgedacht, ob er sich den Dschihadisten anschließen sollte. Es war leicht, im Internet Kontakte zu finden. Da gab es Menschen, die informierten und weiter-

halfen. Er hatte unter einem anderen Namen Kontakt zu einer Gruppe aufgenommen. Beinahe täglich meldete sich jemand bei ihm. Ein wichtiger Kontakt, den er ausweiten wollte. Wenn er von den jungen Deutschen las, die zur Ausbildung nach Libyen gegangen waren, stellte er sich vor, wie es für ihn wäre, er, einer unter Gleichen, aufgehoben in einer Gruppe, ein Ziel vor Augen. Doch die Radikalität des Terrors ließ ihn zurückschrecken. Er war neunzehn, ein Alter, in dem man noch unendlich viele Jahre vor sich hat. Aber was für Jahre? Womit sollten sie gefüllt sein? Wo er lebte, sah er nichts, das ihm wertvoll genug erschien. Das trieb ihn immer wieder aus der Stadt. Auf seinen Bergwanderungen hoffte er auf etwas, das er selbst nicht benennen konnte, eine Einsicht, eine Erkenntnis, so etwas wie einen Aufruf! Wenn er lange genug gefastet, wenig geschlafen hatte, erschien die Welt ihm ganz anders. Da tauchten Schatten auf, die Gestalt annahmen, die zu ihm sprachen, möglicherweise prophezeiten sie ihm sein Schicksal. Aber bisher konnte er die Worte nicht verstehen. Er musste Geduld haben, warten, bis er wusste, welches der richtige Weg für ihn war.
Bis er sein Ziel vor Augen hatte.
Auch er musste noch wachsen, nicht nach oben, nicht nach innen, in die Breite vielleicht, damit sich eine Basis bildete. Er dachte an Mohammed, den richtigen, alle Götzenfiguren hatte der zerstört, als er nach Mekka kam, auch Jesus hatte die Händler aus dem Tempel geworfen. So etwas musste es sein.

Doch er fürchtete sich vor dem Tod. Die Vorstellung, sich dadurch einen Platz im Himmelreich zu sichern, war unendlich weit von dem entfernt, an was er glaubte. Das Himmelreich, wo alles licht und weit war, wo Engel schwirrten, einen an der Hand nahmen und führten, die Großmutter war überzeugt, dass es existierte und dass man alles dafür tun, besser noch unterlassen musste, um dorthin zu kommen. Immer wieder hatte sie davon gesprochen. Aber er. Er war zwar evangelisch aufgewachsen, war konfirmiert, auch, wenn die Eltern beide nicht besonders gläubig waren, etwas hatten sie ihm doch vermittelt. Und das klebte an ihm. So, wie solche Glaubenssätze an den Menschen der anderen Religion, der moslemischen, der er nun angehörte, klebten. Vielleicht ließ sich das nicht so einfach abstreifen. Vielleicht war es für sie leichter, oder gar kein Problem, sich einen Sprengsatz unter die Jacke zu stecken und sich ins Jenseits zu katapultieren. Er konnte sich nicht vorstellen, dass sein Glück davon abhängen sollte, dass er sich in die Luft sprengte. Auch wenn es dem Zweck diente, eine bessere Welt zu erschaffen. So gern er dazu seinen Beitrag leisten wollte. Er hatte nichts als Angst davor.

Endlich kam es nun doch zu einem neuen Familientreffen. Tanja hatte zu sich eingeladen. Karin brachte eine Schüssel Kartoffelsalat, Leonie hatte Frikadellen gebraten, Niklas stellte den Salat auf den Tisch und Tom entkorkte noch den Wein, als Marcus und Nina kamen. Der trug die Schüssel mit der Himbeer-Charlotte. Für eine besondere Gelegenheit, sagte er und stellte sie in den Kühlschrank.

Am meisten hatte Karin sich wohl über die Einladung gefreut, sie hatte vermisst, dass man wie sonst zusammensaß, erzählte und damit wusste, was in den anderen vorging, was sie beschäftigte. Es ist, als ob man austrocknet, das hatte sie mehrmals gedacht, als es zu keinem Treffen gekommen war. Der einzige, der sich ihr wie bisher mitgeteilt hatte, war Niklas, wenn er zum Essen kam. Zu Leonie hatte sie, obwohl auch die weiterhin kam, bisher nicht das altvertraute Verhältnis wiedergefunden. Weder sie noch das Mädchen sprachen über den verhängnisvollen Nachmittag. Lügennachmittag nannte Karin ihn und tat so, darum hatte Marcus sie gebeten, als ob sie nichts von dem jungen Mann in der Autowerkstatt wusste. Vor der ersten Liebe der Enkelin. Das fiel ihr schwer, denn bisher gab es keine Geheimnisse, nichts Trennendes zwischen den Familienmitgliedern.

Als alle am Tisch saßen, stand Tom auf, nahm sein Glas und sah zu seiner Frau:
Wir haben heute etwas zu feiern. Tanjas Wunsch, eine eigene Praxis zu haben, geht endlich in Erfüllung. Sie hört in zwei Monaten in der Klinik auf und wird im Sommer eine eigene Praxis aufmachen.
Karin hatte sich Gedanken über das nun doch zustande gekommene Treffen gemacht. War gespannt, ob und was nun entschieden worden war oder was man am heutigen Tag entscheiden würde. Aber so eine Überraschung! So eine tiefgreifende Entscheidung und kein Sterbenswort vorher zu ihr. Das waren neue Zeiten!
Nicht nur für die Flüchtlingsfrage traf der Satz zu.

Wie viele Diskussionen dem vorausgegangen waren, wie viele Einwände Tom vorgebracht hatte, das blieb ungesagt. Hier und jetzt hatte er das Ergebnis mitzuteilen, als Tanja ihn mit dem Argument: In der Klinik kann ich auf keinen Fall weiterarbeiten, nach dem, was vorgefallen ist, mundtot gemacht hatte.
Dass die Schwägerin Leiterin einer Bankfiliale war und ihnen riet, eine Grundschuld auf das Haus eintragen zu lassen, hatte letztlich dazu geführt, dass Tanja die Praxis eines Facharztes für Allgemeinmedizin übernehmen konnte. Im Nachbardorf. Aber weder mit der Schwägerin, noch dem Bruder hatte sie über die Gründe gesprochen, die sie zur Kündigung in der Klinik bewegt hatten, und auch die Mutter, das hatte sie sich vorgenommen, sollte darüber nichts erfahren.

Alle nahmen jetzt ihr Glas. Das von Leonie und Niklas, gefüllt mit Johannisbeersaft, unterschied sich kaum vom Rotwein der Erwachsenen.
Auf gutes Gelingen, Schwesterlein, sagte Marcus und meinte es.
Natürlich wünschte auch Karin der Tochter das Allerbeste für den neuen Lebensabschnitt, fragte sich aber, ob die dann noch Zeit für die Familie, für die Kinder haben würde. Gerade jetzt! So eine Praxis mit Hausbesuchen in einem kleinen Ort, in dem vor allem ältere Menschen lebten, konnte eine Ärztin schon auffressen. Aber noch war sie, die Oma, ja da. Natürlich würde sie einspringen.
Leonie hatte sich, seit die Eltern mit den Kindern über die neue Situation gesprochen hatten, bereits ausgemalt, wie es sein würde, mehr unbeobachtete Zeit zu haben, und nirgend-

wo anders als bei Mohamed würde sie diese verbringen. Und Niklas, der sich gerade in die Neue aus Burkina Faso verguckt hatte, sie war seit einer Woche seine Banknachbarin, dachte darüber nach, wie er sie zu einem Eis überreden konnte. Schokoladeneis, so dunkel und glänzend wie ihre Haut.
Dann griffen alle zu, Kartoffelsalat, Frikadellen füllten die Teller. Zum ersten Mal seit langem nahm auch Tanja eine zweite Portion und sah trotz der Ringe unter den Augen glücklich aus.

Die Ethiklehrerin wollte wissen, was die Teilnehmer der Flüchtlingsgruppe inzwischen erlebt und herausgefunden hatten. Reihum sollte jeder Platz haben, über das zu sprechen, was ihn beschäftigte. Ein Junge aus der neunten Klasse, für seine vierzehn Jahre war er hoch aufgeschossen und schmal, er gehörte zu der Gruppe, die Kontakt zu jemandem im Flüchtlingsheim aufnehmen wollten, berichtete über ein Geschwisterpaar aus dem Irak. Es war ohne Eltern nach Deutschland gekommen. Der Vater war tot. Die Mutter wollte nicht aus der Heimat weg. Der Bruder war siebzehn, die Schwester zwölf. Die Sozialarbeiterin hatte ihn zu den beiden gebracht.
Nie hätte ich das Mädchen für zwölf gehalten, ich dachte sie wäre mindestens ebenso alt wie ihr Bruder. Eine richtige Frau. Das hat mich umgehauen, sagte er.

Die heiraten doch schon mit fünfzehn, hat meine Mutter gesagt. Außerdem kommen sie ohne Pässe, da weiß man nicht, wie alt sie wirklich sind.

Das war ein Mädchen, das beim letzten Mal wenig gesagt hatte, sie konnte zwölf oder dreizehn sein. Leonie kannte sie nicht.

Wie, ohne Pässe? Das geht doch gar nicht. Jeder hat einen Pass. Wie soll man denn sonst verreisen? Ihre Nachbarin sah sie ungläubig an.

Die haben doch überhaupt kein Geld zum Verreisen. Außerdem ist da Krieg. Ich meine, das weiß man doch, sie sah sich Zustimmung suchend um.

Es gibt Länder, in denen hat nicht jeder, anders als bei uns, einen Pass, sagte die Ethiklehrerin. Das Mädchen nickte und war zufrieden.

Die Eltern des Jungen hatten das Geschwisterpaar aus dem Irak bereits zu sich nach Hause eingeladen. Es war schwer, sich zu verständigen, ein paar englische Worte, alles mit Händen und Füßen, aber sie haben sich, so glaubten er und die Eltern, trotzdem wohl gefühlt. Sie wollten wiederkommen. Die Mutter hatte geweint, als sie fort waren. Er ging nun einmal in der Woche nach der Schule bei ihnen vorbei und versuchte, ihnen die wichtigsten deutschen Worte für den Anfang beizubringen. Bis sie einen Sprachkurs bekamen.

Ich verstehe nicht, warum das solange dauert, sagte er. Man glaubt gar nicht, wie wichtig die Sprache ist. Das ist mir jetzt erst klar geworden.

Ich habe ein Mädchen aus dem Kosovo besucht.

Eine kleine, zierliche, den Kopf voll blonder Locken sprach als nächste. Leonie kannte sie aus dem Schulchor.
Das Mädchen war sehr nett, wir haben Quartett gespielt und ich habe sie gewinnen lassen. Aber ich gehe nicht mehr hin.
Ach, warum denn nicht? Die Lehrerin wartete auf eine Antwort.
Keine Zeit mehr, sagte sie und wurde rot. Sie hätte sich eher die Zunge abgebissen, als den anderen einzugestehen, dass der Vater es verboten hatte. Nicht mal eine Antwort hatte er ihr gegeben. Ich verbiete dir, dort noch einmal hinzugehen. Sonst nichts!
Einer der älteren Jungen hatte etwas von Humboldt gelesen und wollte wissen, was das genau bedeutete. Er hatte es aufgeschrieben und las vor:
Die gefährlichste aller Weltanschauungen ist die Weltanschauung der Leute, welche die Welt nicht angeschaut haben.
Das bedeutet doch, dass man rumgekommen sein muss, um die Welt, auch die Menschen in anderen Ländern zu verstehen, oder? Aber so viele, die jetzt zu uns kommen, sind doch sicher nicht viel rumgekommen bei der Armut, die dort herrscht. Wie ist es dann mit deren Weltanschauung? Die Frage ist doch, wie man den anderen verstehen kann, wenn man nichts von ihm weiß? Bilden sich denn dann nicht schnell Vorurteile?
Die Lehrerin wartete einen Moment, bevor sie sprach.
Doch! Sicher haben auch sie Vorurteile. Sie dienen der Abgrenzung von Gruppen. Sie bestimmen, wer dazu gehören soll und wer nicht. Wer etwas vom Kuchen abbekommt, vor allem dann, wenn man Angst hat, er reicht nicht für alle. Der

Flüchtlingsansturm bietet sich geradezu an für Vorurteile. Auf beiden Seiten.

Das ist es ja, was den meisten solche Angst macht, dieses Nichtwissen, das Fremde. Da kann jeder alles in jeden hineinlesen, egal ob es stimmt oder nicht. Aber das ist doch zu leicht. Wem wird man damit gerecht?

Leonie wusste genau wovon sie sprach. Schon deshalb musste sie viel Zeit mit Mohamed verbringen, um ihn besser zu kennen, um die eigene Angst vor seinem Anderssein zu verlieren.

Es wird viel Zeit und Geduld brauchen, um einander näherzukommen. Da reichen keine fünf- oder zehnmal aus, die ihr mit den Flüchtlingen verbringt, auch wenn das schon ein großer Einsatz ist.

Aber die wollen ja gar nicht immer. Beim dritten Mal, als ich dort war, hat der Junge lieber Fußball mit seinen Kumpels gespielt. Next time, hat er gesagt. Aber ich weiß nicht. Dabei hat meine Oma mir eine Tüte mit T-Shirts und Pullis von meinem Bruder mitgegeben. Die habe ich einfach abgegeben.

Was die nun wirklich nicht mehr brauchen, das sind Klamotten aus unseren übervollen Kleiderschränken. Die Lager quellen ja über davon, das habe ich gelesen. Das war einer aus der Nachbarklasse. Er war immer angesagt und nicht gerade billig angezogen.

Ja, aber was dann?

Am besten wäre es, glaube ich, wenn sie ein eigenes Zimmer und eine Arbeit hätten oder zur Schule gingen. So wie wir.

Das war eine der letzten Wortmeldungen, ein Mädchen in Leonies Alter. Dann war die Zeit um. Die Gruppe, die über die Entstehung und Verbreitung der christlichen Religion sprechen wollte, wurde auf das nächste Zusammentreffen vertröstet. Leonie stellte mit einem Blick auf die Uhr fest, dass sie sich beeilen musste, wenn sie pünktlich bei Mohamed sein wollte.

Bei den Zwillingen verlief das Leben nach einem strengen Rhythmus. Der Tag war von morgens bis abends eingeteilt. Wenn Susanne schlief, und das geschah immer nach der Mittagsmahlzeit, die beide ermüdete, denn das Schlucken fiel der Schwester zunehmend schwerer, hatte Sabine die einzig freie Zeit am Tag. Sonst war sie damit beschäftigt, um sie herum zu sein, versuchte sie aufzumuntern, ihr vorzulesen, Reaktionen hervorzulocken oder sie zu beruhigen, wenn sie greinte. Doch sie wagte es auch dann nicht, fortzugehen, wenn Susanne schlief. So war sie neuerdings ans Haus gefesselt wie früher nie, führte ein Leben, in dem das Schöne kaum noch vorkam. Keine Restaurantbesuche, keine Kinobesuche, kein Schlendern durch die Stadt, kein Staunen und Kribbeln vor den Auslagen der Boutiquen, keine Freunde, mit denen sie unterwegs war. Sie hatten sich rar gemacht. Einzig und allein der Freund, der ihr geholfen hatte, das neue Leben in richtige Bahnen zu lenken, kam ab und zu vorbei, brachte eine Flasche Rotwein mit, die sie dann gemeinsam tranken.
Einmal sagte er: Wenn ich Moslem wäre, hätte ich euch beide geheiratet, natürlich nicht nach deutschen Gesetzen.

Manchmal habe ich mir das vorgestellt. Dann würden wir jetzt zu Dritt hier leben.
Zu zweit, dachte Sabine und stellte sich vor, sie und er eng nebeneinander oder ineinander.

Sie erinnerte sich, dass sie ihn mit Susanne einmal in einer eindeutigen Situation ertappt hatte, unverhofft war sie aufgetaucht, und als Susanne nicht zu sehen war, ins Schlafzimmer geplatzt. Wie vor den Kopf gestoßen hatte sich das angefühlt, denn sie selbst hatte ihn in allem, was nur den Geruch von Sexualität hatte, von sich ferngehalten, immer mit dem Hinweis darauf, dass sie und Susanne untrennbar seien. Ach, das ist doch nichts, hatte Susanne gesagt, als sie später allein waren. Doch ihr waren Zweifel gekommen, ob sie sich allein etwas versagte. Etwas, das nicht nötig war.

Früher hatten sie an den Abenden, die sie zusammen zuhause verbrachten, vor dem Fernseher gesessen, mehr geflegelt, als gesessen, Wein und Knabberzeug vor sich, der Höhepunkt der Gemütlichkeit und Innigkeit. Ein Sich-Gehenlassen, das Sabine liebte. Allein war das der halbe Spaß. Wein und Chips waren geblieben, das merkte sie an den Kleidern, die über Bauch und Hüften zu spannen anfingen.
Es konnte passieren, dass sie am Abend, wenn der Fernseher nicht lief, in Susannes ehemaliges Schlafzimmer ging, dort stand noch der Kleiderschrank der Schwester, von oben bis unten vollgestopft und verspiegelt. Das Krankenbett hatten sie ins Gästezimmer gestellt, direkt vor das Fenster, wo auch der Rollstuhl stand, von dort konnte man nach draußen sehen. Ein Vorschlag des Pflegers, den Sabine gern aufnahm.

Seitdem schlief sie nun ungestört auf ein Meter und achtzig, kein Schnarchen, kein Röcheln, kein Aufschrei, und wenn sie sich im Bett aufrichtete, sah sie sich doppelt. Nur die ersten Male erschrak sie darüber.

Anfangs hatte sie ein schlechtes Gewissen, als sie Stück für Stück aus dem Schrank genommen und sich, wie früher beim Stadtbummel, angehalten, später auch angezogen hatte. Susanne legte schon immer Wert auf gute Kleidung. Qualität und modisch, das waren Dinge, die hier schlummerten, übereinandergestapelt Pullis und T-Shirts, Blusen und Röcke links, darunter Schubfächer für Tücher und Schals, rechts dann Kleider, Jacken und Mäntel. Kostbarkeiten für Sabine, die sie sich nie leisten konnte. Wie oft hatte sie danach geschielt! Natürlich soll man niemanden beneiden, aber was macht man, wenn sich dieses Gefühl trotzdem einstellt? Beim eigenen Doppel!

Jetzt war das anders. Sie allein war Herrscherin über den Schrank und seinen Inhalt. Sie bestimmte, unter Absprache mit dem Pfleger, was davon noch für Susanne war, weder eng noch unpraktisch durfte das sein, auch die Schwester verlor ihre Form. Sie wurde unförmig. So blieb für Sabine ein unverhoffter Kleiderfundus, in dem sie sich heimlich und allein vor dem Spiegel drehte, Vorderansicht, Seitenansicht, auch ihre Rückansicht konnte sie bei geöffneter Schranktür begutachten. Zuerst war es ein gestohlenes Vergnügen, der Ersatz fürs verloren gegangene Leben, darin in der Wohnung hin und her zu gehen, so zu tun, als winke sie jemandem zu, dann trug sie immer öfter Susannes Sachen an die frische Luft und fing anerkennende Blicke auf.

Als der Pfleger eines Tages sagte, sie sollten im Krankenhaus um einen Untersuchungstermin bitten, der Zustand der Schwester verschlechtere sich, erschrak sie. Sie war doch nicht unsensibel, auch nicht unaufmerksam, wieso hatte sie es nicht bemerkt? Als sie darüber nachdachte, musste sie zugeben, dass sie nicht immer bei der Sache war, dass sie sich wegträumte in frühere Situationen, sich sogar wegwünschte in eine unbeschädigte Welt. Sie hatte keine Mühe, sich eine solche vorzustellen, da waren Mensch und Natur und Tier eines, dort gab es eine Kraft, die einen lenkte und einem Entscheidungen abnahm. Da war Luft genug zum Atmen. Wenn sie daraus erwachte, nahm sie erschrocken wahr, wo sie sich befand, dachte, ich muss eingenickt sein und strich Susanne über die Hand.

Doch die Bemerkung des Pflegers nahm sie ernst, rief im Krankenhaus an, bat um einen Termin bei Frau Dr. Finkelstein und erfuhr, dass die Ärztin nicht mehr dort arbeitete.
Ich erkundige mich, sagte der Pfleger und brachte ihr am nächsten Morgen die Adresse der Praxis für Allgemeinmedizin von Frau Dr. Finkelstein im Nachbarort.

Als Tanja hörte, wer am Telefon war, stockte ihr für einen Augenblick der Atem, doch als sie hörte, dass Sabine um

einen Untersuchungstermin bat, dachte sie, wenn ich es nicht zu ihnen schaffe, kommen sie eben zu mir. Damit werde ich schon fertig werden. Sie legte den Termin so, dass sie genug Zeit für eine ausführliche Untersuchung und ein Gespräch hatte. Am besten am Anfang oder am Ende der Sprechzeit oder nach der Mittagspause. Selbst wenn sie sich bei den mittäglichen Hausbesuchen verspätete, bliebe noch Zeit genug. Und Zeit, das wusste sie, wollte sie für diesen Termin haben. Wenigstens das! Denn es hatte sich tatsächlich bewahrheitet, wie ihre Mutter es vorausgesehen hatte, dass die Arbeit nach den ersten drei Monaten der Praxiseröffnung kaum noch zu schaffen war. Und das, trotz der Hilfe, die sie in Schwester Gertrud hatte, die ihre Kündigung wahrmachte und nun bei ihr angestellt war. Tanja hatte gezögert, nichts sollte sie an das Krankenhaus, an ihr Versagen dort erinnern, aber als sie merkte, dass die Frau sie mehr schätzte, als es ihr selbst gelang, hatte sie zugestimmt.
Also am Donnerstag um sechzehn Uhr, sagte sie zu Susanne Lummer und bat den nächsten Patienten ins Behandlungszimmer.

Marcus war mit seinem neuen Gehilfen zufrieden. Der Junge hatte eine Intuition im Umgang mit Materialien, erfasste im Nu eine Situation, nichts musste er ihm ein zweites Mal erklären. Eine Hilfe, wie er sie braucht. Statt zwei linker Hände, wie der Praktikant vor einem Jahr, hatte Hassan die Hände am rechten Platz, zur rechten Zeit. Mit ihm könnte er Aufträge annehmen, die ihm bisher zu groß erschienen waren. Darüber dachte er nach. Noch immer hatte er seine Idee nicht vergessen, ihn im Haus aufzunehmen, im Gegenteil, sie wuchs sich zu einem Gebilde aus, ähnlich einem Samen, den man in die Erde steckte, wo er unterirdisch wächst und wächst, unaufhaltsam und mit aller Kraft nach oben drängt und schließlich sichtbar Früchte trägt. Es gärte in ihm. Ein später Sohn vielleicht. Er sah mit Wohlwollen den geschickten Bewegungen des Syrers zu, schätzte das Schweigen, wenn nur das Kreischen der Kreissäge, das Summen der Schleifmaschine, das Singen des Bohrschraubers zu hören war. Oder das Rumpeln des Hobels.

Dass sich Hassan und Mohamed am Freitag nach der Arbeit im Haus trafen, ein Sprachtandem, wie man das neuerdings nannte, gab ihm, Marcus, Gelegenheit, auch den Freund der Nichte näher kennenzulernen. Beim ersten Treffen hatte er eine Vorsicht gespürt, die ihn verwunderte, durch nichts als die verschlossene Art des jungen Mannes begründet, ganz gegensätzlich zu dem Gefühl, das Hassan in ihm auslöste. Der Blick vielleicht, dachte er. Er erzählte seiner Frau von dem eigenartigen Zusammentreffen, von Leonies Sprachlosigkeit, seinem Gefühl der Distanz und warb dafür, die jungen Männer ab und zu zum Abendessen einzuladen. Zwei Fliegen mit einer Klappe! Denn so konnte Nina den jungen Syrer kennenlernen und er hoffte, dass auch sie Gefallen an ihm fand.
Ich tue es für deine Mutter. Die Arme wirkt vollkommen nervös, sagte Nina. Ich weiß überhaupt nicht, was ihr so zu schaffen macht.

Marcus kam sich komisch vor, als die beiden jungen Männer zum ersten Mal mit am Tisch saßen, dabei war es sein Vorschlag gewesen, und er war absolut damit einverstanden, Nina sogar dankbar dafür, dass sie zugestimmt hatte. Wie eine Familie, ging es ihm durch den Kopf, und er ließ seinen Blick von einem zum anderen gleiten, sah so unterschiedliche Hände in Farbe und Gestalt Messer und Gabel halten, einen vollen und einen schmalen Mund, dunkle, fast schwarze und eisblaue Augen. Zum ersten Mal bedauerte er, keine Kinder zu haben. Zwei Söhne, im Abstand von einem Jahr saßen jetzt hier und die ganze Aufzucht war ihm erspart geblieben. Er musste lachen bei diesen Gedanken, typisch ich, dachte er, habe nicht zurückstehen müssen und kann sie nun mit Wohlwollen und Stolz betrachten.

Die jungen Männer aßen mit Appetit. Auch Mohamed, der sich sonst von Gemüse und Obst ernährte – er zog es in dem verwilderten Garten hinter seiner Bleibe, unerlaubt hatte er eine Öffnung im Zaun geschaffen– ließ sich von Ninas Hackbraten aufgeben. Deren Fragen richteten sich eher an Leonies Freund als am Hassan. Warum er nicht in einer Wohngemeinschaft lebte, wie viele junge Leute, was seine Pläne für die nächste Zeit wären, ob er studieren wollte, man könnte ja auch zufrieden und glücklich mit einem Handwerk sein, dabei schaute sie zu Marcus. Das Ergebnis solcher Fragen blieb nebulös. Mohamed hatte eine Art, seine Antworten zu verpacken, er umkreiste das Thema beinahe wissenschaftlich, stellte das Für und Wider von allem dar, sodass man am Ende nicht mehr wusste als vorher.

Hassan hatte Schwierigkeiten, dem deutschen Redefluss seines neuen Freundes zu folgen, er dachte sich seinen Teil. Soviel er verstand, wusste Mohamed noch nicht, was aus ihm werden sollte. Das erstaunte ihn, hatte man ihm doch gesagt, dass die Deutschen immer ein Ziel vor Augen hatten, das sie verfolgten und nichts – anders als in seiner Heimat – dem Zufall überließen. Dass sie deshalb so erfolgreich waren. Und so hatte er Mohamed auch kennengelernt, wenn es ums Lernen von Arabisch ging. Beim jedem nächsten Treffen hatte er nicht ein einziges Wort vergessen, so wie er selbst. Nie! Das Schreiben war ihm erst einmal nicht so wichtig, das verstand Hassan, ihm ging es ebenso. Das Sprechen, sich dem anderen verständlich zu machen, darauf kam es an. Dass auch er Fortschritte im Deutschen machte, bemerkte er in der Schule, wo seine Kumpels ihn öfter erstaunt ansahen, einige sogar ansprachen und auch Marcus, so nannte er seinen Chef seit ein paar Wochen, lobte ihn dafür.
Nina sagte, als sie wieder allein waren, der Syrer ist ein netter Kerl, schade, dass er Moslem ist, ich finde, er würde besser zu Leonie passen.

Donnerstag, sechzehn Uhr. Das Taxi hielt pünktlich vor der Praxis von Tanja Finkelstein. Schwester Gertrud nahm die Zwillinge in Empfang. Sie hatte der Chefin gerade noch eine Pizza gebracht, denn wie so oft hatte die Pause nicht zum Essen gereicht. Gut, dass sie da war, diese Frau passte besser auf die Patienten auf als auf sich selbst. Sie half Sabine, den Rollstuhl über die Stufe zu dirigieren, es war nicht einfach,

so ein Gefährt zu manövrieren. Das wussten nur Menschen, die täglich darum bemüht waren, Bürgersteige ohne allzu große Erschütterung zu überwinden, Steigungen ohne Schweißperlen zu überstehen und beim Abwärtsrollen nicht selbst die Balance zu verlieren. Das war ein Führerschein der besonderen Art.
Sie sah, dass die Patientin müde war, die Augen waren halb von den Lidern bedeckt, die Schiefe des Gesichts hatte sich verstärkt, aber auch die Schwester sah mitgenommen aus, anders noch als vor Monaten. Etwas Schweres ging von ihr aus. Doch auf ihre Fragen, wie sie mit der neuen Situation zurechtkam, sagte Sabine Lummer: Mit Hilfe des Pflegers ist es zu schaffen.

Ein gänzlich anderes Leben allerdings, eine große Aufgabe war das. Die hatte sie sich immer gewünscht, jedenfalls ein Teil von ihr und nicht gefunden, wie konnte sie sich jetzt darüber beklagen, wo der Wunsch in Erfüllung gegangen war. Die Abscheu, die sie manchmal der geliebten Schwester gegenüber empfand, ging niemanden etwas an.

Die Ärztin hatte wohl das Klingeln überhört, sie kam mit einem Rest Pizza auf dem Teller in die Anmeldung, wischte sich den Mund ab und sagte entschuldigend: Gleich bin ich für Sie da. Dabei zeigte sie auf ihre Hände und verschwand auf der Toilette.
Es wurde eine lange Konsultation. Tanja Finkelstein untersuchte erst einmal Susanne, die Krankenschwester half, sie auf die Liege zu betten. Die Kraftlosigkeit der Glieder schienen das Gewicht der Patientin zu verdoppeln, so dass auch

der Pfleger immer öfter sagte, bald schaffe ich das nicht mehr allein. Die Ärztin ließ sich nicht anmerken, dass sie erschrocken war, der Zustand der Patientin hatte sich rapide verschlechtert. Später fragte sie Sabine Lummer, wie viel Zeit sie mit der Schwester verbrachte, wer außer dem Pfleger, der ja nicht den ganzen Tag über da war, ihr half, die Kranke zu betreuen, und als sie hörte, dass die außer nachts ständig um die Schwester war, sagte sie in einem ziemlich scharfen Ton:
Das geht nicht in Ihrem Alter, Frau Lummer. Sie brauchen ein eigenes Leben. Ich schlage vor, Sie sehen sich in der nächsten Zeit die Heime in Ihrer Nähe an, dort hat Ihre Schwester die Betreuung, die sie braucht. Sie können sie ja jederzeit dort besuchen, haben aber auch Zeit für sich. Sie haben doch noch Wünsche ans Leben, oder?
Sabine war weiß wie der Kittel der Ärztin geworden, man sagt, dass Herz bleibt einem stehen, und so kam es ihr vor.
Niemals gebe ich Susanne in ein Heim, niemals werden wir uns trennen!
Und was wird sein, wenn der Tod Sie eines Tages trennt?
Daran hatte Sabine bisher mit keiner Silbe gedacht.
Denken Sie einmal in aller Ruhe darüber nach, und solange versprechen Sie mir, dass Sie für einen Tag in der Woche jemanden suchen, der bei Ihrer Schwester bleibt und Sie das tun, was Sie auch vorher gern getan haben. Wir sehen uns in vier Wochen wieder.

Als Tanja wieder allein war, dachte sie, es ist genug, ein Leben auf dem Gewissen zu haben. Dafür würde sie sorgen, dass Sabine Lummer nicht auch noch draufging.

Leonie hatte sich gefragt, wie die Oma ihr auf die Schliche gekommen war. Aus Onkel Marcus war nichts herauszubekommen. Sie hatte mit dem Gedanken gespielt, sie beim nächsten Mittagessen zu fragen, doch dann dachte sie, besser, ich werfe einen Köder aus, mal sehen, ob sie anbeißt. Um eins kam sie zu Karin Dehmel zum Essen. Niklas hatte noch Sport und würde heute erst eine Stunde später auftauchen. Es roch nach Bolognese, Leonie dachte an das letzte Mal, als sie beim Italiener zusammen gesessen hatten. Sie war aufgeregt, ihr glühten die Wangen, und es war weder heiß noch Schneeluft draußen.

Karin war freundlich wie immer, der Tisch war für drei gedeckt, nie fehlten die Servietten oder die Limo, die sie gern tranken. Sie war schon eine tolle Oma, die Karin. Und sie hatte sie nicht verpetzt, sonst hätte die Mutter sie längst angesprochen. Nie ließ sie etwas durchgehen.

Ich habe dir doch von der Flüchtlingsgruppe erzählt, Oma, und dass es da jemanden gibt, der mir helfen könnte, etwas über die Religion der Moslems zu erfahren. Erinnerst du dich? Wir haben in der Stadt darüber gesprochen, als wir beim Italiener waren. Übrigens ist deine Bolognese wirklich besser.

Karin nickte, sah aber nicht vom Teller auf. Sie ahnte an der ungewohnt freundlichen Art der Enkelin, dass so etwas wie eine Beichte kommen würde.

Bei diesem jemand war ich kürzlich und nicht bei Lena wegen der Bioarbeit. Es tut mir leid, dass ich dich angelogen habe.

Nur zu gern war Karin bereit, die Geschichte der Enkelin zu glauben. Sonst hätte sie sicher weiter gefragt, aber dass nun

alles wieder so sein würde wie vorher, das tat wohl, war wie die Musik am Abend, entspannend. Sie war erleichtert. Es war also doch keine erste Liebe, sie war ja erst fünfzehn. Warum Männer zuerst immer daran denken mussten.
Du könntest mir einen Gefallen tun, Leonie, lade doch diesen jemand zum Essen ein, ich würde ihn gern kennenlernen. Wie heißt er denn?
Nur einen kurzen Moment zögerte Leonie.
Mohamed, sagte sie und räumte die Teller zusammen.

Das hatte Leonie sich vorgenommen, sie wollte mit Mohamed über einen Besuch bei ihrer Familie sprechen. Ihren Onkel kannte er ja schon. Der war einfach ein geiler Typ mit seinem Pferdeschwanz, seiner Musik, auch der tanzte ein bisschen aus der Reihe. Sogar einen Flüchtling ließ er bei sich arbeiten. Wirklich!

Es war beinahe wie eine Zeremonie, wenn sie sich trafen. Mohamed, er bestand darauf, dass sie ihn mit seinem vollen Namen nannte, nahm sie bei der Hand, führte sie unter Aladins Wunderlampe und drückte sie dann an sich. Fest und leidenschaftlich, sodass sie die Rippen seines Brustkorbes spürte, das Steifwerden seines Geschlechts, seinen Atem vor ihrem Gesicht. Dann begann er sie zu küssen, dabei gruben sich die Reste seiner Barthaare in ihre Haut, erst dann zog er sie zu dem Bett auf Rollen. Nicht sofort schliefen sie miteinander, immer wieder hielt er sie an sich gedrückt, küsste sie, strich ihr das Haar aus der Stirn, bis beiden der Schweiß aus

allen Poren trat. Erst dann zog er sie aus. Da war keine Eile, es war eine Leidenschaft, die durch das schnelle Einatmen der Erregung etwas Übernatürliches bekam, etwas, das eine andere Welt öffnete, die Leonie sonst aus keinem Moment in ihrem Leben kannte.
Manchmal dösten sie noch eine Weile, bevor er Tee kochte und sie dann nebeneinander saßen, beide im Schneidersitz, und erzählten.

Er hatte einen neuen Auftrag angenommen, ein großer Garten war umzugraben, Beete anzulegen. Der Vater eines ehemaligen Schulkameraden, der wusste, dass Mohamed mit solchen Arbeiten sein Geld verdiente, hatte ihn gefragt, ob er Zeit dafür habe.
Reisegeld, sagte er jetzt zu Leonie.
Wohin und wann?
Alles noch unbestimmt, gut vorbereitet sein, ist alles.

Das war für sie der Aufhänger, vom Besuch in ihrer Familie zu sprechen. Bald hatte die Oma Geburtstag, noch nie hatte sie erlebt, dass da nicht alle zusammensaßen, da könnte er sehen, was für eine Familie sie waren. Bisher war sie immer stolz darauf gewesen, auch seit sie Mohamed kannte, hatte sich nur ein leiser Zweifel eingeschlichen. Ein bisschen viel Tradition, dachte sie von Zeit zu Zeit. Aber er, der keine richtige Familie hatte, fände das unzertrennliche, ja symbiotische Miteinander – ein Wort, dass sie gerade entdeckt hatte und gern verwendete – sicher toll. Und die Familie würde ihn gern aufnehmen, wie sie auch andere schon aufgenommen hatte.

Ich bin doch nicht verrückt, alles, was ich über deine Familie weiß, ist das, wovon ich Abstand halte, weil es mir suspekt ist, oder glaubst du, ich wohne umsonst hier. Er war rot vor Zorn angelaufen, dann ans Fenster gegangen, stand auf seinem Gebetsteppich und starrte in den Garten.

Aus allen Wolken fiel sie und konnte deshalb nicht sagen, dass sie schließlich Mitglied dieser Familie war, von der er sich fernhielt, was man ja, auf sie beide angewandt, überhaupt nicht sagen konnte, noch vor einer halben Stunde waren sie sich so nah wie man nur sein konnte gewesen und glücklich dabei.
Doch er hatte sich noch immer nicht beruhigt, klopfte mit den Fingern gegen die Scheibe, Töne wie vom Xylophon, das seit Jahren in der Ecke ihres Zimmers stand. Das alles machte ihr Angst. Auch seine Augen, während er sagte:
Ich muss jetzt allein sein. Ich rufe dich an.

Mohamed sagte den Termin bei Hassan ab, nicht einen Augenblick konnte er sich vorstellen, unter Menschen zu sein, das Einzige, das ihm erträglich erschien, war ein dichtes Waldstück, das eineinhalb Stunden Fußweg von der Stadt entfernt lag, mit halb zerfallenen Hütten, in denen er selten jemanden gesehen hatte. Er lupfte den Kelim, zog die Holzplatte darunter am Metallring nach oben und griff in die Öffnung, die ehemalige Grube der Autowerkstatt. Er knipste noch nicht einmal die Taschenlampe an, die unter der Klappe befestigt war, tastete nach dem Metallkasten und nahm ihn

heraus. Gerade als er ihn öffnen wollte, hörte er das Klopfzeichen, das er mit seinem Vater vereinbart hatte. Der Kasten schepperte zu Boden, er schloss die Klappe und legte den Kelim zurück an die Stelle vor dem Fenster. Dann öffnete er.
Ich hoffe, ich störe nicht, sagte Jan, aber ich muss mit dir sprechen.

Als Leonie nach zwei Wochen noch immer nichts von Mohamed gehört hatte, er sich auch auf ihre Nachrichten nicht meldete, rief sie den Onkel an.
Hast du Zeit? fragte sie und hatte Mühe, ihre Tränen zurückzuhalten. Marcus spürte, dass etwas nicht in Ordnung war. Liebeskummer, was sonst. Daran erinnerte er sich, dieses bohrende Gefühl, sie hatte Britta geheißen, war drall und rosig und hatte ihn einfach übersehen. Dabei saß sie hinter ihm. Selbst das Rasierwasser seines Vaters hatte nichts daran geändert.
Sollen wir zusammen was essen, wann hast du denn Schule aus?
Erst um vier heute.
Ich hole dich ab, Kleine. Warte auf mich, kennst mich ja, es kann ein paar Minuten später werden.

Was macht man, wenn jemand einen wegschickt, keine Nachrichten beantwortet, sich auch selbst nicht meldet, obwohl er es gesagt hat. Darüber machte sich Leonie nicht zum ersten Mal Gedanken, während sie vor der Schule auf einer Mauer saß, hinter der ein paar Büsche grünten, bevor sich die Mauern aus Backstein des Schulgebäudes dahinter erhoben. Womit hatte sie Mohamed nur so aufgeregt, noch immer verstand sie nicht. Eine Einladung, mehr nicht, jeder andere hätte sich gefreut, wie konnte er deshalb ausrasten? Ja, so nannte sie es im Nachhinein, das Klopfen gegen die Scheibe, die Anspannung in seinem Körper, wie unter Strom war ihr der vorgekommen, die Augen. Sie hatten etwas Zerstörerisches gehabt.

Er hat sich beeilt, dachte Leonie, als sie den Onkel über den Platz kommen sah. Es war erst wenige Minuten nach vier. Sie stand auf und ging ihm entgegen.
Beim Café, das vor einiger Zeit an die Stelle des Haushaltswarenladens gerückt war, standen schon Tische und Stühle draußen, als könnte damit der Frühling aus den dichten Wolken gesaugt werden, auf den die meisten Menschen ungeduldig warteten. Orangefarbene und gelbe Decken lagen auf den Holzstühlen, und einige Unerschrockene saßen darin eingehüllt vor Kaffee und Kuchen.
Wir gehen rein, sagte Marcus, eine Erkältung kann ich mir nicht leisten.
Sie saßen am Fenster und konnten den Brunnen sehen, der auch zu dieser Zeit ein Anziehungspunkt für Mütter mit ihren Kindern war, die auf dem breiten Brunnenrand balancierten oder sich darüberbeugten und sich mit Wasser bespritzten.
Und? Marcus wartete.
Was denkst du über Mohamed?
Warum willst du das wissen?

Weil ich nicht mehr weiß, was ich von ihm halten soll. Er meldet sich nicht und lässt sich auch nicht erreichen. Dabei ...

Vielleicht hat er viel zu tun, er lernt doch Arabisch und muss sein Geld verdienen, das hat er Hassan erzählt.

Und dann sprach Leonie über die Dinge, die sie immer wieder irritiert hatten, vom Fasten, von seinen Alleingängen, davon, dass er den Glauben gewechselt hatte, dass er glaubte, sein Name sei ein Hinweis auf eine besondere Aufgabe, die er zu erfüllen habe. Ich habe Angst, dass er verrückt wird, manchmal sieht er mich so abgedreht an, und dabei liebe ich ihn doch.

Er ist ein Mensch, der auf der Suche ist, das ist mein Eindruck, Leonie. Und jemand, der sich von niemanden beeinflussen lassen will, jedenfalls nicht von einem wie uns. Nicht von dir, nicht von mir, nicht von seinem Vater. Auch der macht sich Gedanken, welchen Weg Mohamed einschlagen wird. Es gibt Menschen, die kommen mit ihrer Umgebung nicht zurecht, sie glauben an Höheres, an eine bessere Welt, und vielleicht gibt es die ja tatsächlich, vielleicht tun sie das auch nur, um etwas Unangenehmen zu entkommen. Ich werde mit Hassan reden, die beiden treffen sich ja wöchentlich, sicher kennt er ihn inzwischen besser. Vielleicht kann er weiterhelfen. Ich hoffe, du bist nicht zu weit gegangen, du weißt, was ich meine.

Leonie spürte, wie sie rot wurde, schüttelte den Kopf und sah auf ihre Finger. Ich muss ihn sehen, sagte sie.

Du musst warten, glaube ich.

Sie nickte und Tränen liefen über die Wangen zu den Mundwinkeln hinunter.

Warum er es sein musste, der Mohamed die Nachricht überbringen sollte, das hatte sich Jan nach dem Anruf seiner geschiedenen Frau gefragt. Auch sie hatte er gefragt, aber außer einem: Du hast die bessere Beziehung zu ihm, war nichts zu hören gewesen. Als ob das in diesem Fall eine Rolle spielte. Hier ging es um Existenz.
Aber es ist dein Geschäft, das dem Jungen das Zuhause unter dem Hintern wegreißt. Also ist es auch deine Sache.
Ich bin froh, dass ich endlich einen Investor zu den Bedingungen der Verkäufer gefunden habe. Der Abriss beginnt ja frühestens in zwei Monaten. Und außerdem wusste er es ja.
Zwei Monate, das waren acht Wochen, einundsechzig Tage und dann? Wohnungen waren knapp, Andrang auf günstigen Wohnraum gab es schon seit längerem und mit dem Flüchtlingsansturm nun erst recht. Luxuswohnungen wie Mohameds Mutter sie verkaufte, die baute man seit Jahren, die Preise stiegen jährlich, in letzter Zeit um zweistellige Prozentzahlen. Was dachte sich diese Frau bloß! Was für eine Mutter war sie! Wieso hatte er sie einmal geliebt?
Auf die Frage, ob sie Mohamed bei sich aufnehmen könnte, bis er etwas fand, hatte sie nur gelacht und gesagt, na, das gäbe ein regelrechtes Donnerwetter zwischen Mo und meinem Mann. Unmöglich! Ein Gigolo und ein Revoluzzer.

Dann muss er zu mir aufs Sofa, dachte Jan, zur Not wird das für eine Weile schon gehen. Doch er erinnerte sich augenblicklich an die Streitgespräche, die sie geführt hatten, an Mohameds eigenwillige Art, nichts gelten zu lassen, was seiner Auffassung widersprach. Wortschlachten waren das gewesen und nicht ein einziges Mal hatte er nachgegeben. Diese Verbissenheit hatte Jan mehrfach für sich selbst gewünscht, zu weit davon entfernt war er aufgewachsen. Während der andere mit dem Degen focht, zog er sich noch immer zurück, aus Angst, ein Unglück könnte geschehen und derjenige, der die Hiebe ausgeteilt hatte, würde nicht damit fertig werden. Wie der Vater. Erst schlug er, wenn er zu viel getrunken hatte und dann jammerte er, was für ein schlechter Kerl er war. Immer die anderen. Wie lange sollte das noch gehen?

Auch jetzt diese Angst vor dem Gespräch mit seinem Sohn. Angst vor dessen Reaktion. Er versuchte, sie sich auszumalen. Würden seine blauen Augen zu funkeln beginnen oder von einer eisigen Starre überzogen werden, beides kannte er. Das Gesicht war früher zornesrot geworden, in der letzten Zeit zeichnete es sich in solchen Auseinandersetzungen mehr durch Blässe aus. Noch immer verkrampften sich seine Hände, wurden Fäuste und die Fingernägel gruben sich in die Handballen. Jan erinnerte sich an die Male, als die Spuren noch lange zu sehen waren.

Er nahm sein Rad und fuhr zu Mohameds Bleibe. Vorläufig noch. Der Junge sah erschrocken aus, als er ihm nach mehrmaligem Klopfen gegenüberstand. Oder verwirrt.
Auch seine Worte: Um diese Zeit und ohne Verabredung, das muss etwas Wichtiges sein. Ist einer gestorben? Mama oder Oma, dabei wäre mir Mama lieber, ehrlich gesagt.
Das glaube ich, dachte Jan, dann wäre alles hinfällig, auch meine Mission. Aber was war los mit ihm, es schien, als habe er getrunken. Gekifft vielleicht.

Es geht deinem Zuhause an den Kragen, das Gelände ist verkauft.
Er hatte versucht, die Worte ohne ein Gefühl auszusprechen, wusste nicht, ob ihm das gelungen war. Mohamed sah Jan an, als hätte der ihm etwas mitgeteilt, das ihn nichts anging. So etwas wie: Ab morgen tragen die Männer blaue Anzüge und die Frauen rote Blusen. Hatte er es gehört, hatte er es begriffen?
Willst du ein Bier?
Er machte sich am Kühlschrank zu schaffen, mit zwei Flaschen Bier, deren Kronkorken er mit einem Schraubenzieher, der auf der Anrichte lag, öffnete, kam er zurück und hielt Jan eines davon hin.
Dann trinken wir mal darauf. Wenn das kein Grund ist. Mutters Goldesel funktioniert also noch immer in diesem Land.
Jan war sprachlos. Die Flaschen klackten aneinander, ein Geräusch, das ihn schon als Kind verunsichert hatte, wenn der Vater mit seinem Freund trank.
Ich dachte, Moslems trinken keinen Alkohol.
Nur in besonderen Fällen und mit Genehmigung des Allerhöchsten. Wie du siehst, habe ich es vorhergesehen. Er zeigte auf die Flasche in seiner Hand. Und das ist erst der Eröffnungszug zu einer außergewöhnlichen Partie. Er lachte und leerte die Flasche.

Sabine Lummer war allein in der Stadt unterwegs. Sie hatte das Kostüm mit dem langen, schmalen Rock und der Dreiviertejacke aus dem Kleiderschrank der Schwester genom-

men, der tomatenrote Rolli guckte aus dem Jackenausschnitt, da war noch die Strumpfhose mit Rautenmuster in derselben Farbe. Ein Arrangement wie in den Auslagen der Boutique am Ende der kleinen Straße, an der sie gerade vorbeikam, die zu dem Café führte, in dem Sabine wie früher einen Cappuccino trinken wollte. Sie blieb davor stehen, betrachtete erst die Frühjahrsmode, nicht ein einziges T-Shirt unter 200 Euro, dann sah sie sich selbst in der Glasscheibe. Den Kopf ein bisschen schräg, ein Lächeln. Einfach hübsch! Wie lange war das her! Sie hatte beinahe vergessen, wie es sich anfühlte, dieses: Im Augenblick gehört mir die Welt.
Die Sonne verschaffte sich Platz zwischen den Wolken, die Pfützen, die noch vom gestrigen Regen übrig waren, glitzerten. Sabine atmete durch bei dem Gedanken, dass sie den ganzen Nachmittag nur für sich haben würde, hin und her gehen könnte, sich setzen, dann weitergehen, etwas trinken, sich umsehen und sich bewundern lassen. Alles dank Frau Dr. Finkelstein, ohne Rollstuhl, ohne Susanne. Allein hätte sie sich das niemals gestattet, nun aber angeordnet und aufgefordert von der Ärztin, darüber zu berichten, genoss sie es. Bevor sie ins Café ging, lief sie die Straße auf und ab, bemerkte, dass man sie ansah, ein Mann in ihrem Alter drehte sich nach ihr um, oder hatte sie sich das eingebildet? Egal!
Als sie in das Café kam, hier war sie früher ab und zu gewesen, immer allein, nie mit Susanne, fragte der Besitzer, ein Spanier, der gern flirtete, wo sie solange gewesen sei.
Im Urlaub, sagte sie.

Erst auf dem Weg nach Hause begann sie sich Sorgen zu machen, ob der Freund, der angeboten hatte, bei Susanne zu

bleiben, während sie unterwegs war, mit der ihm unvertrauten Situation zurechtgekommen war. Ob alles richtig gelaufen war. So, wie Susanne es gewohnt war. Ihre Susanne.
Ich bewundere dich, wie du das schaffst, sagte er, sie hatte noch nicht einmal Zeit gehabt, ihn danach zu fragen. Jeden Tag, wirklich alle Achtung, ich könnte das nicht. Susanne wollte nicht von mir gefüttert werden, hat mir die Schnabeltasse aus der Hand geschlagen und der Sabber lief ihr aus dem Mund.
Sofort sah Sabine die folgenden freien Nachmittage ins Wasser fallen.
Ich bin eben die Einzige, die mit ihr zurechtkommt, sagte sie. Doch der Freund versicherte, dass er wiederkommen würde, dass es nur unvorstellbar für ihn sei, wie sie das täglich aushielt. Das Gemurmel, das dauernde Kopfschütteln, das Aggressive, das einen unerwartet traf, diese sprichwörtliche Unruhe, die sich auf einen übertrug, wenn sie nicht döste oder schlief.

Sabine hatte sich das bisher nicht gefragt. In den nächsten Tagen achtete sie mehr darauf und stellte fest, dass sie sich überwinden musste, nicht abzutauchen in die Seiten eines Buches, das Schwingen der Blätter des Baumes vor dem Fenster oder in eine Gedankenwelt, die nichts mit dem, was sie umgab, zu tun hatte.
Reisen stellte sie sich vor, das Meer, den mehligen Sand von Patmos. Ein Urlaub vor acht Jahren mit Susanne, das Kloster erhaben nach dem steilen Anstieg auf die Chora, die Bibliothek dort, das leise Auftreten der Mönche, melodisch deren Sprache, die sie nicht verstand. Cafés in praller Sonne am

Meer und sie darin mit einem der Kleider von Susanne, das wie ein Nichts erschien und sich im Wind aufblähte.
Ob sich Susanne auch daran erinnerte hinter der Fassade, die nichts mehr erkennen ließ? Wie gern würde sie daran glauben, dann gäbe es noch eine Verbindung. Aber wer konnte das sagen? Sie suchte die Fotos, zeigte der Schwester eine Aufnahme, beide standen am Meer, das gleiche flattrige Kleid, sie in Blau, Susanne in Weiß. Sie schlug es ihr aus der Hand.

Siebzig Jahre, nicht nur durchgestanden, sondern erfolgreich bewältigt, das musste gefeiert werden. Darin waren sich alle einig, Karin Dehmel, die Jubilarin, allen voran. Aber wo und wie? Tanja und Marcus waren der Meinung, dass die Mutter an diesem Tag keine Arbeit haben sollte, was die übertrieben fand, denn Arbeit gehörte, seit sie denken konnte, zum Leben, doch gab sie mit einem kleinen Stich im Herzen nach, als Marcus sagte: Dieses Mal sind wir dran, Mutter. Keine Widerrede!
Ich werde alt, dachte sie und war erstaunt darüber.
Wenn sie fragte, wie die Feierei nun vor sich gehen würde, was sie mitbringen könnte und wer alles käme, war das Einzige, was sie zu hören bekam: Um elf bei Marcus und Nina, der Rest ist Überraschung!
Und das war es. Als sie Punkt elf mit ihrem Kombi vorfuhr, leuchteten ihr vom Eingang eine Traube Luftballons in einer Buntheit entgegen – darauf hatte Niklas bestanden, sie aufgeblasen und am Zaun festgebunden – die sie allenfalls von

Jahrmärkten ihrer Kindheit kannte, wo man einen einzigen für fünfzig Pfennige kaufen konnte. Aber mit fünfzig Pfennigen konnte man etwas Vernünftigeres anfangen, als Luft in einer bunten Hülle am Faden über sich schweben zu lassen. Und nun diese Menge! Es waren siebzig.
Marcus stand mit seiner Band hinter dem Eingang und kaum hatte sie das Auto abgestellt, begannen die Männer zu spielen, erst Happy birthday, dann When I was young und schließlich Hoch soll sie leben. Alle waren da: Tanja und Tom, Niklas und Leonie, Nina und deren Bruder, zwei Schulfreunde aus dem Dorf, in dem sie aufgewachsen war und ein junger Mann, den Karin nicht kannte.
Gut, dass sie sich beherrschen konnte, sonst wären ihr die Tränen gekommen, so spürte sie nur ein Brennen hinter den Augen und ein Stolpern des Herzens in der Brust. Einen festlich gekleideten Körper nach dem andren drückte sie nun an sich, aus den vielen Mündern, die sie küssten, entsprangen Worte wie Gesundheit, ein langes Leben, mindestens zwanzig Jahre mehr, Dank an die allerbeste Oma und immer bereite Mutter. All das landete in ihrem Ohr. Und nicht nur dort.

Sogar der Himmel war in Geburtstagslaune. Im Garten war das Zelt aufgebaut. Marcus hatte es für alle Fälle, damit meinte er verregnete Tage, wenn gegrillt werden sollte, angeschafft. Wahrscheinlich hat Tanja das gemalt, dachte Karin, als sie das Bild sah, es verschloss den Eingang zum Zelt, auf dem die gesamte Familie abgebildet war. Jeder mit einem für ihn typischen Detail. Das konnte sie, ihre Große.

Die Siebzig glänzte golden auf dem Kuchen in der Tischmitte. Und Frühlingsblumen über Frühlingsblumen. Eine wunderschöne Verschwendung.

Der junge Mann, er hatte sich abseits gehalten, war Hassan. Da Leonie der Oma versprochen hatte, ihr den Jemand, mit dem sie sich ab und zu wegen der Flüchtlingsinitiative traf, zu ihrem Geburtstag vorzustellen, und da Mohamed nun wie vom Erdboden verschluckt sich nicht sehen und nicht hören ließ, hatte sie Marcus gefragt, ob nicht Hassan dafür kommen könne. Der Oma würde das nicht auffallen, sie kannte ja keinen von beiden, unnötige Erklärungen wären damit überflüssig. Und gerade an solch einem Tag.
Na gut, Kleine, wir wollen es nicht noch schwieriger machen, als es schon ist. Und für die Oma soll es ein ungetrübter Tag werden.
Und als Marcus ihn einlud, hatte Hassan gesagt, er käme gern. Das hübsche Mädchen war ihm eingefallen und er war neugierig, wie man in Deutschland so einen Geburtstag feierte. Als Leonie jetzt zu ihm kam und sagte, sie wolle ihn der Oma vorstellen, gefiel ihm das, auch, dass sie ihn an der Hand fasste. Sie fühlte sich kräftig an, anders, als er es von seinen Schwestern kannte.
Karin war einmal um die Tafel mit den zubereiteten Köstlichkeiten herumgegangen, stand an dem Platz, der nur der ihre sein konnte, Blütenblätter, die eine Siebzig ergaben, die bewunderte sie gerade, da kamen die beiden zu ihr. Sie erinnerte sich an das Gespräch mit Leonie, als die sich für ihre Lüge entschuldigt hatte, das war ihr noch in guter Erinnerung, weil es die Spannung zwischen ihnen hatte verschwin-

den lassen. Sie wusste auch noch, bei wem die Enkelin gewesen war, und bevor Leonie dazu kam, Hassan vorzustellen, sagte Karin:
Ach schön, Mohamed, dass Sie hier sind. Ich freue mich.
Hassan sah hilfesuchend zu Leonie. Einer so alten Dame konnte er unmöglich widersprechen. Alles was er gelernt hatte über Respekt älteren Personen gegenüber, und darauf legte man bei ihm zu Hause großen Wert, wäre dann verloren. Und wie würde das ankommen, selbst wenn er die richtigen Worte wüsste, noch dazu in dieser Situation? Leonie war nur einen Moment in Verlegenheit geraten.
Das ist Hassan, Oma, da musst du etwas verwechselt haben. Er kommt aus Syrien und hilft Onkel Marcus in der Schreinerei.
Karin streckte dem jungen Mann die Hand entgegen, drückte sie fest.
Auf Namen kommt es ja nun wirklich nicht an, wichtig ist, dass Sie hier sind. Und dass Sie sich wohl bei uns fühlen. Ein anderes Mal kommen Sie zu mir, dann können Sie mir etwas über Ihre Heimat erzählen. Heute wird uns die Zeit dazu fehlen.
Dabei blickte sie von ihm zu Leonie, dachte, das wird er schon verstehen. Hassan hielt noch immer sein Geschenk in der Hand. Er hatte es in Seidenpapier, das jetzt beim Auspacken knisterte, eingeschlagen, eine Rose, deren sich überlappende Blütenblätter er aus Holzspänen gefertigt hatte. Die Blüte wirkte unendlich zart, beinahe zerbrechlich.
Das ist bei mir zuhause die Königin unter den Blumen, herzlichen Glückwunsch, Oma.

Diesen Satz hatte er immer wieder vor sich hin gesagt, der musste fehlerlos sein. Karin war gerührt. Dieser unbekannte junge Mann gefiel ihr. Er war nicht nur hübsch, alles an ihm war gepflegt und Manieren hatte er auch. Vielleicht war da doch etwas von einer anfänglichen Liebe zwischen ihm und Leonie wie Marcus vermutete. Das könnte sie verstehen. Schade nur, dass er Moslem war, soweit sie wusste, waren das dort alle.

Doch eines war ihr schleierhaft. Wie konnte sie sich so geirrt haben? Mohamed und Hassan, die beiden Namen hatten ja wirklich nichts Gemeinsames, außer dass es Namen waren, die in Deutschland bis vor einiger Zeit nicht gebräuchlich waren. War es schon soweit, dass ihr Gedächtnis sie im Stich ließ, hatte sie den anderen Namen in nur der Zeitung gelesen? Da las man ja täglich die Namen von Flüchtlingen aus Ländern, die nicht nur sie erst auf dem Globus suchen musste.

Er ist ein netter Junge, wir versuchen es.
Marcus hatte sich nicht verhört. Sie saß ihm gegenüber am Tisch und sah ihn erwartungsvoll an. Seine Frau Nina. Was für ein Glück hatte er, was für eine Frau! Sie konnte mehr, als Ratschläge zu erteilen, wie man sein Geld am besten anlegt und möglichst vermehrt, welche Verträge man besser nicht abschloss, wie man sich bei Verhandlungen korrekt anzuziehen und zu verhalten hatte, wem man nicht widersprechen durfte und wie man jemanden die richtigen Worte –

nämlich solche, die man selbst hören wollte – in den Mund legte. Sie hatte auch Gespür für Menschen.
Nina, sagte er nur. Später mehr, dachte er.

Nun wohnte Hassan schon vier Wochen im Souterrain. Sie hatten die Möbel so gestellt, dass es wohnlicher wurde. Der Schreibtisch stand vor dem Fenster, von dort kam das meiste Licht, außerdem sah man ein Stück vom Garten. Marcus hatte ein Regal, das er in der Schreinerei nicht mehr brauchte, leergeräumt, zwei Gartensessel, die sie schon länger ersetzen wollten, trug Hassan in sein neues Zuhause und Nina steuerte noch einen Tisch aus Bambus bei, ein Stück aus ihrer Studentenzeit vom Flohmarkt. Er war hoch genug, um daran zu essen. Im Flur neben dem Duschbad stand der Kühlschrank und ein Zweiplattenkocher auf einem ausrangierten Unterschrank. Hassan war in einem Maße glücklich und dankbar, für das er in der neuen Sprache kein Wort kannte. Er nahm jede Ecke des Zimmers auf, schickte die Fotos nach Homs, und noch am gleichen Abend kam die Antwort, in der Allah und Allah und Allah vorkam. Die Eltern würden ihm, ihren Beschützer seit Jahren, Marcus und Nina anempfehlen, damit er auch sie unter seinen Schutz nahm, das würde er ganz gewiss, und ihnen alles möglich Gute angedeihen lassen. Wahrscheinlich auch das Himmelreich. In ihrer Freude müssen sie vergessen haben, dass Christen dort keinen Zugang haben, dachte Nina, während Hassan aufgeregt weiter vorlas. Und wenn sie kämen, dann würden auch sie ihre Dankbarkeit, die keine Grenzen hatte, unter Beweis stellen und alles, was die beiden ihrem Sohn Hassan Gutes getan hatten, mit Gutem vergelten.

Meine Eltern sind sehr religiös, und die Familie bedeutet ihnen alles, sagte Hassan und legte das Smartphone zur Seite.
Bei dessen letzten Worten erstand vor Ninas Augen ein Bild, auf dem sich verschleierte Frauen in ihrem Garten tummelten, sich in einer Sprache unterhielten, die sie nicht verstand. Mehr und mehr kamen dazu, waren ausgelassen, manche hatten ihre Kinder dabei, auch Körbe mit Süßigkeiten, irgendwie füllte sich der Garten und auch das Haus. Nein, das wollte sie auf keinen Fall. Sie brauchte ihre Ruhe.
Daran hatten beide nicht gedacht. Die Familie. Hassan hatte zwar darüber gesprochen, dass er sie sobald es ging nachholen wollte, aber das war ihnen so weit weg erschienen, war so unwahrscheinlich.
Wir müssen mit ihm sprechen. Das Zimmer ist nur für ihn, egal, wer kommt.
Nina hatte als erste wieder Worte gefunden. Darin war sie Marcus einfach überlegen.
Soweit ist es ja noch lange nicht, Mädchen, so nannte er sie noch immer gern, wer soll denn die Reise für die Eltern und die drei Schwestern bezahlen. Außerdem wird bei uns doch gerade über Zahlen nachgedacht, über eine Obergrenze und einen eingeschränkten Familiennachzug.
Na, bisher zeigt unsere Bundeskanzlerin doch noch immer Zähne, sieht mir nicht danach aus, auch wenn die Bayern Druck machen. Sie scheint sich darauf versteift zu haben, dass ihr Deutschland – es kommt einem ja so vor, als wäre es ihr persönliches Eigentum, das sie zu verteidigen hat – das auch ohne die anderen schaffen muss. Sie kommt mir verstockt vor. Jedenfalls solltest du mit Hassan darüber reden.

Ich?
War es nicht deine Idee, ihn aufzunehmen?
Ich dachte, wir wären uns einig.
Sind wir auch, aber es ist und bleibt ein Versuch, er kann ja auch schief gehen, das wissen wir doch beide. Und er schließt niemand anderen als den Jungen ein.

Hassan und Mohamed waren sich näher gekommen. Beide lernten mit Eifer die andere Sprache. Hassan fragte ihn, warum er allein wohne, wo seine Eltern doch in der Stadt lebten. Es war unvorstellbar für ihn, ohne verheiratet zu sein, dort wegzuziehen, er verstand auch nicht, was Mohamed mit einer anderen Welt meinte, in der die Eltern lebten. Andere Vorstellungen vom Leben, sagte der Freund. Nicht nur arbeiten und Geld scheffeln, damit das Bankkonto wächst, damit man alles, was es gibt, kaufen kann. Autos, teure Klamotten, zwei Fernseher, das neueste und teuerste Smartphone, das auf dem Markt kommt, die Außenkabine auf dem Kreuzfahrtschiff für sechstausend Euro.
Hassan war still, als er die Zahl hörte. Sie arbeitete in ihm.
Aber es ist doch gut. Arbeit ist gut, Geld ist gut. Kaufen ist gut. Deshalb bin ich doch hier, deshalb lebe ich ohne meine Familie.
Ich dachte, du bist gekommen, weil du Angst vor dem Sterben hast, vor dem Krieg.
Auch, aber nicht nur. Ich will auch das, wovon du gesprochen hast. Alle in meinem Land wollen das. Wenn man solange nichts oder wenig gehabt hat, ist das doch normal.

Und ich will genau das Gegenteil. Ich will, dass die Leute nicht wie blöd durch die Gegend rennen, dass sie miteinander sprechen, dass sie sich helfen, dass es keine Armen gibt, Kinder, die keine Chance haben, einen ordentlichen Beruf zu ergreifen, nur weil die anderen sich das Geld unter den Nagel reißen und nicht genug davon bekommen. Was sie bloß davon haben! Ich will in einem Land leben, wo es noch unverrückbare Werte gibt.
Du willst, dass alle arm sind?
Dass alle genug haben, das will ich. Dass der Mensch etwas gilt. Du kennst das Christentum und die Bibel nicht, aber auch da gibt es eine Stelle, wo Jesus die Händler mit den Worten aus dem Tempel treibt *Macht nicht das Haus meines Vaters zum Kaufhause.* Auch Jesus hat den Rausch der Menschen nach dem Habenwollen verachtet, weil es nicht das Wichtigste ist im Leben, weil sie das Sein darüber vergessen.
Hassan hatte zugehört, manchmal musste er nachfragen, da gab es Wörter, die er nicht kannte und er versuchte, Mohamed zu verstehen, nicht nur dessen Wörter.
Wir haben Werte, der Koran lehrt sie uns und wir leben danach. Bei uns sagt man, dass die Dschihadisten einen Gotteskrieg gegen die Wirtschaft führen, vielleicht ist es das, was du meinst, aber ob das stimmt, weiß ich nicht. Das sind Extreme sagen meine Eltern. Das ist nicht die Mehrheit.

Er erzählte, wie sie die letzten Jahre verbracht hatten, wie die Häuser in sich zusammenfielen, wie es das Büro des Vaters nicht mehr gab, wie man nicht kaufen konnte, was man brauchte. Nie war man sicher, wenn man aus dem Haus ging, ob man zurückkam. Unser Glaube ist doch gut, er will

nicht, dass man Menschen tötet. Jeder kann damit leben, unsere Regeln sind nicht so schwer einzuhalten. Kennst du die fünf Säulen des Koran?
Bekenntnis, Gebet, Almosensteuer, Fasten und Pilgerfahrt. Mohamed zählte sie auf.
Hassan war überrascht. Was der neue Freund nicht alles wusste. Und noch mehr wollte er wissen, sogar einen Plan seiner Stadt wollte er haben. Natürlich hatte er keinen Stadtplan von Homs mitgebracht, wozu auch, aber er zeichnete die wichtigsten Stellen auf ein Blatt, auch das Haus, in dem er wohnte, die Hauptstraßen, die früher voll von Autos und Bussen gewesen waren. Straßennamen wollte er wissen, ließ die sich auf Arabisch aufschreiben. Er interessierte sich für alles.

Das konnte er auch dem Mädchen erzählen, das gekommen war, um ihn zu fragen, ob Mohamed in der letzten Zeit bei ihm gewesen wäre. Sie hatte an seine Tür geklopft und so vor ihm gestanden, wie er sie in Erinnerung hatte. Die langen Beine in Jeans, ein T-Shirt, das ihre Brüste abmalte, eine Strähne des halblangen Haares im Gesicht. Die Hände hatte sie dieses Mal in den Hosentaschen.
Kann ich reinkommen?
Wahrscheinlich war es vollkommen normal, und warum sollte er sie nicht hereinbitten. Sie gefiel ihm mehr als die Mädchen, die er in der Schule sah.
Ja, bitte, sagte er.
Sie saßen auf den Gartensesseln, die Cola, die er ihr anbot, lehnte sie ab.

Es ist sicher sehr schwer für uns Deutsche, Arabisch zu lernen. Wie lange braucht man denn, um sich verständigen zu können?
Kommt darauf an. Wenn man so fleißig ist wie Mohamed, nicht so lange. Er lernt sehr schnell und kann schon Sätze mit mir tauschen. Und ich auch mit ihm. Wir sind ein gutes Tandem, so heißt das doch oder?
Lernt ihr denn jede Woche?
Sogar zweimal in der Woche seit einem Monat.
Er kommt nachher, wenn du wartest, dann wirst du ihn sehen.
Leonie zögerte, aber schließlich war es das Haus ihres Onkels, da hatte sie jedes Recht, sich aufzuhalten. Dieses Mal würde sie für die Überraschung sorgen.
Ach ja, dann bleibe ich, wenn es dir nichts ausmacht.
Überhaupt nicht. Ich freue mich.

Wie schnell vier Wochen vergehen können, wenn nicht ein Tag wie der andere verläuft! Das wusste Sabine, seit sie auf den Mittwochnachmittag wartete, den Tag, an dem sie ganz sie selbst sein durfte, nicht ein Teil eines Zwillingspaares, nicht die Pflegerin ihrer Schwester Susanne, die nicht mehr fähig war, allein zu sein. Die eigentlich kaum noch ein richtiges Leben führte. Wenn man das so denken durfte! Aber das tat sie von Zeit zu Zeit, manchmal mit einem schlechten Gewissen, manchmal aber auch mit der Frage, ob sich so ein Leben überhaupt lohnte und was Susanne davon hatte. Aber wie sollte die Schwester so eine Frage beantworten, konnte sich doch zu nichts mehr äußern. Wer weiß, ob sie überhaupt noch etwas verstand.

Sabine hatte sich angewöhnt, ihr manchmal Fragen zu stellen, wenn sie eine Entscheidung nicht allein treffen wollte. Nie hatte sie das früher ohne ihre zweite Hälfte getan, und wenn deren Kopf dann auf die Brust fiel, was wie ein Nicken aussah, dann deutete sie das als ein Ja, verfiel der Körper aber in ein unruhiges Hin und Her, wobei der Kopf eine Pendelbewegung machte, deutete sie das als abgelehnt. So hatte sie sich schon einige Male, bevor sie ausging, vor die Schwester hingestellt, hatte das Nicken als Zustimmung dafür genommen, dass sie nun in Susannes Kleidern durch die Stadt spazierte. So nannte sie das. Damit ging es ihr besser. Sie tat nichts Verbotenes, nichts, was der Schwester nicht recht war, hatte ihre Zustimmung, so wie früher, wenn die sagte, mach nur.

Das hatte ihr das Leben immer schon leichter gemacht und so war es noch heute. Das Einverständnis war das Entscheidende. Immer war es das gewesen, wonach sie suchte. Und wo sollte es besser funktionieren, als bei eineiigen Zwillingen. Darüber hatte sie viel gelesen und wusste um die Besonderheit des Zwillingsdaseins, das andere nicht nachvollziehen konnten.

Für den Arztbesuch hatte sie sich sorgfältig zurechtgemacht, zu dem Kleid mit dem Tulpenrock, er überspielte ihre kräftiger gewordene Körpermitte, gab es auch eine passende Strickjacke. Susanne hatte der Pfleger in eine blaue Leinenhose mit einem Gummizug in der Taille gesteckt, Sabine zog ihr die blau-weiß-geringelte Strickjacke über und schob sie

vor den Spiegel im Flur. Dort standen sie nebeneinander und Susanne begann ihre Pendelbewegung mit dem Kopf. Warum nein, dachte Sabine.
Aber wir sind doch beide hübsch, sagte sie, worauf die andere den Anfang von Stille Nacht zu singen begann. Das war neu. Da kam also noch mehr aus ihr heraus, es wurde nicht nur schlechter, wie der Pfleger gesagt hatte. Sicher war das ein gutes Zeichen!

Es war derselbe Fahrer des Taxis wie vor einem Monat. Er schob Susanne in den Fahrstuhl, drückte den Knopf ins Erdgeschoss, und während es surrte, fragte er mit dem Kopf auf Susanne zeigend:
Wie lange ist sie denn schon in dem Zustand?
Seit dem Herbst, noch nicht so lange und sicher wird es wieder besser mit ihr.
Das wünschen alle, aber um ehrlich zu sein, hier sieht es mir nicht danach aus. Ich kenne ja viele solcher Fälle.
Aber sie hat vorhin Stille Nacht gesungen, zum ersten Mal seitdem.
Der junge Mann verkniff sich sein Lachen. Ein bisschen früh im Jahr, oder?
Es war schon komisch, das musste sie zugeben, aber sie wollte es Frau Dr. Finkelstein erzählen. Unbedingt.

Im Wartezimmer saß ein Mann um die sechzig, sein rechter Fuß steckte in einem riesigen Schuh, ähnlich einem Skischuh, der noch die Hälfte der Wade bedeckte. Sabine dachte an ihre Winterstiefel, außen gerippt und innen warm gefüttert, alles auf dicken Sohlen, so dass die Kälte nicht eindringen konnte. Kalte Füße waren etwas Grässliches! Der Mann bemerkte ihren Blick.

Sprungbeinbruch, bin in eine defekte Kellerabdeckung getreten. Mindestens acht Wochen, sagt Frau Doktor.
Er sah von ihr zu Susanne, deren Kopf schief zur linken Seite hing. Alles an ihr sah schief aus.
Schlaganfall? Ihre Schwester oder ihre Mutter?
Sabine erschrak, sah verblüfft auf die Zwillingsschwester und stellte fest, dass ihr Alter tatsächlich nicht auszumachen war. Alterslos saß sie im Rollstuhl. Schwester Gerlinde stand in der Tür und ersparte ihr die Antwort.

Ich freue mich, Sie so zu sehen. Die Ärztin stand am Eingang des Sprechzimmers und drückte Sabine die Hand.
Die lächelte verlegen, das Kompliment tat gut, etwas in ihr rutschte an die richtige Stelle, dahin, an der sie eine gutaussehende Frau von Mitte vierzig war und ein Recht darauf hatte.
Und? Die Ärztin sah noch immer sie an, so als gäbe es sonst niemanden. Es scheint, die Ausflüge bekommen Ihnen.
Mittwochnachmittag, da bleibt ein Freund von uns bei Susanne. Er sagte, es sei nicht einfach, aber er kommt seit vier Wochen jeden Mittwoch. Ich fühle mich wieder ein bisschen wie früher.
Wunderbar! Egal wie gern man jemanden hat, das eigene Leben darf man nicht aufgeben. Daran müssen Sie immer denken, auch wenn es Ihnen egoistisch vorkommt. Egoismus ist nicht immer schlecht, manchmal hilft er einem, nicht zu zerbrechen.

Jetzt erst wandte sie sich Susanne zu, die neben ihnen gesessen hatte ohne eine Reaktion.
Gibt es Veränderungen?
Sie hat zum ersten Mal ein paar Takte von Stille Nacht gesungen, bevor wir zu Ihnen kamen. Die Ärztin verzog keine Miene.
Und sonst?
Das Füttern wird schwieriger, sie behält das Essen im Mund ohne zu schlucken. Was kann ich da machen?
Nicht viel, fürchte ich. Das ist ein Zeichen des Fortschreitens der Krankheit. Die Befehle des Gehirns kommen nicht mehr an. Wenn es schlimmer wird, muss sie anders ernährt werden, aber das können Sie zuhause nicht mehr leisten.
Das heißt?
Haben sie sich denn schon nach einem Heim umgesehen?
Sabine kämpfte mit den Tränen. Ich will das nicht, Susanne soll bei mir bleiben.
Ich helfe Ihnen dabei, solange es geht. Aber vielleicht brauchen auch Sie einmal eine längere Auszeit, da könnten wir es probeweise mit einer Kurzzeitpflege versuchen. Was meinen Sie?
Ich will alles für Susanne tun, immer.
Davon war sie überzeugt. Aber wie lange würde sie es schaffen?

Dieses Mal war Leonie die Überraschung gelungen. Als Mohamed ankam, saß sie am Tisch, eine Tasse Tee vor sich. Er stutzte nur einen kurzen Moment.

Ach so, du bist jetzt bei Hassan, sagte er, betonte den Namen des Syrers besonders, dann störe ich wohl.
Ich habe Hassan eine Einladung von meiner Oma gebracht. Das darf ich doch, oder hast du etwas dagegen?
Leonie hatte, seit sie wusste, dass sie Mohmed hier treffen würde, darüber gegrübelt, wie sie sich verhalten könnte. Er sollte nicht denken, dass sie seinetwegen hier war, dass sie auf ihn wartete. Die Wut und die Verletzung darüber, dass er sie abserviert, einfach ignoriert hatte, halfen ihr jetzt. Sie wollte ihn reizen, wollte wissen, was er dann tat. Noch wusste sie nicht wie.
Er sah sie an, wie man etwas gerade neu Entdecktes anschaut, und lachte.
Hast du Lust, mit mir am Wochenende wandern zu gehen, ich möchte dir etwas zeigen?
Leonie blieb die Luft weg. Jetzt plötzlich nach all dem Schweigen, jetzt bot er ihr an, worum sie beinahe gebettelt hatte. Darauf hatte sie erst einmal keine Antwort. Auf keinen Fall durfte sie ihm zeigen, wie sehr sie wünschte, dass es mit ihnen weiterging. Sie schwieg.
Das Wetter soll gut sein. Du kannst es dir ja überlegen. Ich gehe am Samstag um drei los. Und bring einen Schlafsack mit.

Drei Tage hatte sie zum Nachdenken. Es war Mittwochnachmittag. Sollte sie? Was war in ihn gefahren, dass er sie nach Wochen einlud? Über Nacht, wozu sonst der Schlafsack. Etwas an seiner Einladung war ihr unheimlich. Außerdem, wie sollte sie das den Eltern erklären?

Eine Übernachtung in den Bergen, vielleicht unter freiem Himmel. Sie würden sicherlich in einem Zelt schlafen, auch wieder miteinander schlafen, noch nie hatten sie das in der Natur getan. Vielleicht schien der Mond. Sie musste im Kalender nachsehen. Sie dachte an seine Zärtlichkeiten, an seinen Geruch, beinahe wie Räucherstäbchen. An die Hitze, die sie völlig ausfüllte. Eigentlich gab es keinen Grund nicht zuzusagen, es war genau, was sie wollte, lag direkt vor ihrer Nase, nur Zugreifen brauchte sie. Und eine Ausrede den Eltern gegenüber.

Sie war nicht geübt im Erfinden von Notlügen, nur das eine Mal hatte sie gelogen und es war aufgeflogen. Sie könnte sagen, dass ein paar aus der Flüchtlingsgruppe eine Nachtwanderung machen wollten und man erst am nächsten Tag nach Hause käme. Es war dünnes Eis, wer weiß, ob es nicht brach. Noch einmal würde Marcus nicht dicht halten. Ihr war mulmig zumute, aber der Wunsch, mit Mohamed auf die Wanderung zu gehen, wuchs.

Als sie nach Hause kam, war auch die Mutter gerade aus der Praxis gekommen, Mittwochnachmittag, nur Hausbesuche und Berichte schreiben, da wurde es früher. Niklas und der Vater waren dabei, das Abendbrot zu richten. Bratkartoffeln und Salat.

Ich war bei Hassan, du weißt schon, der Syrer, der bei Onkel Marcus wohnt.

Er kann dir sicher manches aus seiner Heimat und über seine Religion erzählen. Scheint ein netter Junge zu sein. Marcus ist voll des Lobes über ihn und will ihn einstellen, wenn er seine Ausbildung abgeschlossen hat. Hast du es den Kindern schon gesagt? Sie sah zu Tom.

Ich dachte, das machen wir zusammen.
Er lud jedem eine Portion gelbbraune Kartoffeln auf den Teller und stellte sie auf den Tisch.
Ich habe Tanja einen Opernbesuch in Zürich geschenkt, eine Belohnung für die viele Arbeit. Wir wollen am Freitag nach Praxisschluss los und kommen Sonntagabend zurück. Ihr könnt zu Oma gehen, die freut sich wie immer, wenn ihr kommt oder wolltet ihr lieber hierbleiben?
Ich gehe zu Oma, sagte Niklas, allein ist es langweilig.
Ich möchte hierbleiben, wenn ihr nichts dagegen habt, freue mich für euch, sagte Leonie und dachte, etwas Besseres konnte mir nicht passieren. Was ist es denn für eine Oper?
Die Entführung aus dem Serail.
Ich weiß nicht, wirst du denn allein zurechtkommen, du warst noch nie ein ganzes Wochenende allein? Tanja fühlte sich unwohl.
Dann wird es Zeit und außerdem kann sie ja immer noch zu Karin oder zu Marcus. Die sind beide da. Du braucht nicht so ängstlich sein, das Mädchen ist größer als du denkst.
Leonie nickte. Ich kann am Freitag ja mit Niklas bei der Oma übernachten, dann ist es nicht so lange.

Samstag um zehn radelte sie nach Hause. Sie suchte zusammen, was sie für die nächsten zwei Tage brauchte. Einen warmen Schlafanzug, einen Pullover und ein Sweatshirt als Ersatz, Socken, Unterhose, die Wanderjacke, sie war regendicht, und den Schlafsack. Alles rein in den Rucksack. Obendrauf die Isomatte, an die Seite die Wasserflasche. Seit Jahren ging sie mit den Eltern wandern, sie wusste, was man brauchte. In der Speisekammer lagen eine Prinzenrolle und eine Tafel Ritter Sport, Vollmilch mit Nuss. Notproviant.

Seit der Vater ihm die Nachricht vom Abriss der Autowerkstatt überbracht hatte, dem Ort an dem er lebte, bis er wusste, wozu er bestimmt war, beschäftigte Mohamed sich täglich damit, eine neue Unterkunft zu schaffen. Für ihn kam weder das Angebot des Vaters, Couchsurfing hatte der es genannt, noch die Idee Hassans, Marcus zu fragen, ob sie sich das Zimmer teilen könnten, in Betracht. Er musste ungestört bleiben.

Bei seinen Wanderungen in der Umgebung hatte er unterhalb des Waldstückes, in dem er oft unterwegs war, unverschlossene Schrebergärten entdeckt. Wie lange sich da niemand mehr drum kümmerte, darüber hatte er nachgedacht und war nach dem Besuch des Vaters am nächsten Morgen losgegangen, um das Gelände genau zu inspizieren. Die Gärten lagen in einer Schräge am Hang, große Grundstücke, die zum Teil nur durch hohe Büsche voneinander getrennt waren. Möglicherweise waren die Drahtzäune inzwischen auch so verrottet oder überwuchert, dass man sie nicht mehr sah, so dass es ihm wie ein einziges, riesiges Gelände vorkam. Holunder und Bambus, Jasmin und Forsythien, Kastanien und Obstbäume, alles wuchs durcheinander. Äste waren abgebrochen und versperrten den Weg. Das abschüssige Gelände schien vor Jahren, als es noch in Gebrauch war, terrassenförmig angelegt worden zu sein, jetzt rutschte Mohamed aber mehr, als dass er gehen konnte, um zu einem Blockhaus zu gelangen, das er auf dem unteren Teil gesehen hatte. Auf der einen Seite von Efeu überwuchert, stand es unter einer ausladenden Kastanie. Einige Bohlen waren geschwärzt, als hätten sie einem Feuer standgehalten, manche lösten sich, so dass ein Eindruck des Zerfalls entstand. Die Tür ließ sich mit einem Fußtritt öffnen, das Schloss war verbogen. Vielleicht hatte jemand versucht einzubrechen. Mohamed scheuchte ein paar Ratten auf, ihr Fiepsen war das einzige Leben hier. Später entdeckte er noch eine Ameisenkolonie, beobachtete, wie sie ihrer Fleißarbeit nachgingen, viel zu große Lasten für ihre kleinen Körper von einem Ort zum anderen trugen. Was für eine Gemeinschaft, getragen von einem gemeinsamen Ziel!

Es gab ein Fenster, besser gesagt, hatte es das einmal gegeben, jetzt war nur noch der Rahmen davon vorhanden. Nicht einmal ein Glassplitter steckte mehr dort. An der Längsseite gegenüber der Tür war eine Holzbank mit der Wand verbunden, davor der Rest eines Tisches. Schief hing die aus Bohlen gezimmerte Platte auf stämmigen, unbehauenen drei Beinen, das vierte war vielleicht verfeuert worden. Ein Schlauchwagen ohne Schlauch stand seiner Bedeutung beraubt an der Seite, ein Besen, wie man ihn eher im Süden findet, lehnte an der Wand, eine Säge hing an einem rostigen Haken neben einem Beil. Blechgeschirr, ehemals weiß mit blauem Rand, nun vergilbt und rostig, ein paar Teller und hohe Tassen lagen auf dem Boden neben leeren Konservendosen.

Die Sonne war hinter den Wolken aufgetaucht, ließ die Staubschicht, die alles bedeckte, silbrig glitzern, er hörte ein Geräusch, keine Ratte, die hatten sich längst aus dem Staub gemacht. Ein Igel. Vorsichtig schob der sich in die Tür.

Als Mohamed nach draußen ging, nahm er die Ruhe wahr. Kein einziges Geräusch! Die Kastanien hatten die Fingerhände bereits geöffnet und ihre Kerzen aufgestellt. Er suchte nach Essbarem, doch es war noch zu früh im Jahr. Er biss in den Apfel, den er mitgenommen hatte, seit gestern die einzige Mahlzeit – auch Tage davor hatte er nur wenig gegessen, eine Übung, der er sich regelmäßig unterzog – und legte sich auf den noch kühlen Boden. Wie schon einige Male während seiner Aufenthalte in der Natur, vernahm er ein Rauschen wie das einer Vogelwolke, immer wieder erstaunte es ihn, denn es schienen sich daraus Worte zu bilden, die er nicht entschlüsseln konnte, eine andere Sprache vielleicht.
Ob es nun diese nicht zu entschlüsselnden Worte waren oder seine eigene Vorstellung, dass dieser Ort für eine Weile genau das Richtige war, das wusste er nicht. Aber es war entschieden. Hier würde er leben. Bis …, das würde sich noch herausstellen.

Dieses Mal fand das Treffen der Paare bei dem Anwalt statt. Die beiden Töchter waren aufgefordert, wenigstens bei der Begrüßung anwesend zu sein, sich zu präsentieren, so hatte es die Mutter genannt, der es wichtig war, den Freunden zu demonstrieren, wie sie unter ihrer Hand wuchsen und gedie-

hen, ihr immer ähnlicher und damit hübscher wurden. Das mürrische Gesicht der Vierzehnjährigen, die bei der Aufforderung, freundlich zu sein, die Augen verdrehte, konnte auch durch die Ermahnung des Vaters in nichts anderes überführt werden. Es blieb mürrisch und gelangweilt, während sie sich eine Haarsträhne um den Finger wickelte. Die zwei Jahre ältere Schwester hatte die Benimmregeln bereits intus. Sie konnte ihr Desinteresse an den Erwachsenen hinter einem eingebrannten Lächeln unsichtbar machen, stand mit ihnen am Gartentisch und wartete darauf, dass sich die Erwachsenen zum Essen setzten. Das Glas Sekt, das man ihr halb gefüllt hatte, hielt sie lässig, so als sei sie nichts anderes gewohnt, ein Standbein, ein Spielbein, ließ sie sich Komplimente machen. Als ob ihr diese etwas bedeuteten!
Avocado mit Shrimps, die Vorspeise kam auf den Tisch, für die Mädchen das Zeichen der Erlösung, sie winkten und auch das Gesicht der Jüngeren bekam etwas Spitzbübisches.
Wir gehen ins Kino, und fort waren sie.
Habt ihr keine Angst um diese Zeit, es wird ja dunkel, bevor sie zurückkommen. Die Kindergärtnerin wandte sich an die Mutter, die daraufhin ein Gesicht aufsetzte, als habe man ihr eine unzumutbare, etwas dümmliche Frage gestellt.
Der Vater einer Freundin begleitet sie, du müsstest mich doch kennen!
Die andere versuchte die Zurechtweisung an sich abprallen zu lassen, was nur mäßig gelang.
Jetzt saßen alle um die Vorspeise, die sollte jedenfalls noch draußen genommen werden, der Rest später im Esszimmer wegen der sinkenden Temperaturen, wenn die Sonne verschwand.

Wunderbar, die Shrimps, Nina sah zur Hausfrau.

Aldi, sagte der Anwalt und erntete einen strafenden Blick seiner Frau dafür.

Arbeitet der Syrer nun bei dir? Der Religionslehrer hatte des Öfteren daran gedacht, auch überlegt, ob sie nicht doch jemanden bei sich aufnehmen könnten. Vielleicht eine junge Frau, sicher würde das die Befürchtung seiner Angetrauten mindern und ihr Widerstand weichen.

Es war Nina, die, nachdem der letzte Shrimp in ihrem Mund verschwunden war, sagte:

Nicht nur das, er wohnt seit ein paar Wochen bei uns und ich bin froh, dass ich mich vom Gegenteil überzeugen konnte. Er ist ein sehr netter junger Mann. Ihre Hand griff nach der rechten von Marcus, an der ein Stück des Mittelfingers fehlte.

Alle Achtung, der Religionslehrer war beeindruckt, das sollten mehr Bürger in dieser Stadt tun. Er sah mit einem Seitenblick zu seiner Frau, die putzte sich gerade den Mund ab und sah sich zu einer Antwort genötigt. Die AfD hat doch aber recht mit ihren Bedenken gegen die Flüchtlingsschwemme, die Zukunftsangst, Desorientierung und Aggression unter den Menschen im Land wachsen lässt. Das muss doch jeder einsehen, auch tolerieren. Man kann sie doch nicht einfach ignorieren.

Ignorieren ist noch keine Toleranz, das ist es wohl, woran es uns fehlt. Leider! Und ich fürchte, dass eine Partei, die diese Stimmungen aufnimmt und verschärft, ihren Platz im Gefüge der Parteien finden wird. Der Umbruch, den die Republik mit der Flüchtlingskrise erfährt, markiert womöglich die tiefste Veränderung unserer Geschichte. Marcus war davon überzeugt und hielt dem Anwalt sein Glas hin.

Mit der Stimme, mit der auch seine Verteidigungsreden hielt, um die ihn Marcus schon manchmal beneidet hatte, sagte der: Es kann schon sein, dass die Ereignisse vom Jahresbeginn eine Rolle spielen, wenn man verstehen will, wie es dem Rechtspopulismus gelingt, sich in unserem Demokratieverständnis als politische Kraft zu etablieren. Ich weiß nicht, wie man das noch unterbinden kann. Drittgrößte Kraft, unglaublich!

Nachdem er Marcus nachgegossen hatte, stellte er fest, dass auch seine Frau bereits ausgetrunken hatte und füllte ihr Glas.

Die Sonne war untergegangen und sofort griff kühle, feuchte Luft um sich. Die Männer nahmen die Gläser, die Frauen trugen die Teller in die Küche und die Frau des Hauses brachte eine große, ovale Schüssel mit dem Ossobuco, das einen Duft verbreitete, sodass Marcus das Wasser im Mund zusammenlief. Alle starrten auf die in einer Reihe liegenden, leicht übereinander geschichteten Beinscheiben, beendeten die Konversation und setzten sich. Der Anwalt stellte die Schüssel mit dem Reis dazu und eine Zeremonie begann. Die Teller wurden der Frau des Anwaltes gereicht, niemand sprach mehr, alle warteten darauf, dass auch der Reis herumgereicht wurde und sich mit der glänzenden, braunen Soße verband.

Das Fleisch ist vom Metzger am Platz, den kennt ihr ja. So kam niemand auf die Idee, dass es Kalbshaxen inzwischen

auch bei Aldi gab. Wer kannte schon die Einkaufsparadiese der Freunde.
Das Fleisch löste sich vom Knochen, als hätte es nur darauf gewartet, seinen angestammten Platz zu verlassen und mit Ah und Oh am Gaumen der Anwesenden zu zerfasern.
Köstlich, sagte Nina.
Umwerfend, der Neurologe, das war das erste, was er an diesem Abend sagte.
Schade, dass es das nicht öfter gibt, Marcus leckte sich den Rest Soße von den Lippen.
Und der Anwalt sagte: Das kann sie, meine Frau.

Der Neurologe verkniff sich die Frage, ob das alles war. Er war an diesem Abend eher zu Streit aufgelegt, hatte einen anstrengenden Tag hinter sich, mit einem Patienten, der überzeugt davon war, in ein paar Tagen in die Haut eines anderen Menschen überzuwechseln und von dort aus die Apokalypse voranzubringen. Vielleicht hätte er ihn doch einweisen sollen.
Als Marcus die Geschichte hörte, sagte er, doch wohl eher die Apokapitalypse. Die kommt, so scheint mir, früher, als wir gedacht haben. Ich jedenfalls kann mir nicht vorstellen, dass es noch lange so weitergeht.
Der Anwalt sah ihn fragend an. Und was machst du dann?
Meine BMW fünfhundert wartet auf diesen Tag.
Alle Köpfe drehten sich zu Nina wie bei einer Theateraufführung, die lange einstudiert worden war.
Ich hoffe, dass sie uns dann das Haus nicht unter dem Hintern abbrennen, bezahlt ist es ja zum Glück, dank meiner sparsamen Eltern. Vielleicht tausche ich mein Büro in der

Bank dann gegen einen Platz im Beiwagen ein und sehe mir mal was anderes an.

Ganz schön eng, sagte der Neurologe. Aber besser als eine gestürmte Bank, noch dazu als leitende Angestellte, die kommen immer als erste dran.

Glaubt ihr wirklich, dass es so kommt? Die Frau des Anwalts stützte die Ellenbogen auf.

Hast du die Unterwerfung gelesen?

Du meinst von diesem Schriftsteller, dem Schmutzfink, dem es vor allem ums … ums Sexuelle geht?

In dem Fall doch wohl eher darum, dass er es sich in einer von Moslems regierten Welt abgewöhnen muss.

Dachte, die haben genug Auswahl mit ihren vielen Frauen, sagte die Kindergärtnerin und schaute indigniert.

Wer hat das Buch denn gelesen?

Niemand außer dem Neurologen hatte das, Besprechungen in der Frankfurter und den damit in Zusammenhang gebrachten Überfall der Pariser Satirezeitschrift, das ja.

Damit war das Thema um eine weitere Nuance gewachsen.

Und keiner am Tisch konnte abstreiten, dass da eine Entwicklung stattfand, der er sich verschließen konnte, ob er nun mit Angst, sogar Panik oder mit Schuldzuweisungen reagierte. Besser war es, sich hermetisch vom Geschehen mit soviel Unwissenheit wie möglich abzuschließen, als säße man im Gefängnis, wo nichts durch die Mauern zu einem drang.

Wo treffen wir uns denn das nächste Mal, fragte der Religionslehrer, als es schon dunkel war und der Mond seine Sichel in den Himmel gehängt hatte.

Wir sind dran, sagte seine Frau.

Bloß nicht zu spät kommen. Um fünf vor drei stellte Leonie ihr Rad vor der ehemaligen Autowerkstatt ab. Als habe er bereits hinter der Tür gestanden, öffnete Mohamed sofort. Schön, dass du kommst. Später erkläre ich dir alles. Jetzt müssen wir los, damit wir etwas vom Tag haben. Stell dein Fahrrad rein, dann können wir.

Der Himmel war verhangen, kleine, blaue Himmelsblitzlichter dazwischen, es war warm, man spürte die Sonne hinter den Wolken. Niemand begegnete ihnen. Die Straße lag wie ausgestorben da. Leonie hatte, wie schon bei der Aufforderung, mit in die Berge zu kommen, ein eigenartiges Gefühl, sah Mohamed des Öfteren von der Seite an, doch war, wie so manches Mal, nichts in seinem Gesicht zu lesen, anders, als wenn sie sich liebten. Er sah geradeaus, den Blick einen Meter vor sich, sein Rücken bog sich leicht unter dem Rucksack, der noch größer war als ihrer. Er sprach nicht, sein Atem war zu hören, als seine Schritte schneller wurden. Er ging so, als sei er allein. Bald hatten sie die hohen Stadthäuser hinter sich gelassen, jetzt kläffte hinter jedem Gartenzaun ein Köter und wachte über schnörkellose, zweistöckige Häuser. Da standen sie, so als hätten die Bewohner sie in Schweißarbeit mit wenig Geld und Fantasie, vielleicht in Nachbarschaftshilfe gebaut. Auf der rechten Seite öffnete sich eine Ebene mit Feldern, der Raps blühte. Dazwischen Wege für Fußgänger und Fahrräder. Leonie dachte, wir hätten die Fahrräder nehmen können, doch schon bald wand sich ein enger, steiniger Weg steil einem breiten Hügel entgegen. Hier war sie noch nie gewesen. Ein Mann auf einem Mountainbike holperte ihnen entgegen, aus der Ferne

Hundegebell, am Himmel tauchten Kondensstreifen eines Flugzeuges zwischen den Wolken auf. Mohamed blieb stehen, sah nach oben bis sie sich nicht mehr vom Himmel unterscheiden ließen, sich mit ihm verbunden hatten. Fernweh, dachte Leonie, die sah, wie sein Ausdruck sich veränderte, wie die Augen funkelten, die sie anzogen und vor denen sie sich fürchtete.
Er sah sie an, reichte ihr seine Wasserflasche. Noch eine gute halbe Stunde, wenn wir das Tempo beibehalten.
Leonie wischte sich mit dem Jackenärmel den Schweiß von der Stirn. Mohamed sah ihr dabei zu, wartete, bis sie sich das Haar hochgesteckt und die Schnürsenkel fester gebunden hatte.
Ich gehe den Weg seit ein paar Wochen täglich, das schafft Kondition. Ausdauer ist wichtig, wenn es ums Überleben geht!

Der Weg verlor sich zwischen Macchie, die ihre Äste wie Fangarme ausstreckte, und Laubbäumen mit den ersten Blättern. Mohamed blieb stehen und nahm ihre Hand.
Schließ die Augen, gleich ist es soweit.
Leonie spürte eine Hitze aufsteigen, war es Anstrengung oder Angst, sie waren schon eineinhalb Stunden gegangen, doch sie schloss die Augen und ließ sich die letzten Meter bis zu einem Hochplateau führen. Es kam ihr so vor, als sei eine Ewigkeit vergangen, dabei konnten es nicht mehr als ein oder zwei Minuten sein. Als Mohamed ihre Hand losließ, öffnete sie die Augen und sah eine hügelige Landschaft mit weißblühenden Kugelbäumen zwischen krummen Wegen,

von Hecken gesäumt. Kein Haus, kein Mensch, nur sie und er.
Und? Er stand ihr jetzt gegenüber
Wo sind wir?
Gleich zuhause.
Jetzt deutete er auf einen Flecken, der sich von dem Gelände abhob. Farbe und Form erinnerten sie an ein Gartenhaus, in dem sie mit den Eltern einmal deren Freunde besucht hatte. Als sie den Hohlweg erreichten, tauchten verfallene Lauben in verwilderten Gärten auf, Brombeerbüsche verwehrten jedes Eindringen. Doch Mohamed bog links in einen Weg ein, auf dem das Gras runtergetreten war – jemand musste die Brombeerranken beschnitten haben – gerade breit genug für einen allein, und schob sie dort hinein. Hoffentlich ist er nicht verrückt, ich bin ihm hier vollkommen ausgeliefert, doch dann dachte sie an seine Zärtlichkeit, an die Stunden, als er sie gehalten hatte, und ging weiter.
Und wenig später sah sie die Blockhütte, die sich vorhin nur als Fleck vom Untergrund abgehoben hatte, jetzt deutlich erkennbar, sah gestapeltes Holz und eine Bank an der Stirnseite.
Angekommen, sagte Mohamed.
Wenn man Stolz in einem Gesicht erkennen kann, dann war es das, was jetzt sein Gesicht breiter erscheinen ließ. Er legte den Arm um sie.
Bis morgen um drei wird uns hier niemand stören.

Es war der Freund der Zwillinge, der vorschlug, einen Platz aufzusuchen, zu dem sie früher gemeinsam lange Spaziergänge gemacht hatten. Ein wildes Stück Natur, das man nicht mehr oft in Stadtnähe fand, nur wenige Besucher kamen dorthin. Vielleicht weil der Weg steil war, man ab und zu über Wurzeln, die den Weg überquerten, steigen musste, um nicht zu stolpern, weil der Nebel in den Bäumen hing, und erst wenn man oben ankam, der Himmel wieder zu sehen war. Dort gab es kein Restaurant, nicht einmal etwas zum Erfrischen. Und es gab am unteren Teil des Weges das ehemalige Feuerwehrhaus, in dem nun Flüchtlinge gegen den heftigen Widerstand einer Bürgerinitiative untergebracht waren. Die Flüchtlinge waren mit Polizeieskorte dort eingezogen und beobachteten von ihren Fenstern aus Menschen, die sich von Zeit zu Zeit zu einer Traube verdichteten und etwas schrien, das sie nicht verstanden. Aber gebrannt hatte es bisher noch nicht.

Ob der Freund damit ein Stück der alten Vertrautheit wieder heraufbeschwören wollte, nostalgischen Erinnerungen nachhing, auch für ihn hatte sich die Welt mit Susannes Rückzug aus dem Leben um einhundertundachtzig Grad gedreht, Sabine wusste es nicht, fand aber auch kein Argument gegen seinen Vorschlag. Außerdem war es eine Abwechslung zu den täglichen Flussgängen. Sie hatte schon lange nicht mehr an diese Gegend gedacht, mit dem Zusammenbruch des Zwillingserlebens hatte die sich aus ihrem Gedächtnis geschlichen. Doch nun, als der Freund den Rollstuhl den unebenen Weg nach oben schob, erinnerte sie sich an das Gefühl, hoch über dem Wasser zu sein, wo der Wind über die

Baumkronen strich, wo sie das Gefühl hatte, dem Himmel näher zu sein und mit der Natur zu verschmelzen. Irgendwo hatte sie gelesen, dass Gott in jedem und allem sei, vielleicht beschrieb das den Zustand, der ihr jetzt wieder zu Bewusstsein kam.

Noch immer gab es die Bank mit dem rauen, gerundeten Holz, der Name des Spenders war verschwunden. Dahinter fiel das Gelände steil ab. Dort saßen sie und es erschien Sabine mit einem Mal der einzig richtige Platz zu sein. Hoch über allem, wo die Gedanken von nichts festgehalten werden, wo sie ungehindert aufsteigen und in Schwingung geraten und alles Hässliche vergessen lassen. Auch Susanne schien es zu gefallen, sie bewegte ihren Mund, griff in die Luft, als wolle sie eine Mücke fangen. Doch weder Mücken noch Fliegen waren zu dieser Jahreszeit unterwegs. Ein Zitronenfalter setzte sich in einiger Entfernung auf einen Jasminstrauch, der seinen süßlichen Duft entfaltete, und legte die Flügel zusammen. Sabine erinnerte sich an einen Vortrag über Hermann Hesse, über ihre Verwunderung, dass Schmetterlinge ohne Nahrung auskommen sollten und bis sie starben, leicht von Ort zu Ort schwebten. Dieser jedenfalls schien sich nicht vom Fleck bewegen zu wollen, er hatte die Flügel zusammengefaltet und rührte sich nicht. Neigte sich sein Leben damit dem Ende zu?
Die Töne, die Susanne ausstieß, waren neu, von keinem der beiden zu deuten, Sabine erinnerten sie an das Schreien eines Käuzchens.
Der Rückweg war nicht einfach zu bewältigen, es ging steil nach unten, gab mehrere scharfe Kurven und sie hatten Mü-

he, nicht die Kontrolle über den Rollstuhl zu verlieren. Doch inzwischen hatte sie Routine und der Freund war kräftig. Als sie wieder zuhause waren, der Freund hatte sich verabschiedet, fühlte Sabine sich von etwas befreit, ohne zu verstehen warum. Aber sie wusste, dort waren sie nicht zum letzten Mal gewesen.

Leonie kam eine halbe Stunde vor den Eltern bei Karin Dehmel an. Die stand in der Küche, die letzten Handreichungen noch, sah die Enkelin fragend an.
Ich habe dich nicht erreicht am Telefon, ist alles in Ordnung?
Ich war mit einem Freund wandern.
Mit Hassan?
Nein, kennst ihn nicht.
Jedenfalls ist es dir gut bekommen, du siehst prächtig aus.
Der Tisch war gedeckt, Niklas saß vor dem Fernseher, Mönchengladbach, seine Lieblingsmannschaft, hatte wieder einmal gewonnen. Er dachte an das Trikot. Zu seinem Geburtstag würde er es auf die Wunschliste setzen, die Eltern gaben für solchen Firlefanz kein Geld aus, aber mit der Oma rechnete er. Er hatte das Wochenende mit ihr genossen, sie ganz für sich gehabt, sonst musste er sie mit der Schwester teilen, die eine Art hatte, ihn nicht so richtig zu Wort kommen zu lassen. Sie hatten über seinen Opa gesprochen, er wollte wissen, wie die Oma gelebt hatte, als sie so alt gewesen war wie er jetzt, und konnte sich nicht vorstellen, dass die Schule damals für sie eher Nebensache gewesen war. Nicht, weil sie

das so wollte, sondern weil es so sein musste. Auf dem Feld, im Stall, da, wo eine Hand nötig war. Das war aber Kinderarbeit, hatte er gesagt, die ist doch verboten. Die Oma hatte nur die Schultern nach oben gezogen, so dass der Hals kürzer wurde, beinahe verschwand, und gesagt, damals nicht. Zur Erntezeit war die Klasse immer nur halbvoll.
Deshalb konnte sie kein Englisch und hatte auch nie Latein gelernt, etwas, worauf er stolz war, es war einer der wenigen Zweier im Zeugnis. Ein ganz anderes Leben musste es gewesen sein. Vielleicht war es noch so in manchen Ländern, aus denen jetzt die Menschen zu ihnen kamen, dass alle mitarbeiten mussten, damit die Familie satt wurde. Er war froh, dass er heute und hier lebte, wo die meisten Eltern ihre Kinder möglichst aufs Gymnasium schickten, damit sie später einen guten Beruf bekamen. Er wusste noch nicht, was für ihn in Frage kam, und auch die Schwester war von der Meeresbiologin zur Psychologin gewechselt, das allerdings erst vor Kurzem. Und die Eltern ließen ihnen Zeit. Wäre Fußballer ein richtiger Beruf, wäre alles klar. Aber das hatte ihm der Vater ausgeredet. Ab sechzehn sollte man wissen, womit man später sein Geld verdienen will, hatte der gesagt. Niklas war erst dreizehn.

Das sollten wir öfter machen, Tom strahlte und hielt die Hand seiner Frau. Auch Tanja sah so entspannt aus wie lange nicht mehr, als sie Leonie fragte: Ist alles gut gegangen?
Wunderbar, meinetwegen können wir das wiederholen.
Und wir haben dir nicht gefehlt?
Nur ein kleines bisschen, sagte Leonie.
Eine Notlüge.

Denn sie hatte keinen Augenblick an die Eltern gedacht, auch nicht an die Oma oder an Niklas. Sie hatte sich ganz und gar dem Zauber des Versinkens in eine andere Welt hingegeben. Jetzt tauchte sie nach diesem Abenteuer langsam wieder in die Geborgenheit der Familie ein, fragte sich, wie sie diese unterschiedlichen Welten vereinbaren konnte. Es fiel ihr schwer, das Erlebte für sich zu behalten. Am liebsten hätte sie erzählt, so wie es alle in der Familie taten, auch jetzt die Eltern von den Opernarien, von Zürich und den Kaffeehäusern am See. Doch sie war sicher, dass jeder am Tisch, auf dem der Hirschgulasch dampfte, sie anschauen würde mit nichts als Unverständnis in deren Mienen. Sie wären nicht einverstanden mit diesem Freund, nicht mit seiner Art zu leben, nicht mit den Mitteln, die ihr andere Welten geöffnet hatten. Welten voller Geheimnisse, helle, weite Landschaften mit eigenartig geflügelten Wesen, aber auch voller Ungeheuer, die ihr Angst einjagten. Sie sah sich um, sah die unumstößliche Ordnung, links das bunte Kissen aus Samt, rechts das einfarbige, seidene, jedes an seinem Platz. Es ging hier vollkommen anders zu.

Warum fasten die Moslems? Darauf wollte Leonie eine Antwort. Neunundzwanzig oder dreißig Tage im neunten Monat des islamischen Kalenders, vom Aufgang der Mondsichel bis zu ihrem Untergang, kein Essen, kein Trinken. Nicht einmal Sex. So hatte sie es gelesen.
Aber warum?

Weil während dieser Zeit der Koran zu den Menschen herabgesandt wurde, so steht es geschrieben, sagte Mohamed.
Und glaubst du das?
Ich weiß es nicht, aber für das, was ich vorhabe, ist es wichtig. Ich faste ja auch, wenn kein Ramadan ist. Ich will wissen, wie stark ich bin. Was ich aushalte, was ich nicht brauche.
Und wofür?
Für eine bessere Welt. Wer zur Quelle will, muss gegen den Strom schwimmen.
So fing es an, nachdem Mohamed ihr alles gezeigt hatte. Das Regal mit zwei Tassen, zwei Tellern und zwei Gläsern, einer Pfanne, einem Topf und dem Kasten mit Besteck, die Vorrichtung zum Duschen hinter der Hütte, das Reisig, das er zusammengetragen hatte, daneben der Hackklotz, das Beil steckte darin. Später die Luftmatratze, sie lag noch zusammengerollt unter dem Holztisch, der wieder gerade stand. Für das vierte Bein hatte Mohamed den Ast eines Baumes abgesägt. Sie waren über das Grundstück gegangen, es roch gut, die hohen Gräser strichen um die Beine, kleine Käfer krochen über den Boden.
Und wofür ist das hier?
In vier Wochen wird man die alte Autowerkstatt abreißen, bis dahin muss alles fertig sein.
Es ist romantisch schön, aber hier kannst du doch nicht wohnen. Ohne Strom, ohne Wasser.
Weißt du, wie die Menschen in anderen Länder wohnen, dagegen ist das hier das Paradies.
Natürlich wusste sie das. Aber hier war Deutschland, ein Land, in das Menschen strömten, eben weil es so anders zu-

ging als bei ihnen. Weil auch sie ein Stück von dem besseren Leben abhaben wollten.
Und was sagt dein Vater dazu?
Er weiß davon nichts, auch sonst niemand. Und niemand außer dir wird es erfahren. Versprich es!
Dass ihre Familie jeden für verrückt erklärt hätte bei solch einem Vorhaben, das war klar, aber der Vater von Mohamed, das hatte er doch selbst gesagt, dachte und lebte anders.
Es ist ein Geheimnis zwischen uns und das soll es bleiben.

Sie waren nach drinnen gegangen, er hatte ein Papier aus seinem Rucksack genommen, den Inhalt in zwei der Gläser verteilt, sie mit einer Flüssigkeit, die sie für Wasser hielt, aus der Thermoskanne aufgefüllt, und ihr eines davon hingehalten. Ich zeige dir die andere Welt, eine, für die es sich lohnt.
Leonie zögerte, das komische Gefühl kam zurück, das sie beim Gehen durch diesen schmalen Weg verspürt hatte. Was hatte er mit ihr vor? Konnte sie ihm wirklich trauen?
Er sah es, nahm sie in den Arm und hielt ihr das Glas an die Lippen. Trink!
Erst als er sein Glas bis auf den letzten Tropfen ausgetrunken hatte und noch immer wie vorher neben ihr saß, trank auch sie. Was genau danach passiert war, das konnte man nicht erzählen, dafür gab es keine Worte, nur Bilder und Farben. Am anderen Morgen, das Licht drang durch das Fenster, war sie neben Mohamed auf der Luftmatratze verwundert aufgewacht.

Sie hatten sich zum Bier verabredet. Jan saß schon in der Fensternische, als Marcus kam.
Heute muss es ein großes Hefeweizen sein. Fühle mich wie ausgetrocknet. So eine Menge Arbeit. Doppeltüren lassen die Leute sich einbauen und Alarmanlagen. Das ist eine Panikmache. Habe gelesen, dass Pfefferspray bereits ausverkauft ist. Der Hass, auf den man mehr und mehr trifft, du musst mal bei Facebook reinschauen, scheint die Vernunft in einen Schlaf zu versetzen und gebiert nichts weiter als Ungeheuer.
Jan dachte an seinen Sohn. Seit er wusste, dass die Werkstatt abgerissen wurde, war er beunruhigt. Wie sollte es mit dem Jungen weitergehen?
Die Bedienung, mit großer Wahrscheinlichkeit eine Studentin, die hier jobbte, um ihre Miete zu bezahlen, vielleicht auch den Handyvertrag oder einen Mallorca-Trip, stellte nun auch dem Schreiner sein Glas hin. Jan hatte Kartoffelecken mit Zaziki bestellt.
Würde gern mit dir über meinen Sohn reden. Du kennst ihn doch.
Kennen ist zu viel gesagt, aber schieß los! Hat er sich entschieden? An Marcus' Mund hing ein Rest Bierschaum.
Meine Frau hat ihm die Entscheidung abgenommen, hat das Grundstück verkauft. Die Werkstatt soll demnächst abgerissen werden. Das Schlimme an der Sache ist, dass er sich nicht anmerken lässt, dass es ihm etwas ausmacht.
Und wo wird er dann wohnen?
Keine Ahnung. Meine Sache, hat er gesagt und mich angegrinst. Vielleicht will er wieder reisen, er war ja schon einmal ein Jahr in verschiedenen arabischen Ländern unterwegs. Wenn ich nur wüsste, was ihn dort hinzieht.

Die beiden Männer griffen nach ihren Gläsern. Marcus hatte ja nicht viel Erfahrung mit Menschen in diesem Alter. Er dachte an Hassan.
Ist schon merkwürdig mit diesen zwei jungen Männern. Der eine sucht im Land des anderen, was er im eigenen Land vermisst. So ist es doch, oder? Vielleicht stimmt es, irgendwo habe ich das gelesen, dass wir selten an das denken, was wir haben, aber immer an das, was uns fehlt.
Ich fürchte, so ist es. Manchmal traue ich Mohamed alles zu. Er kann so ungeheuer fanatisch sein, bis zur Selbstaufgabe. Verstehst du?
Du meinst die Radikalen? Hat er denn Kontakte in diesen Ländern?
Auch darüber schweigt er. Aber warum lernt er Arabisch, warum ist er konvertiert? Manchmal hat er nichts zu essen im Haus, nicht, weil er es nicht bezahlen könnte, ich habe ihm schon Geld angeboten. Das ist es nicht.
Die Männer schweigen. Marcus dachte an die wenigen Male, die sie zusammen gesessen hatten, auch ihm war es so vorgekommen, als gäbe es etwas in Mohamed, das ihn von anderen seines Alters unterschied. Er wusste nicht, ob es Hochmut war, was er wahrnahm, jedenfalls schien es ihm, als fühle der sich überlegen.
Hassan war ein ganz anderer Kerl, hätte ihm fremder sein müssen mit der anderen Sprache, der anderen Religion. Und die war wichtig für den Jungen, kein Tag verging ohne Gebete. Doch Hassan sprach darüber. Er glaubte fest daran, dass Allah alles vergeben würde, die Ungläubigen aber keine Vergebung zu erwarten hatten, sondern Höllenqualen. Alle Muslime glauben das, sagte er. Und als Nina erwiderte, aber

es gibt doch Gruppen, die Kulturdenkmäler zerstören, die Menschen töten, Unschuldige, auf eine grausame Art, da hatte er einen Moment geschwiegen und dann geantwortet:
Wenn es Allah so gewollt hat, dann hat er auch die Macht, es zu vergeben.
Das war Nina zu viel, sie hatte das Thema gewechselt.
Passten solche Gedanken auch zu Mohamed, einem jungen Mann, mehr oder weniger christlich aufgewachsen?
Hast du Angst, dass er sich vom IS anheuern lässt? Er wäre ja nicht der Erste.
Nein, soweit denke ich nicht, das würde mich verrückt machen, wenn ich nur wüsste, wie ich an ihn drankäme. Ich habe Angst um ihn.

Was ist eigentlich aus der Zwillingsschwester geworden, hörst du noch von ihr? Tom deckte, wie in den Monaten seit der Praxiseröffnung, den Tisch in der Küche, während Tanja den Salat wusch.
Sie sind jetzt meine Patienten, alle beide. Die Schwester macht sich fertig, wenn sie nicht besser auf sich aufpasst. Das versuche ich ihr gerade beizubringen.
Und?
Es scheint zu klappen. Was allerdings passiert, wenn eine Heimeinweisung unumgänglich wird, das steht noch in den Sternen. Aber sie fühlt sich wohl in der Eigentumswohnung der Schwester, eine schöne Umgebung, bin dort schon in der Nähe gewesen. Und wenn ich sie sehe, ist sie wie aus dem Ei gepellt. Markensachen.

Und wovon lebt sie?
Von der Schwester, soweit ich weiß. Sie könnte ja auch unmöglich einer Arbeit nachgehen, wie sollte sie das schaffen. So eine Pflege, wie die Schwester sie braucht, kostet schon genug Kraft und Nerven. Dabei erscheint Frau Lummer mir nicht besonders stark, ich hoffe, dass sie durchhält bis sie einsieht, dass das Heim für beide die beste Lösung ist.
Bin froh, dass es dir besser geht. Die Klinik zu verlassen war wirklich eine gute Idee, dachte nicht, dass du damit dieses verdammte Schuldgefühl so schnell loswirst.
Na ja, Arbeit habe ich bis zum Umfallen, da vergisst man leichter, und die neue Umgebung tut mir gut. Vielleicht arbeite ich auch ein Stück an der Schwester ab, damit wenigstens sie gut überlebt. Wieso sind die Kinder eigentlich schon wieder bei der Mutter?
Du kennst Mutter doch und nun, wo die beiden älter werden, kriegt sie es mit der Angst zu tun, dass sie bald nichts mehr von ihr wissen wollen.
Quatsch, Niklas hängt ihr ja noch an den Lippen.
Und am Kochtopf. Tom machte eine Pause und sah zu Tanja. Ich dachte, es wäre schön, wir hätten mal wieder einen ungestörten Abend. Er griff nach ihrem Hintern, zog sie zu sich auf den Stuhl.
Sie lehnte sich an ihn. Mit Leonie ist es komisch in letzter Zeit, sie wird so schnell erwachsen. Die Figur verändert sich, so weiblich, ist dir das auch aufgefallen?
Tolles Mädel, wir müssen aufpassen, dass sich nicht der Falsche an sie ranmacht. Hast du Hunger auf Salat oder auf mich?
Erst Salat, ich habe den ganzen Tag kaum gegessen.

Später ging Tanja in die Zimmer der Kinder, neue Bettwäsche war fällig. Der Matratzenüberzug von Leonies Bett verrutschte beim Abziehen und gab ein Stück von Mohameds Foto in der Djellaba neben dem Kamel frei. Sie nahm das Foto, dachte erst an den Syrer von Marcus in der Schreinerei – dessen Name ihr im Augenblick nicht einfallen wollte – doch dann erinnerte sie sich, dass er kleiner war, auch die Augenfarbe stimmte nicht, sie waren dunkelbraun und die auf dem Foto waren intensiv hellblau wie bei manchen Berbern. Durch die Kopfbedeckung war keine Haarfarbe zu erkennen. Ein attraktiver junger Mann. Aber wer war das? Was hatte er in Leonies Bett verloren?

Als Leonie ihre Mutter am nächsten Wochenende um ein Gespräch bat, war die erleichtert. Jetzt würde sich die Tochter ihr offenbaren, so wie sie es immer getan hatte, mit jeder kleinen oder größeren Schwierigkeit. Ein Glück! Gut, dass sie Tom nichts von dem Foto gesagt hatte, sie hatte es auf Unbestimmt verschoben. Er wäre ausgeflippt, ein Berber im Bett seiner Tochter, auch wenn er sonst mehr für einen laxeren Umgang war, in diesem Fall hätte er sie zur Rede gestellt. Auch wenn es nur ein Foto war, aber unter dem Schonbezug.

Sie und Leonie gingen zu einem nahegelegenen See. Beim Gehen spricht es sich leichter. Doch es folgte keine Erklärung über das gefundene Foto, dabei war Tanja sicher gewesen, dass es sich darum handelte, sondern eine Frage, ob Fasten zu einer Bewusstseinsveränderung im Menschen, möglicherweise auch zu Halluzinationen führen könne.

Sofort stapelten sich in Tanjas Kopf Wörter als würden sie zur Prüfung abgerufen: Neurochemische Bewusstseinsveränderung, Aronsal, Hemmung der frontalen Hirnregion, Diskonnektivität, holotropes Atmen, vermehrte Abatmung des Kohlendioxids, Erhöhung vom DMT, Aktivierung anderer Regionen der Großhirnrinde. Das konnte Zustände bis hin zur Erleuchtung verursachen. Aber was zum Teufel kümmerte das Leonie!
Darf ich fragen, warum dich das interessiert?
Die Flüchtlingsgruppe, du weißt doch. Ich habe über Mohammed gelesen, er und seine Anhänger haben gefastet, haben oft kaum geschlafen, sind bis ans Ende ihrer Kraft weite Strecken gegangen. Vielleicht beruht ja die Erleuchtung, der ganze Glaube, auf solchen Halluzinationen. Nicht nur bei den Moslems, auch im Christentum gab es doch Engel, die Botschaften gesandt haben. Und das haben die Leute geglaubt, für Realität gehalten, haben danach ihr leben ausgerichtet.
Na, das ist ja eine ganz schön mutige These.
Aber Tanja war erleichtert, erklärte die Vorgänge, die ihr eben, als stünde sie nach so vielen Jahren wieder im Examen, durch den Kopf geschnellt waren.
Auch Drogen führen zu solchen Zuständen. Aber das weißt du sicher.
Ja, das wusste Leonie seit dem Wochenende in der Blockhütte. Das mussten Drogen gewesen sein. Mohamed hatte wie meistens nicht genau auf ihre Frage geantwortet, als sie wissen wollte, was sie getrunken hatte, ihr nur gesagt, dass er selten so etwas brauchte, um die andere Welt zu sehen. Konnten die Ausführungen ihrer Mutter eine Erklärung für

Mohameds eigenartiges Verhalten sein? Die dringende Frage, wie sie ihn schützen konnte, bohrte in ihr?
Eine Wassergans stellte sich mit gespreiztem Gefieder in den Weg, den Schnabel aufgesperrt, kam sie aus dem Schilfrohr.
Sie hat Junge, dann sind sie wie besessen, wir machen lieber einen Bogen.
Ja, wie besessen, dachte Leonie.

Bruder und Schwester allein, das geschah, seit beide verheiratet waren, selten. Tanja sah durch das linke der symmetrisch angeordneten Fenster im oberen Stock einem Taubenpaar beim Turteln zu. Sie steckten die Köpfe zusammen, schnäbelten, zupften die Federn des anderen zurecht, manchmal machte das Weibchen einen Satz, wartete, ob der Werbende folgte. Aber der flog davon.
Ich glaube, Leonie hat einen Freund.
Ja.
Wie ja?
Ja, hat sie.
Du weißt das?
Ja.
Seit wann?
Marcus hob die Schultern, schien nachzudenken, sagte aber nichts. So war er schon immer gewesen. Wortkarg. Tanja bemühte sich um Ruhe.
Sie ist fünfzehn.
Du warst vierzehn.

Sie wollte aufbrausen, doch dann besann sie sich und bemühte sich, Bilder ihrer ersten Liebe aus einem tiefer liegenden Areal des Gedächtnisses hochzukitzeln.
Sven, ach. Aber da war nix.
Ach?
Oder doch?
Das Bad war jedenfalls stundenlang besetzt, falls du dich erinnerst.
Man riecht eben in dieser Zeit. Und du hast vor dem Spiegel gestanden und darauf gewartet, dass dir der Bart wächst.
Das war später, erst einmal musste ich ja selbst wachsen. Bei einem Meter und achtundfünfzig gehen die Blicke der Mädchen über einen weg. Eine scheußliche Zeit.
Aber im Ernst, was ist mit Leonie?
Sie hat einen Freund.
Wie heißt er?
Mohamed.
Die Djellaba.
Die was?
Ich habe ein Foto gefunden, nein nicht, wie du denkst, rein zufällig beim Bettenabziehen, ein junger Mann in einer Djellaba.
Und was ist das, bitte?
Ein Gewand, wie es die Araber tragen.
So kenne ich ihn nicht.
Du kennst ihn und sagst mir kein Wort davon!
Bis jetzt hast du nicht gefragt.
Ein Araber in unserer Familie, weißt du, was das für Mutter bedeutet?

Erstens ist er kein Araber, zweitens gehört er nicht zu unserer Familie, selbst bei dir hat es eine Weile gedauert, bis du dich für Tom entschieden hast.
Trotzdem.
Du kannst sie ja einsperren. Da ist noch der Auslaufkäfig für die Meerschweinchen im Keller, ich könnte ihn vergrößern und ein Schloss anbringen.
Tanja streckte ihm die Zunge raus. Aber es war schon gut, so einen Bruder zu haben, der sie wieder auf den Boden der Tatsachen brachte.
Weiß Mutter davon?
Sie denkt, es handelt sich um eine zweckgerichtete Bekanntschaft wegen der Flüchtlingsinitiative der Schule. Ich würde sie auch gern in diesem Glauben lassen. Ein Moslem an der Seite ihrer Enkelin, das würde ihren Blutdruck noch mehr steigen lassen. Warten wir mal ein paar Wochen.
Auch Tanjas Blutdruck begann zu steigen, das bekannte Kribbeln in den Beinen. Flüchtlingsinitiative, das traf auch bei ihr auf etwas Bekanntes.
Und wieso Moslem?
Das musst du ihn schon selber fragen. Ich glaube, ihm gefällt das. Er kommt zu Hassan, um Arabisch zu lernen, sie verstehen sich. Wir hatten sie schon zum Essen bei uns.
Sollten wir nicht mit Leonie sprechen?
Ich wüsste nicht worüber. Warum könnt ihr Frauen nicht warten?

Als er allein war, dachte er an Orwell. Er hatte ihn verschlungen und war ein Anhänger seiner Theorie, dass auch der liberale Staat Denkverbote verhängt, dass die Arbeit der

Gedankenpolizei den Menschen die richtige Geisteshaltung vorschreibt. Nach dem Motto: Innerhalb dieser Mauer kann einer alles sagen, wenn er aber ausbricht, droht ihm die Verachtung. In der Familie war es nicht grundsätzlich anders. Jedenfalls in seiner wusste jeder, was galt oder nicht.

Wieso kannte Mohamed die Ringparabel nicht? Den Vater nicht, der zwei Ringe nachmachen ließ, weil er keinen der drei Söhne vernachlässigen oder bevorzugen wollte, bevor er starb. Kannte er wirklich den Streit nicht, wer nun der rechtmäßige Erbe war und auch die Antwort von Nathan dem Weisen nicht?
Oder hatte er sich bereits soweit verstiegen, dass er nicht wissen wollte, dass keine der drei Religionen die bessere war, dass sie sich nicht über Schriften und Bestimmungen definieren lassen, denen man nur zu folgen braucht, um ein guter Mensch zu sein. Dass nur das Handeln des Einzelnen über das Menschsein Auskunft gibt. Das hatte als Ergebnis im Ethikunterricht an der Tafel gestanden. Leonie hatte es abgeschrieben und in ihrem Heft rot unterstrichen. Beim nächsten Besuch wollte sie ihm das Gleichnis vorlesen, dass Lessing schon vor so langer Zeit über den Streit der Religionen verfasst hatte und hören, was er dazu sagen würde. Zur Not mit ihm darüber auch streiten.

Doch erst einmal gab es keine weiteren Stunden im Blockhaus, die Osterferien standen vor der Tür und damit der Familienurlaub auf den Kanaren. Gegen Griechenland hatten sich die Eltern, trotz des günstigeren Flugpreises entschieden, es hatte sich doch einiges seit dem Wanderurlaub der Oma geändert. Auch dort warteten inzwischen abertausende Flüchtlinge in Zelten auf die Weiterreise. Und manche Urlaubsländer kamen im Moment einfach nicht infrage. Die vielen Attentate, zu viel Unsicherheit, sagten die Eltern.

Außerdem wollte man sich das Unglück der anderen nicht täglich vor Augen führen, noch dazu im Urlaub. Schon die Nachrichten konnten einem auf die Nerven gehen. Tanja dachte, ausspannen von allem, nichts weiter. Nichts als Sonne, Meer und Wind, der einem um die Nase streicht, so hatte der Chef in der Klinik es ihr beschrieben. Zwei Wochen nur das. Nicht kochen, nicht spülen, nicht putzen, nur sein.

Tanja und Tom hatten sich wegen der Hotelpreise für Lanzarote entschieden, zwei Doppelzimmer in einer Anlage mit Swimmingpool im Süden der Insel, wo, so stand es im Reisekatalog, immer die Sonne scheint. Tanja sah sich dort liegen, im weiß-rot gestreiften Bikini des letzten Jahres, ein Buch in der Hand und einen frisch gepressten Orangensaft neben sich. Und Tom natürlich. Die Kinder gingen ja ihre eigenen Wege. Das unterstrich Leonie, als sie sagte, dieses Mal wolle sie lieber zuhause bleiben, sie sei abgefallen in einigen Fächern, die Ferien seien eine Chance zum Nacharbeiten. Und schon war das Foto des jungen Mannes in der Djellaba vor Tanjas Augen, das unter dem Matratzenschoner der Tochter lag, und sie sagte lauter als beabsichtigt, das kommt überhaupt nicht infrage! Das ist ein Familienurlaub!

Was in Tanja deshalb vorging, damit musste sie allein zurechtkommen, sie hatte nicht einmal Tom etwas von dem Gespräch mit Marcus gesagt, er sah die Welt mit seinen Männeraugen, der Beruf musste stimmen, das Außenherum oberflächlich betrachtet, dann war die Welt in Ordnung. Er liebte die Kinder, das war keine Frage, aber was es bedeutete, sich um sie zu sorgen, davon hatte er keine Ahnung.
Aber vielleicht behielt Marcus recht, auch ihre Liebschaften hatten in Leonies Alter nie länger als einige Monate gedauert. Alles würde sich dann von allein erledigen. Die Blicke der Mutter hatten damals genügt, dass sie sich nach jemand anderen umsah, bis Tom unter deren Augen Gnade fand. Und für die nächste Zeit war Leonie erst einmal aus der Schusslinie.

Als ob die Lehrer nichts Besseres mit ihren Ferien anzufangen wussten, als zu korrigieren, häuften sich kurz davor in jedem Jahr die Klausuren. Und es fiel Leonie immer schwerer, das Lernpensum einzuhalten. Oft saß sie da, anstatt zu lernen, dachte an Mohamed und wollte wissen, was er machte, wie es ihm ging. Sie wollte ihn sehen. Seit er sich häufiger in der Blockhütte aufhielt, war die Zeit knapp geworden. Ein einziges Mal noch, bevor die Ferien begannen, dachte Leonie, aber sein Smartphone schwieg. Vielleicht gab es dort draußen keinen Empfang. Ihre letzte Nachricht: Fliege morgen nach Lanzarote, es soll nicht weit nach Marokko sein.

Überall blühten Osterglocken. In den Vorgärten, auf Plätzen, in den Einfassungen um die Bäume. Überall. Es war das erste Jahr, in dem Sabine ihre Freude über die gelben Glocken, zu denen sie sich immer ein helles Läuten vorstellte, nicht mit Susanne teilen konnte. Wie so vieles nicht. Langsam gewöhnte sie sich daran, die Dinge, die sie sah, hörte und las, für sich allein zu betrachten, zu beurteilen, sich daran zu freuen, wie jetzt, als sie den Weg nach Norden einschlug. Schlüsselblumen standen am Wegrand, die ersten Veilchen, diese violetten Vorboten des Frühlings. Sie bückte sich nach ihrem Duft. Osterwetter, nicht nur vom Eise befreit, sondern grün und bunt in diesem Jahr und dazu Vogelstimmen. Das alte Feuerwehrhaus lag still, niemand davor, niemand an den Fenstern, so als schliefe alles noch oder läge wie früher verlassen am Waldrand. Sie schob Susanne daran vorbei, schob sie den Weg weiter nach oben, über die Wurzeln, die den Weg querten und holperig machten, bis an eine Wegbiegung. Dort ruhte sie aus, sah das stark abfallende, an manchen Stellen dicht bewachsene Gelände dahinter. Zwischen den noch wenig belaubten Bäumen nahm sie ein Stück des Flusses wahr, einen Lastkahn, auch heute am Ostersonntag. Die hatten nie Feiertag. Das nächste Stück hatte beim letzten Mal der Freund den Rollstuhl geschoben, es wurde nun steiler. Susanne war eingenickt, wie immer hing dann der Kopf zur Seite, und Sabine fragte sich gerade, ob der Schlaf der Schwester den Rollstuhl noch schwerer machte, ihre ganze Kraft brauchte sie, um ihn vorwärts zu bringen, als ein Mann zwischen den Bäumen vortrat und sie ansah. Sie zuckte zusammen und presste die Hände fester um die Griffe.
Hard work, sagte er und deutete auf den Rollstuhl.

Sabine nickte und beobachtete ihn. Er kam näher, stand jetzt zwei Schritte von ihr entfernt. Deutlich unterschieden sich ihre Hautfarben, seine war um Nuancen dunkler, das Haar war dicht und wellig, eine kräftige Nase, volle Lippen. Ein Typ, der Susanne gefallen hätte. Früher. Er wollte helfen, seine Gesten waren eindeutig, seine wenigen englischen Worte unbeholfen, good man, er deutete auf sich, aber sie war hier allein, weit und breit niemand außer ihnen. Danke, sagte sie deshalb und schob den Rollstuhl weiter nach oben. Als sie sich umdrehte, war er verschwunden. Einer aus dem Feuerwehrhaus, vielleicht hätte es ihm gut getan zu helfen.

Was für ein weißes Häusermeer! Das Flugzeug drehte kurz davor ab, es sank und sank, Niklas sah nichts als Wasser unter sich. Er griff nach Leonies Hand und schon ruckelte und holperte es, er hörte das Geräusch der Bremsklappen, wurde in den Sitz gedrückt. Gelandet.
Bitte bleiben Sie sitzen, bis das Flugzeug seine endgültige Position erreicht hat. Danke für Ihren Flug mit Condor. Wir wünschen Ihnen einen angenehmen Aufenthalt. Auch auf Englisch hatte er alles verstanden.
Die Gepäckklappen wurden geöffnet, Taschen, Anoraks, Rucksäcke über den Köpfen der Mitreisenden balanciert, der Henkel einer Reisetasche schob dem Mann, der darunter stand, die Brille von der Nase. Ein vorwurfsvoller Blick, ein Räuspern voller Ungeduld vor und hinter ihnen, alle wollten sehen, wo sie die nächsten Tage verbrachten. Niklas auch.

Leonie schaltete ihr Smartphone an, suchte im Display eine Nachricht. Da war keine.
Hast du alle Unterlagen, Tom? Auch Tanja war aufgeregt.
Tom griff in die Außentasche des Rucksacks. Nur mit der Ruhe, es ist alles da.
Bis auf die Sonne.
Tanja war es gelungen, zwischen den Köpfen dunkle Erhebungen und einen bewölkten Himmel in den kleinen, ovalen Fenstern auszumachen. Die Menge begann, sich dem Ausgang entgegenzuschieben, ein Windstoß blies Leonie das Haar ins Gesicht, so dass sie beinahe auf der Rolltreppe gestürzt wäre. Tom packte rechtzeitig ihr Handgelenk.
Nummer drei, sagte Niklas und steuerte auf das Gepäckband zu, um das eine Menschentraube stand. Ein kleines Mädchen, es saß auf dem Band und spielte mit seiner Puppe, wurde von seiner Mutter hochgerissen und geohrfeigt, als es sich schließlich in Bewegung setzte. Niemand sagte etwas. Die übliche Nervosität am Urlaubsort vor der geplanten Entspannung.
Wir hätten Oma mitnehmen sollen, hier gibt's ja nur Senioren. Niklas zeigte auf die Umstehenden.

Endlich kamen die Koffer, auch der Bus wartete vor dem flachen Gebäude, und dann, nach einer längeren Fahrt, waren sie im Hotel angekommen. Kleine, flache Bungalows, einer neben dem anderen, ein Raum mit Essecke, daneben zwei Sessel und einer Miniaturküche, ein zweiter kleiner Raum mit einem Doppelbett, an der Wand zwei Leselampen, der eingebaute Kleiderschrank einen halben Meter davon entfernt, ein Duschbad ohne Fenster und ein Balkon mit brau-

nem Holzgeländer. Einer für Tanja und Tom, ein zweiter für die Kinder. Der Swimmingpool lag im Zentrum der Anlage, da waren Liegen und Sonnenschirme, eine Poolbar, aus der Musik drang, solche, die man aus den siebziger Jahren kannte.
Na ja, sagte Leonie, ist nicht weit vom Takatukaland.
Am Abend war ein riesiges Buffet aufgebaut, Fisch und Fleisch und Paella und Garbanzas, nur Leonie wusste, dass es Kichererbsen waren, schließlich lernte sie im zweiten Jahr Spanisch. Wer wollte, konnte draußen sitzen, und das wollten alle vier, denn wie von Zauberhand waren die Wolken verschwunden und ein knallblauer Himmel aufgetaucht.
Inselwetter, dafür ist der Wind gut, sagte Tom.

Er sollte recht behalten. Nach den ersten drei Tagen am Pool, wo Leonie sich einen Platz unter einer Palme gesucht hatte und in ihrem neuen Minibikini so tat, als gehöre sie nicht zur Familie, war Tanja mit dem Reiseführer durch und bereit, über die Insel zu fahren.
Die Manrique-Sachen müssen wir uns angucken, er hat doch die Insel geprägt.
Niklas fand es cool, unter der Erde zu wohnen, wie dieser Mann, der Künstler und Architekt gewesen war, schade, dass es in Deutschland so etwas nicht gab. Er wollte wissen, wann die Vulkane entstanden waren, die sich wie eine Kette aneinanderreihten. Und wie es zu den Kratern gekommen war, in die er hinunterstieg, manchmal auch rutschte, wie beim Monte Corona im Norden der Insel.
Wie eine Gemse, sagte Tom.

Hier gibt es nur Ziegen, warf Leonie ein. Auch sie hatte sich über die Insel schlau gemacht. Jedes Detail fotografierte sie aus den unterschiedlichsten Perspektiven, die Vulkane, den Hafen, auf dem die Schiffe nach Fuerteventura ausliefen, die Surfer, die Grotte Jameos del Agua. Alles für Mohamed. Alles.

Der Höhepunkt war der Ritt auf den Dromedaren in den Feuerbergen. Eine Farbigkeit, die keiner von der schwarzen Insel erwartet hatte, das Gefühl am Ursprung der Welt angekommen zu sein, Lava wohin man sah und immer wieder andere Formen. Das Malpaís, auch das konnte Leonie in schlechtes Land übersetzen, ab und zu Flechten, weiße und gelbe. Der Anfang einer Vegetation.

Einen ganzen Tag lang könnte ich das machen, sagte Leonie und dachte dabei wieder an Mohamed, an eine mögliche Reise mit ihm.

Deinen Hintern möchte ich am Abend aber nicht haben. Niklas verzog das Gesicht und fasste an sein Gesäß.

Schon auf der Fahrt in die Feuerberge begann sich Tom, für den Weinanbau zu interessieren, in runden Steinwällen wuchsen über weite Strecken bis hinauf zu den Hügeln einzelne Rebstöcke in der schwarzen Lava. Das musste er von Nahem sehen, mietete sich ein Auto, kam erst am Spätnachmittag nach einem Besuch im Weinmuseum mit einer Flasche Malvasía für Karin und nicht mehr ganz nüchtern zurück. Zu den Salinen fuhren Tom und Niklas allein, es waren nur noch zwei Tage bis zur Abreise. Leonie und Tanja wollten am Pool bleiben. Wer weiß, wann in Deutschland mal wieder die Sonne schien. Und wieder dachte Leonie an Mohamed in der Blockhütte, für ihn hatte sie sich, als niemand hinsah, gebückt und einen Glücksstein aufgehoben: Einen grüner Olivin in schwarzer Lava.

Schon zwei Anrufe von seiner Ehemaligen. Jan wunderte sich, als er aus dem Garten kam. Dort gab es jetzt im Frühjahr viel zu tun. Einen großen Teil seiner freien Zeit war er damit beschäftigt, die Bäume vom abgestorbenen Holz zu befreien, die Beete umzugraben, die weißen Wurzeln der Quecken, die sich mit einer Impertinenz und ohne Rücksicht ihren Weg suchten, bis zu ihrem Ursprung zu verfolgen, auch die Brombeeren wucherten, von den Brennnesseln ganz zu schweigen. Bald wollte er aussäen und die ersten Pflanzen setzen, hatte sich schon auf dem Markt umgesehen, die Setzlinge wurden bereits angeboten.

Noch mit dunklen Rändern unter den Nägeln drückte er den Anrufbeantworter und hörte die sonst geschäftsmäßig freundliche Telefonstimme von Mos Mutter, jetzt mit einem harschen Unterton.
Wo bist du denn, es ist eilig!
Auch der zweite Anruf fügte dem ersten nichts hinzu, keine Information, war eine Kopie des ersten.
Da es bereits dämmrig wurde, schaltete er das Licht der Schreibtischlampe an und wählte noch im Stehen ihre Nummer.
Wenn man dich schon einmal braucht, wo warst du denn bloß?

Beim Unkraut. Er konnte ironisch sein, das war seine Art geworden, mit ihren Vorwürfen umzugehen.
Es ist keine Zeit für Scherze, morgen kommt der Abrissbagger. Ich war heute bei deinem Sohn, aber er ist nicht da oder hat mir nicht aufgemacht. Wäre ja nichts Neues.

Wenn Jan erschrak, wurde sein Körper von oben bis unten zu einer steifen Masse, er dachte dann immer an das Festwerden von Beton, spürte nichts mehr, konnte sich nicht bewegen, nicht denken, nicht sprechen. So stand er jetzt am Schreibtisch, den Telefonhörer in der Hand, er starrte ihn an wie ein giftiges Insekt, das ihn gebissen hatte.
Bist du noch dran? Die Stimme am anderen Ende der Leitung hatte sich verändert, war eine Spur weniger fest.
Wie kannst du mir so einen Schrecken einjagen, du musst sofort etwas unternehmen, den Abriss stoppen, wenn Mo nicht da ist, darf niemand seine Sachen anrühren. Das verbiete ich. Die Starre war zum Glück vorbei.
Ein hysterisches Lachen war das nächste, was er wahrnahm, dem folgte ein: Wie einfach du dir immer alles vorstellst!
Auch sie hatte ihre Form wiedergefunden.
Wenn du nicht veranlasst, dass der Termin verschoben wird, werde ich zur Polizei gehen. Das ist Hausfriedensbruch.
Das ist es nicht, ich habe es Mo rechtzeitig mitgeteilt.
Und wann, wenn du ihn nicht erreicht hast?
Als du ihn vom Verkauf des Grundstückes in Kenntnis gesetzt hast.
Da stand der Termin bereits fest?
Mehr oder weniger. Jetzt jedenfalls ist es soweit.

Und seine Möbel, die persönlichen Sachen, was soll damit geschehen, wer wird sie ausräumen?
Wenn du denkst, dass man das tun sollte, die paar Sachen, Möbel kann man das ja wohl nicht nennen, es ist ja noch Zeit bis morgen um zehn. Jedenfalls habe ich dich informiert.

Nicht einmal Zeit für den Boxsack nahm Jan sich. Er wählte die Nummer von Marcus.
Ich brauche ein paar kräftige Hände. Morgen um zehn wird die alte Werkstatt abgerissen und Mohamed ist nicht da. Ich möchte wenigstens seine Sachen retten.
Es dauerte keine zwei Sekunden, dann sagte Marcus:
Hassan und ich sind um sieben dort. Reicht das?
Danke. Dann fing Jan zu weinen an.

Mohamed hatte sich trotz des Fiebers auf den Weg in die Stadt gemacht. Später als sonst war er losgegangen, um die letzten Dinge, die ihm wichtig waren, aus seiner Bleibe zu holen. Viel war das nicht, alles würde auf den Radanhänger, den er sich geliehen hatte, passen. Der Gebetsteppich, die Lampe von Aladin, weil sie Leonie gefiel, auch er nannte sie jetzt so, das Schaffell, die Fotos und arabischen Wörter, seine Djellaba und der Vorhang. Er hatte ihn zusammen mit dem Gebetsteppich auf dem Busdach durch ganz Marokko transportiert, neben flatternden Hühnern, mit Stricken festgebundenen Ziegen und allen Größen von Pappkartons, die wer weiß nicht was beinhalteten. Viele Erinnerungen waren

damit verknüpft, auch die, als die Berberfrau neben ihm in eine abgeschnittene Plastikflasche gegöbelt hatte und ihm anschließend einen Fladen mit derselben Hand anbot, mit welcher sie sich vor Minuten den Mund abgewischt hatte. Auch die an den Sitarspieler, auf dessen Nase eine große, schwarze Fliege saß, während er auf den Stufen eines Restaurants spielte. Entweder bemerkte er sie nicht oder sie gehörte einfach zu ihm wie ein Hund oder eine Katze.
Auf keinen Fall durfte er die Dinge vergessen, die unter der Holzklappe in der ehemaligen Grube im Dunklen lagen. Was nicht in seinen Rucksack passte, wollte er bei seinem Vater unterstellen und nach und nach dort abholen. Er ging bei ihm vorbei, es war Sonnabend, keine Schule, aber das Fahrrad stand nicht am Laternenpfahl und auf sein Läuten reagierte niemand. Vielleicht ist er auf Brautschau, Mohamed grinste, das würde ihm guttun. Der Vater sollte nicht so allein bleiben, er war dafür zu schwach.

Es war elf, als Mohamed in die Straße zur Werkstatt einbog. Hinter der Biegung sah er den Bagger, der auf dem angrenzenden Grundstück stand, dort, wo er sein Gemüse zog. Der Zaun war bereits weggerissen und die Baggerschaufeln bewegten sich wie ein aufgeklapptes Riesenmaul auf das Dach der Werkstatt zu. Er sah, wie das Dach angehoben wurde, Balken zerbarsten und mit einem Krachen stürzte es Stück für Stück auf den bereitstehenden Container. Noch ein zweites und ein drittes Mal. Dann brach auch ein Stück der Seitenmauer ein. Niemand bemerkte ihn, so sah auch keiner den Schrecken, der Mohamed erfasste, als er begriff, dass es da nichts mehr zu retten gab. Nichts!

Er verließ so schnell er konnte die Straße, verwarf den Plan, sich Medikamente gegen die Bronchitis zu kaufen, hoffte, dass er niemandem begegnete und dass er es zurück zum Blockhaus schaffte. Alle paar Schritte drehte er sich um, fühlte sich erschöpft und müde, aber er durfte jetzt nicht schlappmachen. Erst als er an den einfachen, kleinen Häusern, wo das Land in die Felder überging, angekommen war, gönnte er sich eine Verschnaufpause, zog die Mütze bis tief über die Augen und kaufte ein Brot und einen Liter Milch in der Bäckerei. Hier kannte ihn keiner.

Punkt sieben kam der Transporter mit Marcus und Hassan. Jan war schon seit zwei Stunden dort, wie sollte er in einer solchen Situation schlafen. Er war durch seine zwei Zimmer getigert, hatte den Boxsack traktiert, nachdem er vergeblich versucht hatte, Mohamed zu erreichen. Jede Viertelstunde ein neuer Versuch. Keine Antwort.

Er hatte den Krieg ja nicht erlebt, kannte nur die Erzählungen seines Vaters von zerbombten Häusern, wo nur die Vorderwand der Häuser weggerissen war, und man wie bei einer Puppenstube Sofa, Tisch und Stehlampe von außen sehen konnte. So stellte er sich den Abriss vor. Ob sie am Dach anfingen oder, das hatte er gelesen, mit einer Riesenkugel die Mauern zum Einsturz brachten, so dass alles wie ein Kartenhaus zusammenfiel, das fragte er sich, ohne eine Antwort zu finden, während er die Fotos von den Wänden nahm. Auch die arabischen Wörter legte er dazu, diese kunstvollen Gebil-

de, alles in einen der Klappkartons aus Plastik, die er mitgebracht hatte. Als er das Waffeleisen nahm, zitterten ihm die Hände. Er hatte noch nicht allzu viel zusammengeräumt, immer wieder war er fassungslos stehengeblieben, hatte die Zeit vergessen und an diese Mutter gedacht, als er ein Auto vorfahren hörte. Er ging zur Tür, der Schreiner legte ihm die Hand auf den Arm.
Dann wollen wir mal!
Hassan sah den Gebetsteppich und rollte ihn sorgfältig zusammen, stieg auf die Leiter, schob den Vorhang Ring für Ring von der Aufhängung, der ist aber nicht von hier, sagte er und faltete den Stoff zu einem Paket, das in eine der Klappkisten passte. Marcus montierte die Wunderlampe ab. Den Gartentisch und die Klappstühle trug Jan zum Auto, auch das Regal. Komisch, kein Geschirr, auch Töpfe und Besteck fand er nicht. Doch die Zeit drängte, schon hörte er Stimmen draußen.

Nein, diese Mutter war nicht dabei, sicherlich hätte er sich dieses Mal nicht zurückgehalten. Er sah zwei Männer mit Bauhelmen und Arbeitsschuhen, die auf die Werkstatt und den dahinterliegenden Garten zeigten. Der eine faltete einen Plan auseinander, zeigte in verschiedene Richtungen, bis zum November, hörte Jan ihn sagen, was bis zum November auch bedeutete. Für ihn bedeutete es die größte Enttäuschung seines Lebens.

Ist alles draußen? Der Bagger kommt gleich.
Der mit dem Plan war in die Werkstatt gekommen und schaute sich um, während die Drei Mos Sachen in den

Transporter luden. Das Bett, den Kühlschrank, die Kochplatten, noch ein paar Kleinigkeiten. Den Spiegel im Bad hatten sie vergessen, das fiel Jan ein, als Marcus mit dem Transporter schon abgefahren war. Er schloss das Tor ab, wenigstens das.
Er hatte einen Freund, und was für einen, der schaffte mehr mit seinen neuneinhalb Fingern, als die meisten Menschen, selbst wenn sie zwölf Finger hätten.

Es war noch nie vorgekommen, dass der Pfleger nicht pünktlich zur Stelle war. Aber es war halb zehn vorbei und er war noch nicht da. Sabine konnte sich nicht erklären, was das zu bedeuten hatte, wusste erst nicht, was sie machen sollte, dann rief sie den Freund an.
Jeder wird einmal krank, aber er hätte Bescheid sagen können. Wenn er in einer Stunde nicht gekommen ist, ruf mich wieder an. Ich sitze gerade an einer schwierigen Übersetzung.
Sie suchte die Nummer des Mannes in ihren Kontakten. Der Teilnehmer ist im Augenblick nicht zu erreichen, sie können aber eine Nachricht nach dem Piep hinterlassen. Das hatte sie bereits dreimal. Er rief nicht zurück. Schließlich sah sie seine Nummer auf dem Display, als ihr Smartphone läutete.
Es tut mir leid, Frau Lummer, ich hatte einen Unfall und liege auf der Unfallstation im Krankenhaus. Sobald ich mehr weiß, melde ich mich wieder.
Nicht nur, weil heute Mittwoch und das der einzige freie Nachmittag, ihr ganzes übriggebliebenes Vergnügen war,

fühlte sich Sabine wie vor den Kopf geschlagen, überhaupt, wie sollte es ohne den Pfleger gehen, heute und möglicherweise auch morgen und übermorgen? Weiter konnte sie nicht denken. Allein konnte sie Susanne unmöglich fertigmachen, füttern, in den Rollstuhl setzten und wieder zurück ins Bett legen.

Sie ging zu ihr, die Schwester lag auf dem Rücken, die Augen waren geschlossen, der Mund geöffnet, sie schnarchte. Ein Bein guckte unter der Bettdecke vor. Es roch nicht besonders angenehm. Sie schlug die Decke zurück, der Geruch war nun kräftiger, ging zum Fenster und öffnete es. Von dort aus sah sie zu Susanne und wusste, das würde sie allein nicht bewältigen. Jetzt nicht und auch sonst nicht. Nie.

Anstatt zum Telefon zu gehen, den Freund oder Frau Dr. Finkelstein anzurufen, dachte sie an die Szene aus einem Film, sie hatte ihn zusammen mit Susanne gesehen und beide waren danach einige Zeit wie betäubt nebeneinander hergegangen. Diese eine Szene nur!
Wie Susanne, war die Frau eines alten Ehepaares, sie mussten über achtzig gewesen sein, nach einer misslungenen Operation zum Pflegefall geworden. Alle Funktionen gingen mehr und mehr verloren, sie lag nur noch da, und schließlich konnte der Mann ihr Leid nicht länger ertragen und drückte seiner Frau das Kopfkissen auf das Gesicht. Sabine sah das Strampeln der Beine jetzt wieder genau vor sich und dazu sein verzweifeltes Gesicht. Sie fror. Liebe hieß der Film, den Namen des Autors hatte sie vergessen, aber es war ein Franzose, der ganze Film war französisch, auch die Schauspieler.

Das Telefon klingelte, es war der Freund.
Du musst kommen, der Pfleger hatte einen Unfall, allein kann ich das nicht.
Er kam, sie wuschen Susanne, wechselten die Bettwäsche, zogen sie an und setzten sie in den Rollstuhl. Mit einer Decke über den Beinen saß sie neben ihnen auf dem Balkon in der geschützten Ecke, wo die Sonne schon um diese Zeit wärmte. Ich muss die Blumenkästen neu bepflanzen, die Winterpflanzen passen nicht mehr, dachte Sabine und zupfte die welken Blätter der Stiefmütterchen. Auch einen neuen Rosenstock wollte sie kaufen, der alte war ein Jahr zuvor erfroren. Auf dem Balkon war noch für so manches Platz. Dieses Jahr würde er noch schöner werden und sie wollte ihn genießen.
Der Freund hielt Susanne die Schnabeltasse an den Mund, doch sie trank nicht, drehte den Kopf weg.

Kannst du bleiben, bis ich weiß, wann der Pfleger wiederkommt?
Ich muss die Übersetzung übermorgen abgeben, da ist noch eine Menge Arbeit dran, könnte sie hier fertig machen, wenn dir das hilft. Aber was, wenn der Pfleger länger nicht kommen kann?
Er klang nicht schwerverletzt, wird schon bald wieder kommen. Hol doch deine Sachen, solange komme ich allein zurecht.
Als er gegangen war, saß sie eine Weile neben Susanne in der Sonne, und wenn sie die Augen schloss, stellte sie sich vor, dass sie beim Spanier im Café vor ihrem Cappuccino

saß. Da fiel ihr ein, dass sie noch immer im Schlafanzug war und ging duschen.

Als das Telefon klingelte, war es nicht der Pfleger, sondern Schwester Gertrud aus der Praxis Finkelstein.
Tut mir leid, Frau Lummer, aber wir müssen ihren Termin auf nächste Woche verschieben, bei der Frau Doktor ist etwas dazwischengekommen, Familiensache, mehr kann ich nicht sagen. Also eine Woche später, Donnerstag wie immer um sechzehn Uhr. Ist alles in Ordnung bei Ihnen?
Ganz und gar nicht, der Pfleger meiner Schwester hatte einen Unfall.
Ich hoffe, nichts Ernstes.
Hoffe ich auch.
Soll ich mich schon mal um einen Heimplatz kümmern, wir haben ja Verbindungen, dann geht es meistens schneller. Allein können Sie die Arbeit nicht leisten. Rufen Sie mich auf jeden Fall an, ich bin in der Praxis.

Sie ging zurück auf den Balkon, setzte sich Susanne gegenüber und wie schon so manches Mal, machte sie das Frage- und-Antwort-Spiel mit ihr. Willst du in ein Heim? Susannes Augen öffneten sich und der Kopf sank nach vorn. Sabine konnte es nicht glauben, aber sie hatte zugestimmt. Konnte das sein?
Am Abend saßen Sabine und der Freund zusammen im Wohnzimmer, nachdem sie Susanne ins Bett gebracht hatten. Wie Vater, Mutter und Kind, dachte Sabine.
Kannst du dir nicht doch vorstellen, für Susanne einen Heimplatz zu suchen? Ich würde dir dabei helfen, sie auch

dort besuchen, irgendwann führt sicher kein Weg daran vorbei.
Ich weiß nicht …, vielleicht, wenn es gar nicht anders geht.
Du kannst die Wohnung verkaufen, dann ist genügend Geld da, um die Unterbringung zu bezahlen, sogar für gehobenere Ansprüche. Und das willst du ja bestimmt für sie.
Susanne sah plötzlich den Freund nur noch undeutlich, die Teller und Gläser auf dem Tisch verzogen sich zu eigenartigen Gebilden, ja Grimassen, das Licht über ihr flackerte.
Gib mir mal Wasser, mir ist komisch, sagte sie.

Ich bin mal eine, höchstens zwei Stunden, weg.
Leonie rief es in die Waschküche, in der die Mutter die Urlaubswäsche zu Haufen sortierte. Sie hatte den Glücksstein mit dem grünen Glitzern in ihrem Rucksack, das Smartphone mit den Fotos, nun könnte auch Mohamed sehen, was sie gesehen hatte. Die Vulkane, die Höhlen, das Meer, auch einige Menschen in arabischer Kleidung, die dort wohnten. Sie hoffte, dass er heute, am Sonntag, in der Werkstatt war, bis zur Blockhütte konnte sie es nicht schaffen. Und morgen ging die Schule wieder los. Sie radelte, die sonnengebräunten Hände am Lenker, und pfiff vor sich hin. Sie vermisste die Wärme der Insel, in den paar Tagen hatte sie sich daran gewöhnt, mit den nötigsten Kleidungsstücken auszukommen, jetzt war der Himmel grau, es sah aus, als wollte es regnen.

Drei Wochen hatten sie sich nicht gesehen, kein einziges Mal. Doch sie wusste noch genau, wie er aussah, wie er roch, wie sich seine Hände anfühlten. Was er wohl sagen würde?

Sie bog in die Straße und blieb verwundert stehen. Sie musste sich verfahren haben, drehte um, bog in die nächste Querstraße ein. Nein, auch das war falsch. Wie konnte sie sich so täuschen, nur wenige Wochen und sie fand die Straße nicht. Eine Unruhe wuchs in ihr, sie fuhr zurück und sah statt der Werkstatt und dem Garten ein planiertes Gelände vor sich, mit einem Schild: Betreten verboten, Zuwiderhandlungen werden bestraft.

Sie ging trotzdem weiter, hielt sich am Fahrrad fest, da war keine Wunderlampe, kein gelbes Bett, kein gar nichts, nur ein Mann, er hatte wenige Zähne im Mund und führte hier seinen Hund aus, trat neben sie auf das verbotene Grundstück.

Hunde können nicht lesen. Aber Sie, Fräulein. Er grinste.

Leonie musste ihn so verständnislos angesehen haben, dass er, sich umsehend, noch sagte: Abgerissen und platt gemacht, alles an einem Tag. Wie schnell so etwas heute geht. Und alles ohne Krieg.

Als sie wieder allein war, nahm sie das Smartphone, wählte Mohameds Nummer, dabei wusste sie, dass es sinnlos war, dort oben gab ja es keinen Empfang.

In der Nacht erbrach sie alles, was sie gegessen hatte. Und mehr. Da war nichts weiter als Galle, was ihr herauswollte.

So kannst du nicht in die Schule. Tom sah sie aus dem Bad kommen. Wenn das so endet, sollten wir lieber nicht mehr zu den Vulkanen fahren.
Sie wollte unter keinen Umständen in die Schule, das einzige, wohin sie wollte, war zu Mohamed. Sehen, wie es ihm ging, was er machte. Er brauchte sie jetzt.
Ich fühle mich miserabel, bleibe lieber im Bett. Niklas kann mich entschuldigen.
Der kam kurz vorbei, bevor er losging. Was soll ich sagen?
Magenverstimmung und schönen Gruß.

Sie wartete noch eine halbe Stunde, dann stand sie auf, aß zwei Zwiebäcke und trank Melissentee. Eineinhalb Stunden hin, eineinhalb Stunden zurück, eine Stunde oben, um zwölf musste sie zurück sein. Zur Sicherheit.
Ein Arbeitstag am Morgen, die Ferien waren ja vorbei, die paar Menschen, die unterwegs waren, hatten es eilig. Allein kam ihr der Weg länger, an manchen Stellen beschwerlicher vor. Immer wieder blieb sie stehen, um auszuruhen, die durchwachte Nacht machte sich bemerkbar. Sie brauchte eindreiviertel Stunden bis sie bei der Blockhütte ankam. Die Tür war verschlossen, sie klopfte, sie rief. Mohamed war nirgends zu sehen. Durch das Fenster sah sie eine Tasse auf dem Tisch stehen, ein Messer lag daneben, ein T-Shirt hing an dem Haken der Tür. Der Rucksack lag auf dem Boden. Sonst nichts.
Sie setzte sich auf die Bank vor der Hütte, war eingenickt, als sie von einem Geräusch hochschreckte. Es war ein Hund, das Fell struppig, der nun an ihr hochsprang und ihre Hände leckte. Dann trollte er sich. Niemand schien zu ihm zu gehö-

ren. Als es Zeit zum Umkehren war, schrieb sie einen Zettel, schob ihn unter dem Türspalt durch.
War hier und du? Leonie

Sie hatte sich beeilt, wollte so schnell wie möglich im Büro sein, es gab heute viel zu tun bei OMOHAUS. Zwei wichtige Besichtigungen am Nachmittag, Penthauswohnungen mit dem Blick über die Stadt von den umlaufenden Terrassen, das musste sie selbst machen. Davor das Übliche. Telefonate, Anzeigen kontrollieren, Verträge aufsetzen, wer konnte sich schon auf die Mitarbeiter verlassen! Der Termin bei der Bank wegen der Finanzierung des Mehrfamilienhauses hatte sich länger als nötig hingezogen, eine halbe Stunde war dadurch verloren. Sie wurden richtig pingelig, die Banker. Und dann wie immer kein Parkplatz. Na ja, das Knöllchen nahm sie in Kauf, stellte sich wieder einmal in die zweite Reihe.

Ein Mann und eine Frau, beide in Polizeiuniform, standen auf, als sie den Raum betrat. Die Sekretärin hinter dem Anmeldetresen nickte ihnen zu.
Frau Horn, können wir Sie einen Augenblick sprechen?
Die fehlten ihr gerade noch, die Bullen, es gab einfach nicht genug Parkplätze in der Gegend. Das würde sie ihnen schon verständlich machen. Erst einmal die Form wahren.
Ich habe wenig Zeit, worum handelt es sich?
Um das Grundstück in der Unteren Gasse 7.
Sie schluckte, das also. Dieser Kerl, der Jan hatte sie doch angezeigt! Das sah ihm ähnlich, überall funkte er mit seinen

Sozialallüren dazwischen, aber sie hatte sich nichts vorzuwerfen. Die Verträge waren wasserdicht. Doch sie wurde nun eine Nuance verbindlicher.
Bitte kommen Sie in mein Büro, darf ich Ihnen Kaffee oder Wasser bringen lassen?
Wir wollen Sie nicht lange aufhalten, danke nein, sagte der Polizist, der seine Kollegin um einen Kopf überragte und ihr Vater hätte sein können.
Wenn Sie Einblick in die Unterlagen über den Verkauf nehmen möchten, …
Nein, wir hätten gern eine Auskunft darüber, ob die ehemalige Autowerkstatt noch genutzt wurde, und wenn ja, von wem.
Die Frau ihr gegenüber sah sie freundlich an, sie hatte eine helle Stimme, ihr Dialekt hörte sich nach Vulkaneifel an.
Mein Sohn hat sich dort aufgehalten.
Und wo wohnt er?
Na ja, er hat dort gewohnt. Sie überlegte, wie sie ihrem Ehemaligen das heimzahlen konnte, doch die Polizistin legte gleich eine Frage nach.
Und wo wohnt er jetzt?
Keine Ahnung, wir haben wenig Kontakt. Er ist erwachsen, schon neunzehn.
Und wer könnte uns da weiterhelfen, wir möchten ihn gern sprechen. Der Polizist hatte langsam und überdeutlich wie zu einem Kind gesprochen und jede ihrer Gesichtsregungen wahrgenommen. Auch das kurze Verlegenwerden.
Sein Vater wahrscheinlich, soweit ich weiß, sehen die beiden sich öfter.
Und wo finden wir Herrn Horn?

Herr Wolbrand ist der Vater. Ich bin zum zweiten Mal verheiratet, meinem Mann gehört das Modegeschäft „Horn immer vorn" in der Fußgängerzone. Sie kennen das sicher.
Sie schrieb Jans Adresse auf einen der Notizzettel, die auf ihrem Schreibtisch lagen und legte sie der jungen Frau hin. Was die mit Mo besprechen wollten, das interessierte sie aber doch.
Darf ich fragen, warum Sie mit meinem Sohn sprechen möchten?
Es sind einige Dinge in der Werkstatt gefunden worden, die der Aufklärung bedürfen.
Und was für Dinge? Sie wurde nervös.
Darüber können wir Ihnen im Augenblick noch keine Auskunft geben, die Ermittlungen laufen noch.
Aber ich bin die doch Mutter!
Ach ja, sagte der Mann, stand auf, nahm den Zettel mit der Adresse und verabschiedete sich.
Als die beiden wieder auf der Straße waren, sagte er:
Die Mutter.

Sofort nach dem Unterricht war Jan in den Garten gefahren, am Mittwoch, seinem freien Tag, wollte er endlich die Setzlinge auf dem Markt kaufen. Salat, Zucchini, Paprika. Wenn das Wetter weiterhin so warm blieb, würden sie gut gedeihen. Das Netz, das er darüber spannen wollte, damit die Vögel ihm nicht alles wegfraßen, lag schon im Garten, auch das Schneckenkorn. Zufrieden fuhr er nach Hause, hatte ein paar Zweige vom Quittenbaum mit ihren hellrosa Blüten, die ihn an Japan denken ließen, im Korb. Vielleicht könnte er sich doch eines Tages entschließen, diese Reise zum Kilimandscharo zu machen.

Das Wasser für die Spaghetti brodelte, die Haare waren noch vom Duschen nass, da klingelte es. Sieben Uhr zehn, möglicherweise wollte Marcus nach ihm sehen. Auch wenn er nicht so viel sprach, bekam er genau mit, was mit dem anderen los war. Das wusste Jan. Und die Geschichte mit der Werkstatt, die hatte ihm zugesetzt. Er war froh und dankbar, dass Mos Sachen bei Marcus einen vorläufigen Platz gefunden hatten.

Es war nicht der Schreiner, das erkannte er durch den Spion, es war der Kopf einer Frau, einer Polizistin, das sah er nun, als er die Tür aufmachte, ein Kollege, den er nicht sehen konnte, fragte jetzt: Herr Wolbrand?
Jan nickte.
Können Sie uns sagen, wo wir Ihren Sohn finden, wir würden ihn gern sprechen?
Was ist denn mit Mo, ist etwas passiert, mein Gott, bitte kommen Sie doch rein.
Seine Hände zitterten, als er das Gas abdrehte und den Topf zur Seite schob. Er entschuldigte sich, er sei im Garten gewesen und gerade erst heimgekommen.
Wenn ich nur wüsste, wo er ist. Er ist wie vom Erdboden verschwunden, seit seine Mutter ihm … Weiter sprach er nicht. Die beiden warteten.

Er hat sich so merkwürdig verhalten, als ich es ihm sagte. Ich musste es ihm sagen, nicht sie, die dafür verantwortlich ist. Er schüttelte den Kopf.
Er hat doch sicher Freunde, haben sie sich bei denen umgehört? Die Polizistin unterbrach die Erinnerung an das Gespräch, das er mit Mos Mutter geführt hatte, seinen Wunsch, ihr an die Kehle zu gehen.
Mo ist ein Alleingänger, ein bisschen wie ich. Er biss sich auf die Unterlippe und starrte in das Licht an der Decke.
Der braucht Zeit, dachte der Polizist, seit 30 Jahren war er im Dienst, und wartete wieder.
Hassan fiel Jan ein, mit dem Mo Arabisch lernte. Auf keinen Fall wollte er dem Jungen Schwierigkeiten machen oder seinem neuen Freund, dem Schreiner. Möglicherweise arbeitete der Syrer die paar Stunden schwarz bei ihm. Er wusste es nicht. Sie hatten ihm beigestanden, ohne viel zu fragen, waren gekommen noch vor der Arbeit.
Hat Ihr Sohn einen Waffenschein, Herr Wolbrand?
Mo? Wieso?
Wir haben Waffen in der Werkstatt gefunden.
Aber ich habe sie selbst leergeräumt. Da war nichts mehr.
Die beiden sahen sich an. Der Ältere nickte. Der Polizistin tat der Mann am Tisch leid, er wirkte völlig ungeschützt, durcheinander, besorgt um den Sohn.
Es gab ein Versteck, das nur durch Zufall entdeckt wurde, wissen Sie, die ehemalige Grube der Autowerkstatt. Dort.
O Gott, Mo! Nein! Er hielt sich die Hand vor die Augen. Dann kam der rettende Gedanke. Wer weiß, wie lange die Waffen dort schon liegen. Sie müssen doch nicht meinem Sohn gehören.

Das hoffen wir. Würden Sie sich bitte bei uns melden, wenn Sie Nachricht von Ihrem Sohn haben.
Der Polizist legte seine Karte neben den Teller, der da schon für die Spaghetti stand.

Der Oberarm war kompliziert gebrochen, ein Mann hatte den Krankenpfleger vom Fahrrad geholt, hatte ohne sich umzuschauen, die Autotür aufgemacht, als der auf dem Weg zu Susanne Lummer war. Ein Knall, ein Salto, das Fahrrad flog durch die Luft, ein Riesenschreck auf beiden Seiten. Er hatte dagelegen, den rechten Arm verdreht, das Jochbein tat ihm weh, auch der Arm schmerzte, sobald er versuchte sich zu bewegen, er konnte nicht auf die Beine kommen. Dabei war er nicht zimperlich. Der Autofahrer rief die Polizei, die rief, als sie sah, dass der Mann auf dem Fahrweg nicht aufstehen konnte, die Ambulanz und nahm dann die Personalien auf. Ich Idiot, sagte der Autofahrer und war ziemlich blass. Er nestelte seine Papiere aus einer braunen schweinsledernen Brieftasche, besah sich die Delle in der Tür, die das stabile Rad des Pflegers dort hinterlassen hatte. Gott sei Dank Vollkasko, das Auto war ja gerade zwei Jahre alt.
Das gibt ein Verfahren, sagte der Polizist.
Ich fahre mit ins Krankenhaus, will wissen, was ich da angerichtet habe, bloß wegen dieser dämlichen Besprechung, bei der doch nichts rauskommt. Findet ja nun ohne mich statt. Er zeigte auf das Versicherungsgebäude auf der anderen Straßenseite.

In der Ambulanz muss man Geduld haben. Sicher gab es schlimmere Fälle als ihn, der noch immer auf der Trage lag, auf der er hier angekommen war, aber die Schmerzen wurden schlimmer, dieses Gefühl, dass die rechte Gesichtshälfte spannte und anschwoll, bestätigte die Schwester, die endlich kam, als sie sagte, na das wird aber ein schöner, bunter Luftballon werden.

Am Nachmittag hatte er alle Untersuchungen hinter sich, lag erschöpft und von den schlimmsten Schmerzen durch den Tropf befreit, in einem Zweibettzimmer. Am nächsten Morgen käme der Stationsarzt, bis dahin solle er sich erst einmal ausruhen.

Er suchte das Smartphone, wollte die Lummers anrufen, fand es nicht.

Morgen, sagte die Schwester.

Am anderen Morgen erfuhr Sabine Lummer, dass der Pfleger mindestens für acht Wochen ausfiel, über die Zeit danach konnte noch niemand Genaues sagen, es konnte auch länger dauern. Die Kollegen, die für Susannes Pflege infrage kamen, waren bis auf Wochen ausgebucht. Er hatte sich erkundigt. Vielleicht doch wenigstens vorübergehend ein Heimaufenthalt, das war sein Vorschlag, bevor er zur Operation geholt wurde.

Der Freund saß über seiner Übersetzung, er hatte Sabine gebeten, ihn nur im Notfall zu stören. Das war ein Notfall oder wie sollte sie das anders bezeichnen. Zwei oder drei Tage hatte er gesagt, heute war bereits der zweite Tag. Dann war auch er fort. Sie wählte die Nummer der Praxis, war erleichtert, als sie die vertraute Stimme von Schwester Gertrud hörte.

Was soll ich nur machen, es dauert mindestens zwei Monate mit dem Pfleger meiner Schwester, wissen Sie niemanden?

Es gibt nicht viele Menschen, die sich um solche Fälle wie Ihre Schwester mit der nötigen Einfühlung kümmern, auch hier steht inzwischen das Geschäft im Vordergrund. Nur noch der Atem war am anderen Ende zu hören, dann räusperte sie sich. Für eine Woche könnte ich vor und nach der Praxis zu Ihnen kommen und helfen. Ich tue es, weil ich Sie und Ihre Schwester kenne. Mehr geht leider nicht.

Das ist wunderbar, vielen Dank. Es war die Rettung.

Ich bin morgen um sieben Uhr bei Ihnen, Frau Lummer.

Erst einmal war eine Lösung da, auch der Freund war sichtlich erleichtert. Wie schwer es war, einen Menschen in diesem Zustand von morgens bis abends zu betreuen, das wusste er seit zwei Tagen und er wusste auch, dass weder er noch Sabine dazu längere Zeit in der Lage waren. Es war ihm schon ein Rätsel, wie die das bisher geschafft hatte. So hatte er sie nicht eingeschätzt, sie, die immer ein bisschen über den Wolken schwebte, die sich im Schönen sonnte.

Sie mussten einen anderen Platz für Susanne finden.

Als er wieder zuhause war, suchte er Adressen von umliegenden Pflegeheimen im Internet. Was für Namen: Goldherz, Herz-Jesu, Heilige Drei Könige, Am Rosengarten, Haus Waldesruh. Fehlte nur noch zur ewigen Ruh.

Sabine stand am nächsten Morgen um sechs Uhr auf und wartete geduscht, mit frisch gewaschenem Haar auf Schwe-

ster Gertrud, Hose und T-Shirt aufeinander abgestimmt. Die klingelte mit dem letzten Schlag der Kirchuhr.
Das haben Sie aber schön hier, sagte sie und ging vom Wohnzimmer in das Krankenzimmer, dann ins Bad und fragte, wo die Waschmaschine und frische Bettwäsche sei, ob sie sich in der Küche ein Glas Wasser holen könnte.
Sabine wollte helfen, doch die Schwester winkte ab.
Bis jetzt schaffe sie es noch.
Sabine hatte sich Kaffee gekocht, wollte gerade den ersten Schluck nehmen, da fiel ihr ein, dass die Schwester Gertrud vielleicht auch gern einen trinken würde. Sie nahm eine zweite Tasse aus dem Schrank. Kaffee ist fertig, rief sie, gähnte und rekelte sich. Um sechs aufzustehen, das war schon lange nicht mehr passiert, Jahre nicht, der Körper kam kaum hinterher mit dem Wachwerden.
Im Stehen trank die Krankenschwester ihren Kaffee, zog Schuhe und Jacke an. Ihre Susanne sitzt im Wohnzimmer. Bis heute Abend um sechs.
Wie konnte ein Mensch das schaffen, das fragte sich Sabine, während sie ihren Kaffee trank und dann nach der Zwillingsschwester sah.

Sie hatte sich überreden lassen, ein Pflegeheim anzusehen. Das beste in der Gegend. Und nahegelegen, das war die Voraussetzung, dass Sabine zugesagt hatte, mitzukommen. Vorübergehend, hatte sie gesagt, durch alle Räume waren sie und der Freund gegangen. Eine kleine Bibliothek gab es, ein Musikzimmer, aber was sollte Susanne damit, ein Kaffee mit durchaus leckeren Kuchenstückchen, die Zimmer mit Ausblick waren rund um einen überdachten Innenhof mit Pflan-

zen angeordnet. Es sah schön aus, wirklich schön, das musste sie zugeben. Die wenigen Menschen, denen sie begegneten, saßen im Rollstuhl, manche fuhren selbständig, die meisten wurden geschoben. Das Zimmer, das in ein paar Tagen, wahrscheinlich schon übermorgen, frei würde, so hatte man am Telefon gesagt, hatte einen wunderschönen Blick über den Fluss, hinauf zu der Stelle, wo sie erst kürzlich gewesen waren.
Und? Der Freund sah, dass sich etwas in ihr bewegte, dass sie es nicht mehr für ganz und gar unmöglich hielt. Sie gingen in den Verwaltungstrakt, dort erwartete sie der stellvertretende Heimleiter.
Wir freuen, uns, dass Ihnen unsere Einrichtung gefällt. Es ist ja nicht leicht, sich zu entscheiden, einen lieben Menschen nicht mehr immer bei sich haben zu können. Aber hier kann man sich wohlfühlen, nicht wahr?
Sabine nickte, dachte, wenn man das alles noch wahrnehmen kann, dann schon. Aber würde Susanne überhaupt etwas davon sehen und spüren? Eine Frage, der sie immer häufiger nachging, nicht nur in diesem Zusammenhang. Unbedingt musste sie nächstes Mal die Ärztin danach fragen.
Was würde denn eine Vollpflege kosten? Der Freund blätterte in dem Prospekt, den der Verwaltungsmensch ihm mit dem Worten ausgehändigt hatte, hier finden Sie alles Weitere. Preise standen da nicht.
Eine Vollpflege kostet im Augenblick 4200 Euro im Monat, alle Leistungen eingeschlossen.
Sabine, die sich gerade die Aquarelle angesehen hatte, leicht angedeutete, südliche Landschaften in hellen Pastellfarben, sie erinnerten an einen Aufenthalt bei den Anthroposophen

vor Jahren, hatte die Zahl im Unterbewusstsein wohl wahrgenommen, aber nicht wirklich verstanden. 4200 Euro wiederholte sie jetzt automatisch und erschrak.
Im Monat, das habe ich richtig verstanden oder?
Genau, sagte der verantwortliche Angestellte, alles inklusive.
Da haben wir aber billiger Urlaub gemacht, alles inklusive in Fünfsternehotels und auf Susannes Kosten. Das dachte sie natürlich nur und sah das Meer vor sich. Das hier musste ein Scherz sein. Viertausendundzweihundert Euro, wer sollte das denn bezahlen?
Das fragte sie auch den Freund, als sie wieder in seinem Auto saßen. Susannes und ihr monatliches Einkommen waren etwas mehr als die Hälfte. Und das Gesparte war für den Pfleger, noch reichte es eine Weile.
Du musst die Wohnung verkaufen, Sabine, soweit ich sehe, ist das die Lösung.

Karin Dehmel saß wie jeden Morgen an ihrem mit Sorgfalt gedeckten Frühstückstisch, die Kerze brannte, sie hatte ihre zwei Schnitten gegessen, zwei Tassen Kaffee getrunken. Jetzt kam die Zeitung dran. Die Seiten mit den politischen Nachrichten überschlug sie, da war ja immer das Gleiche zu lesen, die Bemühungen um europäische Einigkeit in der Flüchtlingsfrage, die noch nicht einmal in Deutschland zustande kam.
Sie hatte das Fenster gekippt, ein Luftzug ließ die Kerze flackern, da sah sie das Foto. Leonie. Sie lag auf der Seite, eine Haarsträhne im Gesicht und machte den Eindruck als

schliefe sie, eine Umgebung war nicht zu erkennen. Karin erstarrte, erstarrte noch mehr, als sie die Unterschrift las.
Wer kennt dieses Mädchen?
Wie viel Zeit vergangen war, bis sie sich wieder bewegen konnte und sich am Telefon wiederfand, das im Wohnzimmer stand, konnte sie nicht sagen, wie in Trance wählte sie Tanjas Nummer. Das monotone Tut tut tut am anderen Ende war kaum zu ertragen, es verstärkte die Unruhe, die sich langsam in ihr ausbreitete.
Was war mit Leonie? Was war passiert? Ihre schlimmsten Befürchtungen hatten sich bewahrheitet.
Sie ging dorthin, wo die Zeitung noch immer aufgeschlagen lag, las, dass man das Foto des Mädchens mit anderen Dingen in einem Versteck gefunden hatte, das auf einen terroristischen Hintergrund schließen ließ. Darunter stand eine Telefonnummer, unter der man sich melden sollte.
Die Autowerkstatt fiel ihr ein, dieser eigenartige Besuch dort, diese Heimlichtuerei. Sollte sie die Polizei anrufen, ohne vorher mit Tanja oder Tom oder irgendjemandem aus der Familie gesprochen zu haben? Auf keinen Fall. Das war eine Familienangelegenheit. Marcus. Sie hoffte, dass sie ihn in der Werkstatt erreichte.
Schreinerei Dehmel, seine Stimme war wie immer freundlich, hatte etwas, das einen beruhigte.
Leonie, hast du das Bild von ihr gesehen? In der Zeitung.
Oh, hat sie eine Auszeichnung gekriegt?
Bitte Marcus, etwas Schlimmes muss passiert sein, bitte komm sofort. Ich glaube, das mit der Autowerkstatt, dann brach ihr die Stimme weg.

Als Erstes rief Marcus in der Praxis an.
Frau Doktor ist zu einem Patienten gerufen worden, es geht mit ihm zu Ende.
Sobald sie zurück ist, muss ich sie sprechen. Bitte richten Sie ihr das aus. Es geht um Leonie.
Noch im Auto surrte das Smartphone, er hasste das Pfeifen, das Gackern, das Zwitschern, die Melodien dieser Geräte, die einen zusammenfahren ließen, hatte sich für das Surren entschieden.
Was ist mit Leonie, ist ihr wieder schlecht geworden? Ich kann jetzt unmöglich hier weg.
Es gibt ein Foto von ihr in der Zeitung, wer sie kennt, soll sich melden. Bin gerade auf dem Weg zu Mutter deshalb. Hast du sie heute Morgen noch gesehen?
Idiot, na klar, wir haben zusammen gefrühstückt.
Gut, ich melde mich wieder.

Die Mutter zitterte nicht, das hier war mehr, sie schlotterte, wurde auch nicht ruhiger, als Marcus sie in die Arme nahm.
So verstört hatte er sie noch nicht einmal beim Tod des Vaters gesehen. Sie schob ihn an den Tisch, auf dem noch immer die aufgeschlagene Zeitung mit dem Foto von Leonie lag.
Diese Presse, so eine Überschrift! Ich habe mit Tanja gesprochen, sie hat heute Morgen noch mit Leonie gefrühstückt, ihr ist nichts passiert, das denkst du doch, oder? Sie haben ihr Foto bei Mohameds Sachen gefunden, das ist alles.
Er erzählte ihr von dem jungen Mann, von der ehemaligen Autowerkstatt, die sein Zuhause und nun abgerissen war, erzählte auch von dessen Vater, der sich um ihn sorgte, weil er

Moslem geworden war und mit Hassan Arabisch lernte. Um ihn ist eine eigenartige Aura, etwas Undurchschaubares, Abenteuerliches. Davon hat sich das Mädchen angezogen gefühlt. Vielleicht hat sie sich mehr eingelassen, als uns lieb ist.
Karin Dehmel schien noch nicht überzeugt zu sein.
Aber sie liegt doch so da.
Sie schläft, so liegt niemand, der tot ist.
Er fand, dass es an der Zeit war, Tanja zu verständigen, sie musste sich bei der Polizei melden, wählte die Praxisnummer und hatte, wie bereits vorher, die Anmeldung am Apparat.
Noch zwei Patienten, sagte Schwester Gertrud, und vier Hausbesuche.
Bitte stellen Sie mich sofort durch. Es muss sein.

Noch bevor die Schule aus war, saß nun auch Tanja im Wohnzimmer von der Mutter. Hörte zu, verbot sich jede Gefühlsregung und entschied, mit Marcus zur Polizei zu gehen. Karin Dehmel fiel ein, dass sie längst in der Schulbibliothek zu sein hätte, die Kinder hatten heute umsonst auf sie und Jim Knopf gewartet.

Bitte verstehen Sie, in einem solchen Fall und in dieser Zeit, wo sich die Anschläge mehren, müssen wir jeder Spur nachgehen. Wir hatten keine andere Wahl, als das Foto in die Zeitung zu setzen. Der Mann, der vor ihnen saß, machte ein angestrengtes Gesicht. Gut, dass Sie sich so schnell melden.

Wir werden morgen eine kurze Notiz in die Zeitung setzen lassen, damit Ihre Tochter keine Schwierigkeiten bekommt. Ist es möglich, dass zu Mohamed Wolbrand eine Beziehung bestand?

Ich wusste es, wir haben darüber gesprochen, aber soweit ich weiß, hatte sie längere Zeit keinen Kontakt mehr zu ihm, sagte Marcus, um Tanja zu entlasten.

Was für eine Art der Beziehung, falls Sie das wissen.

Marcus schüttelte den Kopf, Tanja dachte an das Foto unter dem Matratzenschoner.

Es wird nötig sein, auch Ihre Tochter zu befragen, denn die Dinge, die wir gefunden haben, machen Herrn Wolbrand verdächtig, einer Terrorgemeinschaft anzugehören.

Was sind das für Dinge? Marcus dachte an Jan. Was würde sein, wenn er es erfuhr?

Außer Schusswaffen auch Aufzeichnungen über Homs, Notizen, die für eine Verbindung mit islamischen Gruppierungen sprechen. Und Rauschgift, allerdings keine großen Mengen, wohl eher zum persönlichen Gebrauch.

Noch immer konnte Tanja ihre Gefühle unterdrücken, sie durfte jetzt auf keinen Fall die Kontrolle verlieren.

Meine Tochter ist fünfzehn, ich möchte dabei sein, wenn sie befragt wird.

Der Kommissar nahm sehr wohl wahr, unter welcher Anspannung die Frau stand, er hatte ein Mädchen, nur wenig älter als diese Leonie. Er und seine Frau hätten auch darauf bestanden.

Auch Mohamed sah das Foto in der Zeitung. Er hatte die Aufnahme vermisst, die er ohne Leonies Wissen beim ihrem

Aufenthalt in der Blockhütte gemacht hatte. Doch dann fiel ihm ein, dass er sie zu den Dingen gepackt hatte, die er mit auf seine Reise nehmen wollte, neben den Plan, den er nach den Hassans Angaben von Homs angefertigt hatte, die Adresse der Eltern und den Schriftverkehr mit den moslemischen Brüdern. Die Waffen. Seit er zu spät zu der Werkstatt gekommen war, um die letzten Sachen zu holen, wusste er, dass es Zeit war, aufzubrechen. Nun allerhöchste Zeit. Es würde eine lange Reise werden. Wenn er dort angekommen war, wollte er sich entscheiden.

Seit Tagen ging Sabine durch die Wohnung. Sie ging und ging, blieb stehen und betrachtete jede Einzelheit, die Bilder an den Wänden, das blaue Klappsofa, sah das Licht, das durch das Schlafzimmerfenster fiel, wenn sie aufwachte, als hätte sie es vorher nie gesehen. Dabei stimmte es nicht, sie hatte es sehr wohl wahrgenommen und genossen, genauso wie die hohen Decken, die breite Fensterfront im Wohnzimmer, die Küche, in der sie inzwischen genau wusste, wohin sie zu greifen hatte. All das hatte sie sich in den vergangenen Monaten zu eigen gemacht. Wenn sie auf dem Balkon saß und die Frühlingssonne sie wärmte, war es ihr unvorstellbar, dass demnächst jemand anderes dort säße und die Vögel nicht mehr für sie sangen. Für sie und Susanne. Vielleicht mehr noch für sie.

So leicht dahin gesagt hatte es der Freund: Die Wohnung verkaufen. Es war keine Frage des Marktes, spielend würde sie einen Käufer finden. Das war es nicht. Es war vielmehr sie selbst, die es sich nicht vorstellen konnte, drei Schritte rückwärts zu gehen und wieder auf fünfundvierzig oder auch zweiundfünfzig Quadrat zu leben. Mehr standen ihr nicht zu. Sie brauchte Auslauf, frische Luft, einen Ausweg, etwas, das ihr von irgendwoher zuflog, deshalb entschloss sie sich zu dem Spaziergang, der hoch oben über dem Fluss endete, wo die Gedanken an keine Grenzen stießen. Die Zeit war lang genug. Susanne war, seit Schwester Gertrud kam, früh fertig, einen ganzen Tag könnten sie dort oben sein. Die Krankenschwester hatte noch eine Woche zugegeben, weil Sabine sich nicht entscheiden konnte, Susanne in der Residenz Waldesruh unterzubringen, und auch das Zimmer dort noch nicht freigeworden war.

Als nicht nur ihre Mutter, auch die Oma vor der Schule standen, unabhängig voneinander hatten sie beschlossen, Leonie abzuholen und sich vor Minuten dort getroffen, dachte das Mädchen sofort an Mohamed. Es war die Sorge, die sie in deren Gesichtern sah. Beide hatte sie angelogen, ihre Beziehung zu dem Freund mit der Flüchtlingsgruppe erklärt. Wie auch immer, sie mussten dahintergekommen sein. Oder Onkel Marcus hatte geredet. Nun würde das Strafgericht folgen. Du sollst nicht lügen.

Sie fühlte sich noch immer geschwächt durch das tagelange Unwohlsein, würde alles zugeben und um Entschuldigung bitten. Und wenn sie Mohamed erst kennenlernten, würden sie ihr alles verzeihen.

Wie eine Eskorte waren die beiden Frauen jede an eine Seite des Mädchens getreten, ein Kuss links, ein Kuss rechts, die Mutter nahm ihre Hand und drückte sie.

Es wird alles gut, sagte die Oma.

Ja, das wollte auch Leonie, diese ganz Geheimnistuerei kostete Kraft. Gut, dass es vorbei war! Aber warum war die Mutter nicht in der Praxis um diese Zeit?

Zu dritt gingen sie zum Auto, Leonie wusste nicht, wie sie einen Anfang finden sollte, sie schwieg deshalb, auch die Mutter und die Oma schwiegen. Zu Hause, da geht es leichter, dachte sie, aber die Mutter nahm einen Weg, der nicht nachhause führte, hielt vor einem mehrstöckigen Gebäude, schaltete den Motor ab und drehte sich zu ihr um, während die Oma weiterhin nach vorn sah.

Leonie, du musst ein paar Fragen beantworten, die deinen Freund Mohamed betreffen, wir können das nicht verhindern. Wieder drückte die Mutter Leonies Hand, die oben auf der Rückenlehne des Vordersitzes lag. Ihre Stimme zitterte.

Ja, das will ich, es tut mir leid. Auch Leonies Stimme zitterte.

Ich begleite dich ins Kommissariat, bitte verschweige nichts. Es kommt darauf an, dass du die Wahrheit und nichts als die Wahrheit sagst. So schwer es für dich auch sein mag.

Tanja wusste nicht, für wen die Tortur, die nun folgen würde, schlimmer war, für sie oder für ihre Tochter. Sie dachte daran, wie wenig Zeit sie für die Familie in der letzten Zeit hatte. Nur an sich hatte sie gedacht: Aus dieser für sie unerträg-

lichen Situation hatte sie herausgewollt und die Praxis war die Lösung. Ihre Lösung.
Es wird alles gut, mein Kind.
Auch die Oma drehte sich nun um, sie hatte Tränen in den Augen. Ich warte hier auf euch und dann gehen wir ein Eis essen. Eis aß Leonie für ihr Leben gern, das wusste Karin.

Tanja war nach der Unterredung auf dem Kommissariat nicht in der Lage, in die Praxis zu gehen. Sie rief noch von unterwegs Schwester Gertrud an, bat diese, die Termine für die Woche abzusagen und ein Schild an der Tür anzubringen. Praxis bleibt wegen dringenden Familienangelegenheiten geschlossen.
Ist Ihre Mutter gestorben, Frau Doktor?
Tanja erschrak. Der Schreck hätte die Mutter tatsächlich umbringen können. Nein, nein, das ist es nicht. Ein anderes Mal, Schwester Gertrud.
Machen Sie sich keine Sorgen wegen der Praxis, ich werde da sein. Eine Woche, das ist für die meisten der Patienten kein Problem und wir haben ja auch eine Vertretung für solche Fälle.

Leonie kam Karin wie eine Schaufensterpuppe vor, so steif und leblos saß sie auf dem Rücksitz. Sie unterdrückte die vielen Fragen, die sie beschäftigten, bat mitkommen zu dürfen, allein zuhause hielte sie es jetzt nicht aus. Aus dem Eis würde heute wohl nichts. Auf der Fahrt sprach niemand, auch die erste halbe Stunde im Haus nicht. Karin kochte

Kaffee, Tanja versuchte, Tom im Geschäft zu erreichen, er war gerade in einem Kundengespräch, Leonie saß nach wie vor stumm und reglos im Schneidersitz, den Blick in den Garten, auf dem Ledersofa im Wohnzimmer.

Wenn es Mühlräder im Kopf gäbe, die sich schwer drehten und anhielten, wenn der Wasserstrahl zu klein würde, dann wäre es eine passende Beschreibung dafür, was in ihrem Kopf vorging. Eine langsame Vorwärtsbewegung der Gedanken, die sich nach einer Weile zu einem Kreis schlossen und von neuem einen Anlauf machten, um zu einem Ergebnis zu kommen. Nur ein Ergebnis! Mehr wollte sie nicht!

Sie hatte erzählt, wie sie Mohamed kennengelernt hatte, von den nachfolgenden Begegnungen, dass er Moslem geworden war und Arabisch lernte, dass sie sich darüber gewundert hatte, sagte auch, dass er noch nicht wusste, was er werden und machen wollte, wie erschrocken sie gewesen war, als sie nach dem Urlaub zu der Stelle gekommen war, wo früher die Werkstatt gestanden hatte und er nicht mehr dort war.
Er nicht und nichts, gar nichts, nur das Schild.
Sie hatte gezögert, von der Blockhütte zu erzählen, es dann aber doch getan, auch dass sie dort übernachtet hatte und hoffte, dass er sich dort noch aufhielt. Die Frage des Kommissars, ob er eine Schusswaffe hätte, verneinte sie, das könne sie sich nicht vorstellen, er sei ein Mensch, der das Gute in der Welt wollte, eine bessere Welt. Ihre Bedenken, ob er sich immer an die richtigen Mittel hielt, verschwieg sie. Doch sie erklärte sich bereit, mit dem Mann zur Blockhütte zu gehen, am liebsten wäre es ihr, wenn ihr Onkel, der ja Mohamed auch kannte, mitkäme. Die Mutter hatte schwei-

gend danebengesessen, zugehört, auch für sie waren das Neuigkeiten, und sie fragte sich, welchen Schaden das Mädchen aus dieser Situation davontrug.

Die Residenz Waldesruh teilte Sabine Lummer telefonisch mit, dass Zimmer 15, auch Abendblick genannt, nun frei war und sie sich freuen würden, ihre Zwillingsschwester aufzunehmen. Es gäbe noch eine andere Anfrage, doch Frau Lummer hätte den Vorrang, deshalb wüssten sie gern, ob und ab wann sie mit ihr rechnen könnten. Spätestens am fünfzehnten des Monats möchten sie das Zimmer neu belegen. Der Anruf kam am zehnten. Wenn Sabine noch nie etwas ausstehen konnte, dann war es, unter Druck zu stehen, nicht, weil sie es nur unangenehm fand. Sie wurde dann panisch. Und so hastete sie nun durch die Wohnung, von Susannes Zimmer ins Schlafzimmer, öffnete den Kleiderschrank, ohne sich entschließen zu können, was sie heute anziehen wollte, öffnete und schloss die Schubfächer in der Küche und wusste nicht mehr, was sie suchte. Sie lief zum Telefon, unbedingt musste sie mit dem Freund darüber sprechen, doch sie fand weder das Telefonverzeichnis, noch die Nummer in ihrem Kopf, die sich seit Jahren nicht geändert hatte, legte den Hörer auf, suchte das Smartphone und drückte seine Nummer, entschied sich aber dann, erst die Praxis anzurufen. Bevor sie die Ärztin nicht gesprochen hatte, konnte sie unmöglich etwas sagen. Dann erinnerte sie sich, dass diese nicht da war, dass der Termin deshalb verschoben worden war, nahm wieder das Smartphone und ließ es klingeln. Als der Freund nicht abhob, wer weiß, wie lange er nicht zu erreichen war, ging sie zurück ins Schlafzimmer, dort saß Susanne im Rollstuhl am Fenster, durch das heute die Sonne auf sie herunterstrahlte. Wirklich aus wolkenlosem Himmel, wie lange hatte Sabine sich darauf gefreut. Und nun ausgerechnet heute. Sie schob den Rollstuhl ins Wohnzimmer, dann auf den Balkon und wieder zurück. Wenn doch Schwester Gertrud schon da wäre, auch mit ihr könnte sie das besprechen, doch es war erst halb vier. Diese Raserei noch weitere zweieinhalb Stunden, das würde sie nicht überstehen, nicht eine Stunde länger könnte sie das. Sie schob den Rollstuhl wieder ins Krankenzimmer, schloss die Tür ab, auch wenn es ihr unsinnig vorkam, zog das Kleid vom Vortag an und verließ die Wohnung. Sie lief am Fluss entlang, beinahe hätte sie einen Radfahrer zu Fall gebracht, weil sie abrupt stehenblieb, sich umdrehte, als verfolge sie jemand. Aber es war gar nicht so unrichtig dieses Gefühl, dieser Anruf saß ihr tatsächlich im Nacken.

Das Smartphone blinkte, der Freund hatte versucht sie zu erreichen, bin noch bis sechs zuhause, melde dich. Um sechs kam auch Schwester Gertrud, vielleicht war es besser, erst mit ihr zusprechen, sie kannte ja die Situation in den Heimen, kannte auch die Schwester. Wieder ging sie zu Susanne, die vor sich hindämmerte, wieder schob sie den Rollstuhl vom Balkon ins Wohnzimmer und setzte sich in einen Sessel neben sie.
Schon fünf vor sechs kam Schwester Gertrud. Woher sie nur diese Ruhe nahm! Die bemerkte das Flattern von Sabines Augenlidern, auch dieses Hinundherfahren der Hände, fragte, ob es etwas Besonderes gäbe.

Das Heim hat angerufen, Susanne kann dort ein Zimmer haben. Wie viel Wert hat ihr Leben eigentlich noch, Schwester? Diese Frage kam unerwartet. Es folgte ein aufmerksamer Blick, ein leichtes Schürzen des Mundes.
Das kann niemand genau sagen, Frau Lummer. Da gehen die Meinungen sehr auseinander. Haben Sie sich denn entschieden?
Susanne blieb die Antwort schuldig, es hatte geläutet.

Marcus sagte sofort zu, als Tanja ihn bat, Leonie bei dem Gang zur Blockhütte zu begleiten. Er dachte darüber nach, ob er zu leichtsinnig bei seiner Einschätzung der Beziehung zwischen den beiden gewesen war. Erste Liebe, das war wohl doch nicht alles. Oder vielleicht doch. Ob Tom seine Tochter nicht begleiten wolle, das fragte er mehr anstandshalber, als sie am Telefon sprachen, doch er kannte Tom zu gut, das hätte seinem Charakter Dinge abgefordert, die dort nicht angelegt waren. Entweder wäre er cool neben Leonie hergegangen oder er hätte Horrorbilder aus seinen Krimis heraufbeschworen. Beides diente nicht in dieser Situation. Und alle waren davon überzeugt, dass jemand an Leonies Seite sein musste.
Tanja schrieb einen Krankenschein, den Niklas in der Schule abgeben sollte, der die Situation zuhause nicht erfasste. Man hatte beschlossen, ihn rauszuhalten. Als ein Mädchen aus seiner Klasse sagte, ich glaube, deine Schwester war gestern in der Zeitung, sagte er: Du spinnst und war kurz darauf damit beschäftigt, seiner Banknachbarin ein Stück Schokolade

zuzuschieben, die ihn dafür mit einem unvorstellbaren Lächeln bedachte. Schokolade war nichts dagegen.

Der gleiche Weg. Erst durch die hohen Stadthäuser, dann durch die zweistöckigen Bauten, an den kläffenden Kötern vorbei, sie passierten den Bäckerladen, es roch nach frischem Brot, danach die schmalen Wege durch die Felder, ein paar Radler, einer mit Hund, dessen Ohren durch den Wind flogen, den steilen Weg hinauf, an den Brombeerbüschen vorbei, die Abbiegung, der schmale Weg, auf dem man nur hintereinander gehen konnte. Leonie als erste, dann Marcus, nach ihm der Mann aus dem Kommissariat. Etwas später die Lichtung, ganz unten der dunkle Fleck, der sich vom Grund abhob. Leonie blieb stehen.
Sollte sie wünschen, dass Mohamed dort unten war?

Der steile Abhang, bis sie bei der Blockhütte angekommen waren, mehr rutschend wie beim letzten Mal. Die Bank davor, dort hatten sie gesessen. Die Tür war unverschlossen, der Schlüssel lag auf dem Tisch. Die Tassen und Teller standen ordentlich im Holzregal, auch der Kasten mit dem Besteck. Der Besen war da, die Säge, das Hackbeil, die zusammengerollte Luftmatratze. Aber Mohamed nicht.
Sie gingen über das Grundstück, Marcus sah, dass die Bäume beschnitten waren, sah die Dusche hinter dem Haus, das geschichtete Holz. Da hatte jemand für länger vorgesorgt. Hier ließe es sich leben, im Sommer jedenfalls.
Der Vogel ist ausgeflogen, sagte der Kommissar. Er sah zu dem Mädchen, es bemühte sich, dass niemand ihr ansah, was in ihr vorging, und dachte an seine Tochter.

Marcus ging zu Hassan. Mohamed ist verschwunden, weißt du, wo er sein könnte?
Er hatte ihn seit drei Wochen nicht gesehen. Der Freund hatte geschrieben, dass er nicht kommen konnte. Viel Arbeit.
Er wollte eine Reise machen, aber wann und wohin, weiß ich nicht, aber ich glaube ins Arabische, hat ja gelernt wie ein Verrückter. Und gut. Vielleicht ist er schon unterwegs dorthin. Hassan hob ratlos die Hände.
Es kann sein, dass die Polizei kommt und dich nach ihm fragt. Du musst dann ihre Fragen beantworten, sagte Marcus und sah, wie der Junge vor ihm erschrak.
Nein, bitte keine Polizei, keine Polizei. Hassan nahm die Hand des Schreiners. Du kennst die Polizei nicht. Ich will bleiben, bist du nicht mit mir zufrieden?
Marcus hatte Mühe, seine Hand freizubekommen und seine Rührung zu verbergen.
Du kannst hier bleiben, ich bin sehr zufrieden mit dir, das werde ich ihnen auch sagen. Aber sie wissen, dass du Mohamed kennst und sie fragen alle, die ihn kennen.
Auch den Vater?
Alle. Auch Leonie.
Das arme Mädchen. Sie wird Angst haben wie ich.

Von dem Augenblick an, als Hassan gebeten wurde, sich bei der Polizei zu melden, war nichts mehr mit ihm anzufangen. Er überlegte, ob er seinen Eltern davon schreiben sollte, fragen, ob Mohamed sich bei ihnen gemeldet hatte, er kannte ja deren Adresse. Aber was würden sie denken, nichts als die gleiche Angst wie er würden sie haben, Polizei, das war ein

Wort, das jeden in der Stadt ängstigte. Nicht viel besser als die Terroristen, die die Menschen verschleppten.
Marcus sah, der Junge konnte sich nicht konzentrieren, er ließ den Stechbeitel fallen und sah übermüdet aus.
Es sind nur ein paar Fragen, Hassan, keiner wird dir etwas tun.
Und wenn sie mir nicht glauben, wenn sie etwas anderes hören wollen, als ich weiß, schicken sie mich dann nicht zurück?
Das dürfen sie nicht.
Hassan lachte hämisch. Die Polizei darf alles. Weißt du das nicht?
Hier ist es anders. Du wirst in einer Stunde wieder bei mir sein.
Hassan nahm sein Fahrrad, er kannte das Gebäude, in zehn Minuten war er dort. Im Fahrradständer war noch Platz, er stellte das Rad dorthin und schloss es ab. Neben ihm hielt ein Auto, ein Polizist stieg aus, schlug die Tür mit einem kräftigen Schlag zu. Der Ton war laut, aber der Mann hatte ein freundliches Gesicht. Hassan ging hinter dem Polizisten auf den Eingang zu, sah, als die Tür aufging, Männer in Uniformen mit Pistolen und drehte ab. Mehrere Male versuchte er es, dann nahm er sein Rad und fuhr zurück in die Werkstatt.
Es geht nicht, sagte er, als der Schreiner in erwartungsvoll ansah.
Du warst nicht dort?
Dort ja, aber nicht drin.
Marcus rief erst Jan an, dann den zuständigen Beamten bei der Polizei, erklärte ihm, Hassan käme später mit seinem Be-

rufsschullehrer vorbei, damit es keine sprachlichen Missverständnisse gäbe.

Als der Beamte, ein Mann um die dreißig, der die Vernehmung führte, hörte, dass der junge Mann aus Homs kam, wurde er hellwach. Da waren doch neben den anderen Dingen in dem Versteck Pläne, Anschriften und Straßennamen aus dieser Stadt gefunden worden. Achtung! Hier konnte er sich verdient machen. Nach den Vorfällen, in denen der Polizei Nachlässigkeit vorgeworfen worden war, musste er durchgreifen. Jeder, der aus diesen Ländern kam, konnte einer terroristischen Vereinigung angehören. Er musste diesem Araber, auch wenn er nicht gefährlich aussah, auf den Zahn fühlen. Und das tat er, bis Jan sagte: Ich glaube, mehr hat Hassan nicht auszusagen, ich lege meine Hand für ihn ins Feuer, jetzt lassen Sie uns bitte gehen.
Der Polizist war irritiert, hier war er doch derjenige, der das Sagen hatte, aber der Mann, der den Araber aus Homs begleitete, sah ihm so direkt in die Augen, dass er sich das Heft aus der Hand nehmen ließ, auch wenn es der Vater des gesuchten Mohamed Wolbrand war.
Gut, aber halten Sie sich für weitere Fragen bereit, sagte er. Schließlich wollte er nicht sein Gesicht verlieren.

Karin Dehmel war durch die Ereignisse aus ihrer Umlaufbahn gestürzt, aus dem sicher geglaubten Leben. Trotz Grippeschutzimpfungen lag sie hustend und schwitzend im Bett, konnte sich nicht erinnern, dass es in ihrem Erwachsenenle-

ben schon einmal vorgekommen war. Auch niemand sonst in der Familie. Das Fieber stieg auf neununddreißig Grad, entzog ihr die üblichen Kräfte, die Augenlider wurden schwerer und schwerer, die Beine schwächer und schwächer und der Appetit verschwand. Sie wollte aufstehen und konnte nicht.
Tanja kam täglich, brachte Hühnersuppe, Saft und Antibiotika. Wenn das Fieber in zwei Tagen nicht weg ist, musst du dich röntgen lassen. Nicht, dass du eine Lungenentzündung hast. Marcus wird dich fahren, ich möchte Leonie nicht zu lange allein lassen.

Das Mädchen, was war nur mit ihr passiert? Diese Frage war alles, was in Karin Dehmels Kopf noch Platz fand, darum drehten sich ihre Fieber- und Wachträume. Da ging Leonie neben einem Mann in Kampfuniform, er mit einem Gewehr in der Hand, sie hatte ein Tuch um den Kopf geschlungen, trommelte auf einem Tamburin, und aus den Augen der beiden kam ein Feuerstrahl, der Karin beinahe verbrannte. Ein anderes Mal sah sie eine zerbombte Stadt, in der Kinder und Frauen in den Trümmern buddelten, ein kleines Mädchen hatte etwas in der Hand, zog daran und ließ es schreiend fallen. Es war ein einzelner Arm.

Im Röntgeninstitut stellte man eine Lungenentzündung fest. Am besten ins Krankenhaus, wenn Ihre Mutter allein lebt. Karin nahm den letzten Rest ihrer Energie zusammen und sagte, nein, dort ist mein Mann gestorben.
Tom und Tanja räumten das Zimmer von Niklas um, für die Oma mache ich alles, erklärte der, und stellten sein Bett in den Raum im Untergeschoss, wo die Wäsche getrocknet und

gebügelt wurde. Ihm war es recht, ein bisschen aus der Schusslinie zu sein. Im Haus war eine eigenartige Stimmung, sogar der Vater, der oft vor sich hinsummte, war brummelig. Niklas hängte seine Lateinvokabeln an die Wäscheleine und nahm eine nach der anderen bei drei fehlerfreien Versuchen wieder ab. Latein war cool, damit konnte er punkten. Ungestört dachte er an seine Banknachbarin, stellte sich vor, wie er ihre winzigen Locken mit seinen Lippen berührte, was ein unbekanntes Kribbeln im ganzen Körper verursachte.

Als Karin nach einer Woche ohne Fieber war, klopfte sie an Leonies Zimmer. Das Mädchen saß am Schreibtisch über einem Ordner, wie immer den Kopf tief über dem Geschriebenen und versuchte, sich die neuen Vokabeln einzuprägen, die ihr eine Mitschülerin vorbeigebracht hatte. Noch hatte sie eine Schonfrist, so hatte die Mutter gesagt, aber zwei, gar drei Wochen Schulversäumnis kurz vor Schuljahresende, das bedeutete weiteren Notenabfall, denn schon in der Zeit mit Mohamed waren ihre Leistungen um Punkte gesunken. Jetzt wäre wieder Zeit für die Schule, zum Lernen, aber diese Angst, die sie um Mohamed hatte, nicht zu wissen, wo er jetzt war, wie es ihm ging, die blockierte alles.
Karin räusperte sich, da hob Leonie den Kopf.
Ach, Oma, schön, dass du wieder gesund bist. Es tut mir leid, dass ich solche Aufregung mache, alles durcheinanderbringe, aber ich vermisse Mohamed und habe Angst um ihn.
Darauf wusste Karin nichts zu sagen.

Weil Sabine nicht zurückgerufen hatte, stand der Freund ohne Ankündigung vor der Tür, wollte wissen, ob es etwas Neues gab.

Die Waldesruh, das Zimmer ist frei. Susanne suchte eine Reaktion in seinem Gesicht. Er tat dasselbe und stellte fest, dass Sabine zerrupft aussah.

Ich kenne einen Makler, habe für ihn einen Prospekt übersetzt, der könnte schon mal Fotos von der Wohnung machen.

Jetzt schon? Das hat doch Zeit. Sie sah ihn ängstlich an.

Es dauert in der Regel mindestens ein halbes Jahr, bis ein Käufer gefunden, die Finanzierung gesichert ist und der Notartermin stattfindet. Ist denn noch genügend Geld auf dem Sparkonto für den Übergang?

Ein komisches Wort, Übergang, jedenfalls fand das Sabine und ihre Gedanken blieben daran kleben. Sie dachte an die Übergänge, die sie schon hinter sich hatte bis jetzt. Vom Kind zum Teenager, von da zur Erwachsenen, vom Elternhaus in eine eigene Wohnung, von der Angestellten zur Arbeitslosen, von dem symbiotischen Zustand mit Susanne zu einer Alleingelassenen. Ja, das war sie. Und nun sollte das noch immer nicht genug sein, nun sollte sie von der geräumigen Wohnung in eine Enge übergehen, die ihr noch in unangenehmer Erinnerung war. Sie besann sich wieder auf seine Frage.

Ich glaube, noch für ein Jahr. Ich werde bei der Bank nachfragen. So schnell kann ich mir das alles nicht vorstellen. Ich wohne doch auch hier. Mir fällt loslassen nicht so leicht, das weißt du doch.

Ok, dann frage ich ihn, wie die Situation auf dem Markt aussieht im Moment. Würde ihm die Wohnung gern zeigen. Dagegen hast du doch nichts, oder?
Wenn Susanne nicht mehr da ist, vorher nicht.

Als er gegangen war, ging Sabine in die Küche, dort lagerten die Weinvorräte, die sie in letzter Zeit angelegt hatte. Sie suchte einen Bordeaux, im Eichenfass gereift, er war aus dem Jahr 2009. Sieben Jahre, das verflixte siebte Jahr, dazu passte der Tropfen. Ein Abschiedstrunk. Zum Atmen ließ sie ihm keine Zeit, trank das erste Glas bereits in der Küche. Nach dem zweiten Glas, das sie im Wohnzimmer auf dem Sofa liegend bei eingeschaltetem Fernseher trank, später erinnerte sie sich nicht mehr, was auf dem Bildschirm zu sehen gewesen war, ging sie in Susannes Zimmer. Die lag im Bett, das seitliche Gitter war hochgezogen, Schwester Gertrud hatte in den letzten Tagen eine Unruhe an der Patientin bemerkt und wollte sicher sein, dass sie nicht in der Nacht aus dem Bett fiel. Es brannte nur die Notbeleuchtung, draußen war es bereits dunkel. Sabine zog den Sessel näher zum Bett, das Weinglas und die Flasche stellte sie auf dem Nachtschrank ab und betrachtete die Schwester, als sähe sie die zum ersten Mal. Und sie hatte Susanne tatsächlich lange nicht mehr so intensiv wahrgenommen. Oft war ihr deren Veränderung, das Auflösen des bekannten Gesichtes, unangenehm gewesen. Durch die Wirkung des Alkohols erschien jetzt alles weicher und sanfter, nicht nur die Schatten, die der Baum durch das Fenster warf, auch die Linien um Susannes Mund, die Falten auf der Stirn schienen sich zu glätten. Sie sah friedlich aus.

Eine Abschiedsgeschichte, dachte Sabine und dann erzählte sie von dem Urlaub auf Sizilien, der Vater hatte ihn zum Abitur seiner Zwillinge spendiert, das wussten alle im Dorf. Sie erzählte von den Männern, die nicht aufhörten zu pfeifen, wenn sie vorübergingen, von Tanzabenden zu heißen Klängen, von den Spaghetti mit der schwarzen Soße der Tintenfische und vom Aufstieg auf den Ätna, den sie beinahe nicht überlebt hätten. Schon mühsam war der Aufstieg gewesen, aber als sie oben am Rand angekommen waren und weit ins Land sehen konnten, traf sie eine Windböe, der sie kaum standhalten konnten. Sie hielten sich fest umschlungen, um einen stärkeren Widerstand zu bilden, auch, weil sie Angst hatten, und so unerwartet, wie der Wind sich aufgemacht hatte, war er wieder vorbei. Kein Feuer am Ätna aber Wind, hatten sie auf die Karte für die Eltern geschrieben.
Susanne hatte sich nicht gerührt während der Erzählung, ihr Mund war leicht geöffnet, ohne dass sie schnarchte. Das letzte Glas aus der Flasche trank Sabine, dann stand sie auf, beugte sich über die Schwester, um, wie sie es früher als Kinder getan hatten, das Gesicht der anderen mit geschlossenen Augen zu tasten. Doch stattdessen griff sie das Kissen, das dort lag. Lange hielt sie es mit beiden Fäusten umschlossen, nah am Gesicht der Schwester und plötzlich brach sie in einen Lachkrampf aus und warf es in hohem Bogen durch das geöffnete Fenster. In der Buche davor wirkte es wie eine riesige, weiße Blüte.

Sag mal Marcus, heißt deine Schwester nicht Finkelstein?
Die Stimme des Religionslehrers am Telefon klang neugierig. Meine Frau hat etwas in der Zeitung über ein Mädchen mit diesem Namen gelesen.
Meine Nichte, sie wurde für eine Aussage gesucht. Das ist eine ziemlich unschöne Geschichte. Es wäre mir lieb, wenn du nicht weiter darüber sprichst, aber wenn du auf ein Bier vorbeikommen willst, erzähle ich sie dir. Das täte mir sicher gut. Es beschäftigt mich und Nina möchte ich da nicht reinziehen, sie hat von Anfang an ihre Bedenken gehabt.
Bei dir um halb acht oder sind die Stunden nach sieben für die Ehe oder fürs Fernsehen reserviert?
Komm um acht, da haben wir gegessen.

Wie wenig er über das sprach, was ihn beschäftigte und wie gut es ihm tat, wurde ihm klar, als er von der Beziehung Leonies zu Mohamed erzählte. Von dessen Besuchen bei ihnen und bei Hassan, von der unnahbaren Haltung, von dem beinahe fanatischen Lernen der arabischen Sprache, vom Fasten, von der Blockhütte, zu der sie vor ein paar Tagen gelaufen waren. Auch von Ninas Zurückhaltung dem jungen Mann gegenüber. Und von dem Verdacht durch die in der Grube entdeckten Dinge.
Das Schlimme ist, dass ich es ihm wirklich zutraue. Ich wage nicht, mit meiner Nichte darüber zu sprechen, für sie ist das ein Schlag. Ihre erste Liebe und dann so was. Ich würde ihr gern helfen, habe keine Ahnung wie.
Sie sahen zu, wie es draußen dämmrig wurde, bald würde die Dunkelheit alles verschlucken.
Und die Eltern? Kanntest du nicht den Vater?

Er macht sich Vorwürfe, dass es ihm nicht gelungen ist, seinen Sohn auf die richtige Spur zu setzen. Seit Mohamed verschwunden ist, habe ich ihn noch nicht gesehen. Ich möchte nicht in seiner Haut stecken, kümmert sich um solche wie Hassan, und der eigene Sohn steht den islamischen Terroristen nah. Das ist doch verrückt!
Der andere nickte und sprach aus, was auch Marcus dachte.
Wenn nicht immer mehr Werte verloren gingen, sähe das vielleicht anders aus. An was soll sich die Jugend denn noch halten? Alles schwimmt davon, die Sicherheit und das Abenteuer. Es zählt, wer zahlt. Hast du von dem ehemaligen Traumschiff gelesen, das zum Uni-Campus avanciert ist? Die Semestergebühren liegen bei 22.000 Euro pro Semester. Da muss man sich doch fragen, wie weit wir noch von der Apokalypse entfernt sind! Die Religionen, gleich welche, haben zu allen Zeiten Halt und Sinn gegeben. Aber guck dir doch unsere Kirchen an. Das dürfte ich gar nicht sagen, aber zu den meisten Messen würde ich nicht freiwillig gehen. Auf dem Glaubensbekenntnis bestehen sie, statt die Verbindung zwischen den monotheistischen Religionen zu suchen, zu vermitteln und zu stärken. Um eine gemeinsame Lösung in dieser globalen Welt zu finden.
Du hörst dich nicht gerade an wie ein Theologe, warum bist du das eigentlich geworden?
Meine Großeltern suchten bei der Kirche Unterschlupf, sie wurden abgewiesen. Das war ihr Ende. Als ich später davon erfuhr, dachte ich, das mach ich besser. Nie hätte ich gedacht, wie verknöchert so ein System sein kann. Er seufzte.
Daher die dichten, dunklen Locken, dachte Marcus und prostete ihm zu.

Firma OMOHAUS war zum Spatenstich geladen und natürlich galt die Einladung der Inhaberin der Firma. Immerhin hatte sie das Geschäft vermittelt und abgeschlossen und nicht nur das, sie war an dem Komplex, der dort nun entstand, auch beteiligt. Sie musste sich in der Uhrzeit geirrt haben, da parkte noch kein Auto, niemand war zu sehen. Sie suchte die Einladung, hatte sie wohl im Büro vergessen, und rief die Sekretärin an.
Ach, hat Sie meine Nachricht nicht erreicht? Der Spatenstich ist abgesagt, eine einstweilige Verfügung. Verschoben bis auf weiteres.
Ein Zischen durch die Zähne, das würde teuer werden. Sie hatte bereits Kaufverträge mit Interessenten für ihre fünf Wohnungen abgeschlossen. Außerdem würde es dem Ansehen der Firma schaden.
Recht nervös ließ sie sich mit der Behörde verbinden, die die einstweilige Verfügung erlassen hatte und bat darum, ihr die Gründe dafür zu nennen. Doch die Frau am Telefon verwies sie auf den Bauherrn, dem läge die Begründung vor. Vom Büro aus wollte sie die Baufirma später anrufen.

Sie war aus dem Auto gestiegen, war auf das plane Grundstück getreten, sah nach dem Sonnenstand. Sie hatte Anspruch auf fünf Wohnungen im vierten Stock, Südwestlage mit Terrasse, ganz darauf konzentriert hatte sie Jan nicht kommen hören. Er stand in zwei Meter Abstand und beobachtete sie, fragte sich, was Mos Mutter hier wollte.
Ihn hatte es, seit sein Sohn verschwunden war, fast täglich hierher getrieben, er glaubte noch immer an das Wunder, dass er zurückkäme. Er konnte doch nicht einfach spurlos

verschwinden aus seinem Leben! Mos Mutter zuckte zusammen, als sie Jans zynische Stimme hörte.
Wartest du auch auf deinen Sohn?
Hast du mir die Sache eingebrockt, ähnlich sähe es dir?
Natürlich, ich brocke dir doch immer alles ein, ich und Mo, wir haben dir ein Leben lang in deine Suppe gespuckt. Das ist ja nun Gott sein Dank vorbei. Er ist ja verschwunden. Oder weißt du, wo er ist? Du hast ihn ja auf dem Gewissen.
Jan brachte der Anblick, die Art von Mos Mutter, einfach in Rage.
Dahin, wo man geht, wenn man Dreck am Stecken hat, nehme ich an. Sie sah wieder nach der Sonne, die sich durch die Wolken kämpfte.
Ach, und das weißt du und hast damit natürlich nichts, überhaupt nichts zu tun.
Sie sah ihn hinter der dunklen Brille von oben herab an, als sie sagte: Der Apfel fällt nicht weit vom Stamm.
Schon während des Wortwechsels war Jan näher gekommen, jetzt machte er noch einen Schritt auf sie zu, sein Arm schnellte nach vorn und ehe er sich besann und ihn zurückhalten konnte, schlug seine Faust zu. Mos Mutter taumelte. Als sie Beherrschung wieder gefunden hatte und auf den blutigen Zahn in ihrer Hand zeigte, schrie sie mit der Stimme mit der sie früher Friedensparolen geschrien hatte: Das wird dich teuer zu stehen kommen!
Und trotz des Schreckens, der auch in Jan über seine Kühnheit steckte, oder sollte er es Unbeherrschtheit nennen, brachte er heraus: Auf diesen öffentlichen Prozess freue ich mich. Das wird eine besondere Werbung für die Firma OMOHAUS!

Er sah auf seine Fäuste, dachte an Muhammad Ali und war ihm dankbar.

Was für eine furchtbare Nacht! Trotz der Flasche Bordeaux hatte Sabine nicht geschlafen. Jedenfalls kam es ihr so vor. Völlig gerädert lag sie im Bett, griff sich an den Kopf, in dem es brummte und summte. Sie musste raus, Schwester Gertrud stand jeden Moment vor der Tür. Ein Bein, noch ein Bein, der Boden war noch da, sie stieß sich vom Bett ab und stand. Da klingelte es auch schon.
Was ist denn mit Ihnen los, Sie sehen ja aus, wie durch den Wolf gedreht?
Eine schlimme Nacht.
Wegen der Waldesruh?
Wegen allem!
Ich mach Ihnen erst einmal Kaffee, Susanne wird dafür Verständnis haben. Sie weiß ja, wie schwer es Ihnen fällt.
Nach der zweiten Tasse klärte sich das Dämmrige in Sabines Kopf, es formten sich wieder Gedanken, auch der, dass sie im Pflegeheim Bescheid sagen musste, nur noch zwei Tage, dann wollten die das Zimmer neu belegen. Sie dachte an den Makler, der dann kommen würde, um durch ihre Wohnung zu laufen und alles zu begutachten. Wahrscheinlich würde er alles anfassen, wie der Gerichtsvollzieher, sie war einmal zugegen gewesen, als der bei einem Freund durch die Wohnung ging, um zu sehen, was da zu holen war. Und dann das danach! Das wollte sie sich heute auf keinen Fall vorstellen. Die leichte Übelkeit, die sie spürte, schob sie dem Wein zu.

Schwester Gertrud kam wieder in die Küche und setzte sich zu ihr an den Tisch.
Susanne ist fertig, sie sitzt im Rollstuhl, auch sie scheint sehr müde zu sein. Am besten ist es, sie machen einen Spaziergang, das Wetter soll schön werden. Und morgen sehen wir uns ja in der Praxis. Frau Doktor Finkelstein freut sich, dass sie sich für die Unterbringung ihrer Schwester entschieden haben.

Habe ich mich denn schon entschieden? Diesen Gedanken wälzte Sabine in ihrem Kopf, mit all den Konsequenzen, die es für sie bedeutete, da war sie schon lange wieder allein, bis die Sonne auf ihre leere Kaffeetasse fiel und die Farben intensiver machte. Die Schwester hatte recht, es wurde ein schöner Tag, sie wollte mit Susanne hoch über dem Fluss sitzen, hoch über allem Unangenehmen und Hässlichen, zum letzten Mal.

Eine Stunde später machte sie sich auf den Weg. Trotz der Müdigkeit spürte sie eine gewisse Leichtigkeit, der Weg schien ihr weniger beschwerlich. Gut, dass sie sich nun entschieden hatte. Wie beim letzten Mal begegnete sie dem Mann aus dem Flüchtlingsheim. Als er sie erkannte, winkte er, kam näher. I can do it, sagte er und zeigte auf den Rollstuhl. Vielleicht ist es gut so, dachte sie und ließ ihn das steile Stück nach oben schieben. No work, no money, no family, sagte er.
Das letzte Stück wollte Susanne selbst schieben. Sie bedankte sich, überlegte, ob sie ihm Geld anbieten sollte. Sie wusste es nicht. Mit einem No problem verabschiedete er sich, be-

vor sie sich dazu entschließen konnte, drehte sich um und ging wieder den Weg nach unten.

Nur sie beide waren dort oben, wo die Bank stand. Sie schob Susanne so, dass die den Fluss und die Schiffe sehen konnte, falls sie davon etwas wahrnahm. Tief unter ihnen, auf der anderen Uferseite, war ein Radweg, auf dem immer wieder Radfahrer auftauchten. Sie überlegte, ob es ein Stück des europäischen Radwanderwegs sein könnte, sie hatten vorgehabt, einmal an der Donau entlangzuradeln. Es war ein Vorsatz geblieben. Allein würde sie sich nicht auf den Weg machen.
Sabine setzte die Sonnenbrille auf, krempelte die Ärmel ihres T-Shirts hoch, die Sonne hatte bereits Kraft. Die letzten gemeinsamen Stunden waren das, beinahe wie früher, auch Susanne liebte die Sonne.

Als Sabine wieder auf die Uhr sah, war es zwei. Mit einem Ruck stand sie auf, hängte ihre Tasche an den Griff des Rollstuhls und sah sich um. Noch immer, wie meistens, waren sie die einzigen Besucher. Eilig überquerte sie die ebene Fläche, kam zurück auf den Weg, auf dem sie vor Stunden nach oben gekommen waren. Die Sonne fiel auch hier durch die Bäume. Sie schwitzte. Jetzt kam das steile Stück, das etwas weiter unten in die scharfe Wegbiegung überging. Sie zögerte kurz.
Eins, zwei, drei, dann rollte der Rollstuhl ohne sie weiter.

Als Sabine wieder zu sich kam, sah sie einen bärtigen Mann über sich gebeugt, der Kopf schmerzte, und als sie am Hinterkopf danach tastete, waren ihre Finger feucht und blutig.
Was ist passiert, sind Sie gestürzt, können Sie aufstehen? Der Mann, jetzt sah sie auch die Wanderschuhe einer Frau neben ihm, war besorgt. Er sah sich um und wartete auf ihre Antwort. Doch was sollte sie sagen? Wie konnte es möglich sein, dass sie hier lag?
Sie versuchte, sich zu konzentrieren, sich zu erinnern, was passiert war, aber da war nichts als ein schwarzes Ding in ihrem Kopf.
Ich muss gestürzt sein, als meine Schwester … Sie hielt sich die Hand vor den Mund.
Wo ist Ihre Schwester? War sie bei Ihnen?
Sabine zeigte nach unten und wurde von einem Drehschwindel erfasst.

Der Mann aus dem Flüchtlingsheim war nach dem Mittagessen wieder nach draußen gegangen. Gehen war besser als Nichtstun, das Rumsitzen ohne Beschäftigung war nichts für ihn. Er hatte einen kleinen Frisörladen gehabt in Bagdad, hatte jeden Morgen die gleichen Männer rasiert und ihnen von Zeit zu Zeit die Haare geschnitten. Manche, sie waren besser gestellt und mussten nicht auf jeden Dinar sehen, wünschten zusätzlich eine Haarwäsche. Es war ein schöner Beruf, bis der Krieg kam. Danach war alles anders. Kein Frisörladen, kein Geld, keine Aussicht auf Besserung, nur Angst. Er war erst fünfunddreißig, hatte eine Frau und drei

Kinder, wollte es versuchen und hatte es bis Deutschland geschafft. Das Land, das versprach, ihn aufzunehmen, das ihm beistehen würde, eine neue Existenz aufzubauen. Seit einem halben Jahr wartete er nun schon darauf. Auf eine Genehmigung. Ab und zu kam eine pensionierte Lehrerin ins Heim und versuchte, ihnen Deutsch beizubringen. Aber er hatte nicht die Nerven dafür, ihn beschäftigten ganz andere Dinge. Die Familie wartete auf Geld, darauf, dass sie nachkommen konnte. Ein Mann ohne seine Frau und seine Kinder, was war das?

Die Tasche lag auf dem Weg, orangerot. Er bemerkte sie erst im letzten Moment, hatte nach einem Vogel geschaut, der aufgeregt mit den Flügeln schlug. Er sah sich um, da war keine Menschenseele. Er hob sie auf. Hello, rief er, aber niemand antwortete. Hatte nicht so eine Tasche am Rollstuhl gehangen, den er heute Vormittag geschoben hatte? Er sah sich noch einmal um, rief noch einmal Hello. Nichts. Sie war nicht schwer, die Tasche, viel konnte da nicht drin sein. Zuerst hatte er das Smartphone in der Hand, dann einen Beutel mit einem Kamm und einem Lippenstift und dann ein Portemonnaie. Drei Geldkarten von verschiedenen Banken, vierhundert Euro in Scheinen und ein bisschen Kleingeld. Er zählte die Geldscheine noch einmal, plötzlich war er ganz aufgeregt. Hello, rief er zum dritten Mal, und als niemand antwortete, steckte er das Smartphone und das Portemonnaie in seine Jackentasche und warf die Tasche ins Gebüsch.

Noch immer gab es keine Spur von Mo. Leider, sagte der Kommissar, den Jan nun schon zum wiederholten Mal anrief. Hoffentlich ist ihm nichts zugestoßen, das war immer sein erster Gedanke, und kaum war der ausgedacht, kam zögernd der zweite nach, hoffentlich lässt er sich nicht zu einer Dummheit verleiten. Damit war für ihn klar, was er meinte. Doch es in Worte zu fassen, wagte er nicht, jedenfalls nicht, wenn er allein war. Er rief in der Schreinerei an und hinterließ eine Nachricht auf dem Anrufbeantworter.

Wie wär's mit einem kleinen Ausflug morgen, ich brauche eine Belohnung für die letzte Woche. Fünfhundert Quadrat Bambusparkett, ohne Hassan hätte ich das nicht geschafft. Typisch Marcus. Da war es um acht Uhr abends.

Ab elf habe ich frei, dann können wir los, sagte Jan.

Sie fuhren zu einem Ausflugslokal. Nicht nur die beiden Männer hatten an diesem Donnerstagnachmittag frei, mit Mühe bekamen sie zwei Plätze an einem der Biertische. Erbsensuppe mit Bockwurst und Bratheringe gab es, Schnitzel mit Kartoffelsalat. Schnitzel groß wie Elefantenohren stand da und sie hingen wirklich mit ihren Enden über den Tellerrand hinaus.

Ich habe meine Frau um einen Zahn erleichtert, Jan zeigte auf seine Faust, vielleicht kennst du einen Anwalt, falls sie ihre Drohung wahrmacht und Anzeige erstattet.

Marcus war beeindruckt.

Das ist Körperverletzung, hätte ich dir nicht zugetraut.

Es ist wegen Mo. Der Junge ist ihr völlig egal. Kannst du dir vorstellen, das er sich vom IS vor den Karren spannen lässt?

Ich kenne ihn wenig, aber für möglich halte ich es, Jan. Es deuten einige Dinge darauf hin, auch Leonie machte Andeu-

tungen, dass er ihnen nahestehen könnte. Sie hat sich viele Gedanken über ihn gemacht. Hätte sie bloß vorher darüber gesprochen, dann wäre er vielleicht ins Gefängnis gekommen, aber er würde überleben.
Der Freund hatte die Worte nun ausgesprochen, vor denen Jan sich fürchtete. Das Überleben. Vielleicht sollte er beten, seit seiner Kindheit hatte er das nicht mehr getan.
Hat die Polizei sich nochmal bei Hassan gemeldet, ich hoffe, sie lassen den Jungen in Ruhe. Der eine kommt wegen des Krieges hierher, und der andere geht deswegen dorthin. Die Welt wird mir immer unverständlicher. Jan schüttelte den Kopf.
Ich habe es schon lange aufgegeben, diese Welt verstehen zu wollen, für mich ist das vergebene Liebesmüh. Ich mache meine Arbeit und meine Musik und bin froh, dass ich Menschen kenne wie dich.

Schwester Gertrud rief bei den Lummers an. Es war Donnerstag um Viertel nach vier, eine Viertelstunde nach dem vereinbarten Termin in der Praxis. Niemand meldete sich. Auch das Pflegeheim, das nun wissen wollte, ob und wann die Patientin Susanne Lummer einzog, versuchte es mehrmals vergeblich. Kurz nach sechs stand die Schwester zusammen mit dem Freund der Zwillinge vor der Haustür. Sie klingelten. Als niemand öffnete, erinnerte sie sich an den Zustand von Sabine Lummer am Morgen und wurde unruhig, mehr noch, als sie hörte, dass auch der Freund vergeblich versucht hatte, die Frauen telefonisch zu erreichen, wusste er doch, was für schwierige Tage jetzt bevorstanden.

Ich habe einen Schlüssel.

Er fingerte ihn aus der Gesäßtasche, dort steckte er neben seinem eigenen und einem Fünfzig Euroschein. Die Tür war nicht abgeschlossen, nur zugezogen. Die Beklommenheit, die ihn erfasste, ließ ihn leise auftreten. Beide gingen von der Diele ins Wohnzimmer, dort stand die Terrassentür offen, gingen vom Krankenzimmer ins Schlafzimmer, aus dem auch hier geöffneten Fester sah er einen weißen Gegenstand im Baum hängen. Schwester Gertrud öffnete das Bad. Auch hier war niemand.

Dann sind sie noch unterwegs, sagte sie. Frau Lummer ist vielleicht irgendwo eingeschlafen, sie hatte eine schlechte Nacht.

Ich rufe vorsichtshalber bei der Polizei an, sagte der Freund, Sabines Unruhe der letzten Zeit war ihm aufgefallen und hatte ihn beschäftigt.

Er ging ans Telefon und wählte den Notruf. Er beschrieb die Situation und wartete. Ja, eine Frau im Rollstuhl, hörte ihn die Schwester sagen und atmete auf. Sie hatte sich ganz auf seine Stimme konzentriert und sah deshalb nicht, dass seine Hände, die den Telefonhörer hielten, zitterten.

Ein Unfall, ich muss zur Polizei. Jetzt war auch in der Stimme das Zittern zu hören.

Kann ich helfen, soll ich Sie begleiten?

Er war schon aufgestanden und auf dem Weg zur Tür.

Danke, ich rufe Sie in der Praxis an, wenn ich mehr weiß.

Ein Radfahrer hatte sich um vierzehn Uhr zehn bei der Polizei gemeldet und mitgeteilt, dass ein Rollstuhl an ihm mit großer Geschwindigkeit vorbeigefahren war, ihn beinahe umgefahren hatte, wäre er nicht in letzter Sekunde ausgewichen. In einer Kurve war der Rollstuhl geradeaus weiter in die Tiefe gerollt. Er beschrieb den Weg, den er nach oben gefahren war. Das ist meine tägliche Strecke, sagte er.
Bitte warten Sie dort, wir werden uns möglichst bald auf den Weg machen.
Zwei Polizisten waren nach einer für sie ungewohnten Wanderung zu der beschriebenen Stelle gekommen, an dem der Radfahrer noch immer verschreckt stand, hatten um Verstärkung gebeten, weil sie nicht feststellen konnten, wo der Rollstuhl gelandet war. Und dann war er gefunden worden. Die Frau darin war schwer verletzt und starb auf dem Weg zum Krankenhaus.
Das erfuhr der Freund auf der Polizeistation. Ein Foto gab es nicht. Es muss ja nicht Susanne sein, dachte er, aber andererseits war das der Weg, den er mit den beiden Frauen vor einiger Zeit gegangen war. Nur, wo war Sabine? Sie musste doch auch in der Nähe sein. War sie mit nach unten gerissen und nicht gefunden worden? War sie kopflos geworden und weggelaufen?
Bilder schossen ihm durch den Kopf von der Zeit vor dem Unfall, wo er nicht gewusst hatte, für welche der beiden er sich entscheiden sollte, dann danach die Abende mit Sabine, während Susanne schon nicht mehr die war, die er kannte und begehrt hatte, das Bemühen Sabines um die Schwester, ihre zunehmende Zerstreutheit, ja Abwesenheit, das Zögern,

Susanne im Pflegeheim unterzubringen, die Wohnung zu verkaufen.

Er nannte die Namen der Zwillinge, ihre Adresse, bat darum, ihn zu informieren, wenn die Identität der verunglückten Frau feststand, bei der man keine Papiere gefunden hatte.

Auch Schwester Gertrud ließ das Verschwinden der beiden Frauen keine Ruhe. Sie rief die umliegenden Krankenhäuser an und erfuhr, dass eine Frau in der Klinik, in der sie und Frau Doktor Finkelstein gearbeitet hatten, eingeliefert worden war. Alter und Beschreibung, die ihr eine frühere Kollegin gab, zu der sie noch immer Kontakt hatte, konnten auf Sabine Lummer passen. Sie war, so sagte die Kollegin, auf einem Wanderweg mit einer Kopfwunde von einem Ehepaar gefunden worden und befand sich in einem Zustand der Verwirrung.

Wenn es Sabine Lummer ist, müsste die Kollegin sie eigentlich kennen, das Zwillingspaar hatte damals für Aufregung gesorgt, dachte sie, aber es konnte natürlich sein, dass sie zu der Zeit nicht auf der Abteilung Dienst hatte. Das war öfter in Notsituationen vorgekommen und die waren nicht selten.

Es war Sabine Lummer, die sich an sie klammerte und in ein Schluchzen ausbrach, als sie sich spät am Abend über sie beugte. Susanne, Susanne, Susanne und ich bin schuld.

Nach einigen Tagen konnte man sich auf dem Polizeirevier ein Bild machen. Mehrere unabhängig voneinander eingegangene Meldungen fügten sich zu einem Ganzen. Dazu gehörte auch der Anruf eines Mannes, er war mit seinem Hund spazieren gegangen und hatte, als der sich ins Gebüsch trollte und mit einer orangeroten Tasche im Maul wieder zurückkam, sie zur Fundstelle gebracht. Es war eine Markentasche mit einem Kamm, einem Lippenstift, einem Schlüsselbund und einer Packung Tempotücher. Nein, keine Geldbörse, auch keine Kamera, auch kein Smartphone, er hatte nichts heraus genommen.

Die Frau im Rollstuhl war von einem Freund als Teil eines Zwillingspaares identifiziert worden, das er seit langem kannte und zu dem er auch in den letzten Tagen Kontakt gehabt hatte. Auch die Ärztin der Toten, die sich auch um deren Zwillingsschwester kümmerte, hatte sich gemeldet und gebeten, wenn es zu einer Vernehmung von Frau Sabine Lummer käme, dabei sein zu dürfen. Auch die gefundene Tasche konnte den beiden Frauen zugeordnet werden.

Was man noch nicht wusste, war, was sich auf dem Waldweg wirklich zugetragen hatte.

Karin Dehmel hatte Leonie und ihren Freund Hassan zum Kaffeetrinken zu sich eingeladen. Das wird dem Mädchen gut tun, dachte sie, noch immer war die Nichte so still wie früher niemals. Außerdem war sie neugierig, was der junge Mann, den sie seit ihrem Geburtstag kannte, über seine Heimat zu erzählen hatte. Sie wusste so gut wie nichts über die arabischen Länder, und wo nun immer mehr Menschen aus diesen Gebieten hierherkamen, war es eine Gelegenheit, etwas zu erfahren. Man war zu ihrer Zeit nicht so weit gereist und was die Zeitungen heute über Syrien schrieben hatte nichts mit den Dingen zu tun, die sie interessierten: die Natur, die Pflanzen, die Tiere, die Denkmäler. Sicher gab es auch Prachtbauten in Damaskus.

Der Syrer klingelte, da stellte sie gerade das Kaffeewasser auf, Leonie war noch nicht da. Er hatte eine Rose in der Hand, schien verlegen, als er sagte: Danke für die Einladung, Oma. Das war wirklich rührend. Sie bat ihn ins Esszimmer, holte eine Vase, da klingelte es auch schon. Gut, dass sie nicht lange allein blieben, sie wusste nicht so recht, was da zu sagen war, mit einem Migranten war sie noch nie allein in der Wohnung gewesen. Nein, sie hatte keine Befürchtungen, Marcus hatte von diesem Jungen, so nannte er ihn, nur in den höchsten Tönen gesprochen. Beinahe wie von einem Sohn.

Ach, du bist schon da, Hassan. Leonie gab ihm die Hand.

Kein Verkehr und keine Baustelle heute.

Er griff nach Leonies Hand, sie fühlte sich gut an. Zu gut, dachte er.

Wie immer war Karin der Käsekuchen gelungen, die hellgelbe, leichte Masse zerging auf der Zunge. Die beiden jungen Leute nahmen noch ein zweites Stück.

Bei uns gibt es Dattelkekse und Gebäck aus Pistazien, sagte Hassan, auch sehr gut. Die macht meine Mutter.

Dann erzählte er von der Zeit, als es noch keinen Krieg in Syrien gab, vom Azim Palast und der Umayyaden-Moschee in Damaskus, dorthin hatten die Eltern mit den Kindern einen Ausflug gemacht, auch am Meer waren sie gewesen. Seine kleine Schwester hatte vor Vergnügen gekreischt, als sie sich nass gespritzt hatten. Er suchte im Smartphone nach einem Foto und fand es nach einer Weile. Da stand ein wunderhübsches, kleines Mädchen in einem geblümten Kleid, das nasse Haar zusammengebunden, dem die Lebensfreude aus allen Poren drang. Amani, sie ist die Kleinste, ich liebe sie sehr und möchte sie bald wiedersehen. Seine Stimme wurde melancholisch. So ein bezauberndes Bild, das war Karin völlig klar, jeder musste sich von diesem Kind und seinem Lachen anstecken lassen und es vermissen.

Es erinnerte sie an das Foto, das ihr ein Nachbar gezeigt hatte, einer von der freiwilligen Feuerwehr, er hatte es auf einer Radtour im letzten Sommer durch Österreich in Feldkirchen an der Donau aufgenommen. Dort hatten sich die Feuerwehrleute Gedanken gemacht, wie sie den Flüchtlingen, Menschen aus Syrien, dem Irak aus Afghanistan und Pakistan, die in der landwirtschaftlichen Berufs- und Fachschule in Bergheim untergebracht waren, zeigen konnten, dass sie willkommen waren. Und so entstand die Idee, bei Temperaturen bis zu 36 Grad im Schatten, für Abkühlung zu sorgen. Es wurden ein Hydroschild und ein Strahlrohr aufgebaut, die Kinder und Erwachsenen standen erst in einigem Abstand, dann aber kamen mehr und mehr dazu, um sich abzukühlen. Alle, die Feuerwehrleute, die Bewohner und die Flüchtlinge, waren glücklich, das hatte er ihr erzählt und ihr das Bild von einem Mädchen gezeigt, das der kleinen Amani ähnlich sah.
Hassan erzählte auch vom gewaltigen Alawitengebirge, von Flamingos und Zypressen.
Aber heute kann man nicht mehr reisen, der Krieg hat alles kaputt gemacht. Unsere Häuser, unsere Familien und unsere Seelen. Deshalb bin ich ja hier.

Und Ihrem Freund Mohamed haben Sie Arabisch beigebracht. Ist das nicht furchtbar schwer zu lernen?
Hassan sah Leonie an, die nickte.
Es ist nicht schwerer als die deutsche Sprache für mich.

Das Entsetzen von Tanja Finkelstein war unbeschreiblich, als sie von Schwester Gertrud hörte, was passiert war. Susanne Lummer tot, Sabine Lummer auf der neurologischen Station. Sofort schlug die alte Schuld wieder zu. Sie hatte die beiden auf dem Gewissen! Ihre Aufgabe war es nun, wenigstens Sabine zu retten. Wie musste der Tod ihr zusetzen, ihr, der nichts Wichtiger war, als das Wohlergehen der Schwester. Wie konnte es zu dem Unfall gekommen sein? Schwester Gertrud hatte von einem Spaziergang in einer recht einsamen Gegend gesprochen. Die Situation hatte sich ja sehr verändert, seit die vielen Fremden in der Stadt waren. Ihr fiel der Abend ein, als die Mutter aus Griechenland zurück war und sie gemeinsam beim Griechen gesessen und gegessen hatten. Selbst ihre unerschrockene Mutter hatte sich geängstigt. Und nicht zu Unrecht.
Sie musste zu Sabine Lummer, gleich nach Praxisschluss.
Na, so eine Überraschung, Frau Finkelstein, der Oberarzt stand vor ihr, als sie aus dem Auto stieg. Was verschafft uns denn die Ehre? Er tat freundlich.
Ein Krankenbesuch. Das Recht werden Sie mir doch nicht auch noch absprechen wollen. Sie bemerkte das Zucken seiner Augen und ließ ihn stehen.

Sabine lag in einem Einzelzimmer, neben dem Bett stand noch der Infusionsständer, aber sie war nicht mehr daran angeschlossen. Anfangs hatte man sie fixiert, weil sie um sich geschlagen hatte, seit sie ruhiger geworden war, versuchte man es mit Tabletten. Die Wunde am Hinterkopf, nicht besonders tief, war mit einem Pflaster versorgt. Sie konnte von einem Schlag herrühren oder auch vom Aufschlagen beim Fallen, das konnte man nicht genau sagen. Soweit hatte man Tanja informiert.
Sie würde das herausfinden. Musste das herausfinden. Sie ging zum Bett, die Patientin hatte die Augen geschlossen, doch sie schlief nicht, die Ärztin nahm die Augenbewegungen unter den Lidern wahr. Der Atem war flach, aber regelmäßig.
Frau Lummer, ich bin Frau Doktor Finkelstein, ich wollte Ihnen guten Tag sagen.
Die Augen öffneten sich, waren schreckgeweitet. Ich möchte sterben, eine kurze Pause. Böse Menschen haben kein Recht zu leben.
Es war die Stimme eines kleinen Mädchens, nicht älter als fünf oder sechs. Die Augen waren wieder geschlossen.
Jetzt erzählen Sie mir erst einmal, was passiert ist, Frau Lummer. Sie wissen doch, ich werde alles tun, um Ihnen zu helfen.
Sabine schwieg, ihr Atem ging schwerer. Es ist der Schock, das kannte Tanja, er setzt das normale Denken außer Kraft, verdrängt die Ereignisse. Deshalb fing sie an, von dem Spaziergang der beiden zu erzählen, darauf hoffend, dass sich die Patientin wieder erinnerte.

Es war ja ein schöner Tag, da waren sie sicher nicht allein unterwegs. Haben Sie jemanden getroffen im Wald?
Nach einer Weile, sie hatte sich bereits eine andere Frage überlegt, sagte Sabine Lummer, noch immer mit geschlossenen Augen: Wieder den Araber.
Der Adrenalinstoß machte Tanja hellwach.
Sie kannten ihn also schon?
Er hat den Rollstuhl geschoben dieses Mal, aber nur ein Stück und dann ... Sie schwieg.
Und dann hat er sie auf den Kopf geschlagen, oder?
Die lange Pause, die folgte, war für die Ärztin kaum erträglich.
Kann sein, sagte jetzt Sabine mit einer veränderten Stimme. Warum nicht, dachte sie, denn sie hatte keine genaue Erinnerung an das Geschehen, da tauchte immer wieder dieses schwarze Loch auf, das sie und alles verschlang. Aber er war ja da gewesen, das wusste sie noch genau. Und sie hatte ihn dieses Mal schieben lassen. Auch das wusste sie. Und nun war Susanne tot.

Tanja wollte sich den Weg ansehen, den die Zwillinge genommen hatten, sie musste herausfinden, was genau geschehen war. Sie und Tom gingen am Wochenende dorthin, der Polizist hatte ihr am Telefon die Stelle beschrieben, wo der Rollstuhl vom Weg abgekommen und in die Tiefe gestürzt war. Als sie an der alten Feuerwehr vorbeikamen, standen ein paar Männer vor dem Gebäude und rauchten und lachten. Kurz darauf führte der Weg in den Wald. Der Araber, dachte Tanja. Sie stiegen den ganzen Weg nach oben, sie nahm jede Wegbiegung, jede Baumwurzel wahr, auf der

Lichtung saß sie mit Tom dort, wo noch vor kurzem die Zwillinge gesessen hatten. Dann der Rückweg. Beim Abstieg musste der Araber aus dem Gestrüpp oder hinter einem der Bäume vorgekommen sein, Susanne auf den Kopf geschlagen haben, so dass sie den Rollstuhl losgelassen hatte. So musste es gewesen sein.
Noch eine Nacht schlief sie darüber, dann rief sie bei der Polizei an. Es wurde ein Termin vereinbart, an dem Sabine Lummer im Krankenhaus vernommen werden sollte. Tanja würde dort sein.

Sabines Zustand hatte sich nach dem Besuch der Ärztin gebessert. Seitdem diese gesagt hatte, sie würde ihr beistehen, war ein Teil der Starre gewichen, die jegliches Denken blockierte. Sie sah jetzt wieder Susanne im Rollstuhl vor sich, sah auch, wie sie davonrollte und hatte das Gefühl, danach gestürzt zu sein. Als nächstes tauchten das Gesicht des Bärtigen und die Wanderschuhe der Frau daneben auf. Es war ja möglich, dass der Araber auf sie gewartet, hinter sie getreten war und zugeschlagen hatte. Aber weder sehen konnte sie das, noch sich daran erinnern. Das letzte, das auch jetzt von ihm vor ihr auftauchte, war sein freundliches Gesicht und sein Winken, als er den Weg wieder nach unten gegangen war. Auch seine Worte.
No work, no family, no money.
Und je öfter sie darüber nachdachte und sich den Mann vorstellte, erschien es ihr nicht so unwahrscheinlich, dass er auf sie gewartet und sie von hinten niedergeschlagen hatte. Eben so, wie die Frau Doktor Finkelstein es gesagt hatte. Mit diesen Gedanken, die ganze Nacht ließen sie Sabine nicht los,

wurde auch das andere Bild, das immer wieder auftauchte und in Sekundenschnelle verschwand, schwächer, das Bild, in dem sie sich die freie Fläche verlassen sah, sah, wie sie sich umschaute, bevor sie mit einem Eins, zwei, drei, die Hände von den Griffen des Rollstuhls nahm und Susanne davonfuhr.

Zwei Tage später gab sie in Anwesenheit der Ärztin zu Protokoll, dass sie ein Araber aus dem Flüchtlingsheim vermutlich niedergeschlagen hatte und es so zu dem Unglück gekommen war. Die Ärztin war erleichtert, die Patientin wieder orientiert zu sehen, ihre Stimme entsprach der, die Tanja kannte. In ein paar Tagen könnte sie entlassen werden, wenn es keinen Rückfall gab. Aber sie oder Schwester Gertrud würden täglich nach ihr sehen.

Sofort nach den Aussagen von Sabine Lummer begaben sich die Beamten zur Flüchtlingsunterkunft in dem ehemaligen Feuerwehrgebäude. Die Aufregung dort war groß, es sprach sich schnell herum, dass Polizei im Haus war. Wenn Polizei kam, blieb niemand ruhig, egal, ob mit oder ohne schlechtem Gewissen. Und als nach einer halben Stunde alle zusammengerufen wurden, standen dem Mann, der den Rollstuhl gefahren hatte, Schweißperlen auf der Stirn. Sie mussten die Tasche gefunden haben, vielleicht seine Fingerabdrücke. Das Smartphone hatte er an einen Kumpel im Heim verkauft, fünfzig Euro dafür bekommen, seitdem trug er die vierhundertundfünfzig Euro zusammen mit den Kreditkarten in

einem Lederbeutel unter der Unterwäsche. Er hatte noch nicht gewagt, das Geld seiner Frau zu schicken, die Kreditkarten konnte er vielleicht später benutzen oder verkaufen, denn auch im Flüchtlingsheim war bekannt geworden, dass es eine Tote in der Nähe gegeben hatte. Einer der Polizisten sagte, dass sie nichts zu befürchten hätten, sie wollten nur wissen, ob unter ihnen jemand wäre, der einer Frau geholfen hatte, einen Rollstuhl zu fahren. Einer meldete sich und sagte, dass er sie gesehen hätte, aber geholfen, nein. So ist das immer, dachte der Polizist, nickte seinem Kollegen zu und sagte:
Wenn jemand eine Aussage zu machen hat, wir sind im Büro des Leiters zu erreichen, denn er wusste, eine Denunzierung in der Menge käme einem Selbstmordversuch gleich. Kleine Geheimnisse gab es überall.

Auf keinen Fall wollte der Kumpel, der das Smartphone gekauft und bereits mit fünfundzwanzig Euro Gewinn weiterverkauft hatte, etwas riskieren. Wie hätte er wissen sollen, woher das Smartphone kam? Er könnte sagen, dass er die hübsche Frau darauf nicht einmal angeschaut hatte, bevor er die Daten löschte. Dass da keine Daten drauf gewesen waren. Das sagte er wenig später auch im Beisein des Leiters den beiden Polizisten.

Der Frisör aus Bagdad saß auf seinem Bett, als sie kamen.
Found it sagte er, zitterte und gab ihnen den Beutel.
Wir müssen Sie mitnehmen.

Der Polizist mit den dunklen, wüsten Haaren, der vielleicht sein Bruder hätte sein können, war ein oder zwei Jahre jünger als der Araber, den sie zum Auto brachten.

Der Frisör blieb bei seiner Aussage, er habe die Tasche, auf der, wie er vermutet hatte, seine Fingerabdrücke waren, gefunden, habe das Smartphone und das Portemonnaie genommen und die Tasche dann weggeworfen. No more, no more, immer wieder wiederholte er es. Er war panisch vor Angst. Was würde geschehen, wenn sie ihm nicht glaubten? Eine Tote. Gefängnis, Folter, Abschiebung? Wie sollte er jemals seiner Familie wieder vor die Augen treten? Sie mussten ihm glauben! Die Frau musste doch sagen, dass er ihr nichts getan hatte, nur geschoben.

Der Freund hatte Sabine vom Krankenhaus abgeholt, sie nach Hause gebracht und versprochen, ihr in den ersten Tagen beizustehen, bei ihr zu bleiben. Das tat gut, noch immer konnte sie nicht in das Krankenzimmer gehen, noch immer packte sie ein Zittern, wenn sie nur an Susanne dachte. Die Zeit wird Gras darüber wachsen lassen, so hatte man bei ihnen zuhause gesagt. Das hoffte sie. Dass sie alles vergessen konnte. Alles, auch dieses Bild! Und als er sagte, vielleicht solltest du die Wohnung verkaufen, hier erinnert dich ja alles an Susanne, da hob sie abwehrend die Hände, schüttelte heftig den Kopf und brach in einen Weinkrampf aus, so dass er erschrak.

Der Anruf des Anwaltes, der den Araber vertrat, versetzte sie erneut in große Aufregung. Was wollte der Mann von ihr? Es war doch abgeschlossen, sie hatte alles gesagt, so, wie sie sich erinnerte.
Seine Stimme war freundlich, aber auch bestimmt. Ich hätte sie gern persönlich gesprochen. Es gibt da ein paar offene Fragen für mich. Es wäre nett, Sie könnten sie mir beantworten.
Sabine fühlte ein Unbehagen wachsen. Was konnten das für Fragen sein? Sie wusste ja, was sie zu sagen hatte. Wenn es sich nicht vermeiden ließ, dann sollte er doch kommen, der Freund war ja noch da.
Übermorgen um zwei Uhr, sagte sie.

Der Anwalt war ein Mann um die fünfzig, dunkelhaarig, auch die Haut dunkler, als es hier üblich war, salopp gekleidet, er hatte einen braunen Ordner unter dem Arm. Sie waren gerade mit dem Mittagessen fertig, der Freund räumte die Spülmaschine ein und bot Kaffee an.
Würden Sie mir bitte den Vorfall aus Ihrer Erinnerung schildern, sagte er und rührte die zwei Teelöffel Zucker, die er genommen hatte, unter den Kaffee.
Es ist für Frau Lummer schwierig genug, was passiert ist, soweit ich weiß, hat sie doch den Vorgang der Polizei geschildert. Sie hat ihre Zwillingsschwester verloren, wenn Sie sich vorstellen können, was das bedeutet.
Der Freund wollte nicht, dass Sabine, die immer noch leicht irritierbar war, erneut abstürzte.
Ich weiß, es tut mir auch leid, dass ich da nochmal etwas aufrühre, aber mein Mandant schwört bei dem Leben seiner

Frau und seiner Kinder, dass er Sie nicht angefasst hat, Frau Lummer. Und ich kenne diesen Schwur, man tut ihn nicht leichtfertig in unserer Kultur, so dass ich ihm glauben möchte. Er gibt zu, Portemonnaie und Smartphone aus Ihrer Tasche, die am Weg lag, genommen zu haben, und das bedauert er im Nachhinein, aber er bestreitet hartnäckig, Sie niedergeschlagen zu haben. Könnten Sie sich nicht täuschen? Könnte es Ihnen nicht auch schwindelig von der Anstrengung der Wanderung geworden sein, so dass sie gefallen sind und den Rollstuhl nicht mehr halten konnten? Wenn das stimmt, was er sagt, dann hat er sich nicht der Körperverletzung mit Todesfolge schuldig gemacht, dann ist er, schlimm genug auch das, ein einfacher Dieb und wird möglicherweise auch deshalb abgeschoben.

Während der Rede des Anwaltes bewegte sich Sabine bis an den Rand des schwarzen Loches, das sie in der Klinik Tag für Tag verschluckt hatte. Sie wusste plötzlich nicht mehr, wie alles gewesen war, hatte der Mann ihr gegenüber recht, war sie gefallen, war es nicht der Araber, oder war da nicht noch eine andere Geschichte gewesen? Doch dann besann sie sich, sah den Mann, der ihr noch am Morgen geholfen hatte, aus dem Gebüsch kommen, spürte den Schlag auf dem Hinterkopf und sagte:
Es war so, wie ich es der Polizei gesagt habe. Dem habe ich nichts hinzuzufügen. Es tut mir leid.

Es würde eine schwierige Gerichtsverhandlung für seinen Mandanten werden, die Ärztin hatte ausgesagt, dass Frau Lummer ihre Schwester aufopfernd gepflegt hatte, dass sie sich weigerte, sie in ein Heim zu geben, sie betreuen wollte, solange es nur ging, hatte sie als eine starke, integre Frau beschrieben. Doch diese Frau, die ihm gegenüber saß, über die er auch bereits einige Erkundungen eingezogen hatte, machte eher den Eindruck, dass sie selbst Hilfe und Unterstützung brauchte.

Einen spannenderen Krimi schreibt auch der Berndorf nicht.
Tom hatte Tanja schon eine ganze Weile atemlos zugehört.
Ich verstehe nicht, warum der Mann nicht zugibt, dass er Frau Lummer niedergeschlagen hat, da ist doch die Wunde, sagte Tanja.
Na, erstens würde das für ihn das Aus, jedenfalls hier in Deutschland, bedeuten, vielleicht auch, weil er es nicht getan hat. Oder weil er es nicht getan haben möchte. Weil er kein schlechter Mensch sein möchte. Und das ist er wahrscheinlich auch nicht. Aber wenn man die Situation genau betrachtet, dann ist es doch eine sehr schwierige Situation für ihn hier. Tom hatte sich warm geredet, jetzt stutzte er. Seine eigene Theorie brachte ihn auf einen Gedanken.
Hast du mir nicht erzählt, dass die Lummerschwester unter so etwas wie einem Gedächtnisverlust gelitten hat, als du sie besucht hast?
Ein Schock.
Kann es sein, dass ein solcher Schock die Realität verändert?
Manchmal schon, jedenfalls ist es nicht unmöglich.
Dann wäre es doch eine Erklärung dafür.

Ach Tom, du mit deinen Krimis, die Frau Lummer hat sich einfach eine Weile nicht erinnert. Das ist alles. Und der Araber ist ja nicht der erste, der sich auf diese Weise Geld beschafft hat. Vielleicht wollte er nicht, was er verursacht hat, aber ich bin überzeugt, dass Sabine Lummer die Wahrheit sagt.

Später, da war Tom schon im Bett, dachte sie noch einmal an den ersten Besuch im Krankenhaus, als sie am Bett gesessen und versucht hatte, die Erinnerung der Patientin wiederzubeleben. Der Araber, hatte Frau Lummer mit dieser Kinderstimme gesagt. Und wer hatte zuerst von dem Schlag gesprochen?

Der Anwalt erreichte, dass der Angeklagte wegen Diebstahls vor Gericht stand. Die Krankenhausbefunde der Patientin Sabine Lummer trugen dazu bei, dass das Gericht deren Aussage nicht als eindeutigen Beweis für die Schuld des Angeklagten bewertete. Nun kam der nächste Schritt. Er wollte alles versuchen, dass es nicht zu einer Abschiebung des Frisörs kam, fand, die Chancen stünden nicht schlecht. Der hatte ihn bei seinem letzten Besuch im Untersuchungsgefängnis umarmt und gefragt: Any hope?

Epilog

Mohamed hatte sich Zeit gelassen, um nach Homs zu kommen. Von Istanbul aus war er Stück für Stück weitergereist. Er wollte Zeit gewinnen, sehen, wahrnehmen, sich ein Urteil bilden, damit seine Entscheidung die richtige wurde.
Er hatte einige Straßennamen, auch die Adresse von Hassans Eltern im Kopf, dort wollte er vorbeigehen und Grüße ausrichten. Immer wieder blieb er zwischen den Trümmern der zerstörten Häuser stehen. Was für ein anderer Eindruck, wenn man dort wirklich steht und geht, wo alles in Schutt und Asche liegt. Die Aufnahmen schaffen Distanz, aber das hier packte einen. Erstaunt stellte er fest, dass in diesem Chaos noch immer Familien lebten, allerdings waren kaum Menschen auf den Straßen. Er glaubte, sich an die Beschreibung einer Häuserzeile zu erinnern, in deren Nähe die Eltern leben mussten, Straßenschilder sah er keine. Er blieb stehen.

Plötzlich fühlte er einen heftigen Schlag im Rücken, der ihm das Weitergehen unmöglich machte. Dabei wollte er vorwärts gehen, wollte zu Hassans Eltern, doch seine Beine folgten nicht dem Befehl, sie sackten ein und er fiel zur Seite. Dort fand man ihn später.

Danksagung

Dank allen, die mich mit ihren hoffentlich unbedachten Äußerungen dazu gebracht haben, dieses Buch zu schreiben.

Weitere Bücher von Sigrid Kleinsorge
(erhältlich bei amazon.de)

Die Abuela

Roman

Mit der Geburt ihres Enkels bekommt das Leben der Margarethe Rechtler einen Sprung. Es ist nicht nur der Name Maria-José, wie sollte sie den jemals erklären, treudeutsch wie sie seit Generationen waren, der sie irritiert und Fragen aufwirft, die ihr an traditionellen Werten orientiertes Leben in Frage stellen.
Wie die Außenwelt um sie herum eine andere wird, so verändert sich gegen alle inneren Widerstände auch die Betrachtung und Beurteilung ihrer kleinen Welt.

Das Achte Zimmer

Roman

Eine ehemalige Anwaltskanzlei wird zum Haus der Glückseligkeit, aber auch zur letzten Station von acht Menschen zwischen fünfundsiebzig und fünfundachtzig. Mit dem Eintritt in die Gemeinschaft leben sie unter anderem Namen weiter, Namen, mit denen sie etwas verbinden, das in ihrem Leben gefehlt hat. Eine von ihnen, Marilyn, stirbt. Als mögliche Nachfolgerin zieht Sarah für sieben Tage auf Probe in die Enge und Geborgenheit dieser Idylle. Tag für Tag erfährt sie mehr von den Träumen und von den Wunden, die das Leben jedem geschlagen hat. Da ist Margot, die Tänzerin, Sigmund, der Arzt, Humphrey, der Anwalt, Al, das Finanzgenie, Anne, die Analytikerin, Grace, die Klavierspielerin und Ernest, der Literaturprofessor, sieben Menschen, die täglich aufs Neue ihr Welttheater inszenieren, sich eine Bühne für das schaffen, das sie bisher nicht verwirklichen konnten. Und da ist Samantha, ein junger Mann aus Sri Lanka, der das Leben der Alten in seinen Händen hält. Wird Sarah sich entschließen können, dort ihr Leben als Marlene zu beenden?

Das Trio
Roman

Jutta Hein zieht in eine Seniorenresidenz, obwohl sie noch in der Lage wäre, allein in ihrer Wohnung zu leben. Dort sieht man sie in Gesellschaft von zwei Frauen und einem Mann im Rollstuhl, von deren Seite sie kaum weicht. Warum tut sie das? In welcher Beziehung stehen die vier Menschen zueinander? Das fragen sich auch ihre Tochter Lore und die Enkeltochter Emilia. Mit dem Aufrollen der Lebensgeschichten der vier Personen, die aus verschiedenen Ländern kommen, werden nach und nach Verbindungen sichtbar, bei denen Musik und der Name Strawinsky eine tragende Rolle spielen.

Das Freitagsinterview
Roman

Nur eine Stimme ist es, die Johannas Leben durcheinanderbringt. Auf der Suche danach, zu wem sie gehört, durchlebt sie Situationen, die längst vergangen und in Vergessenheit geraten sind. Jakobs Tagebuchaufzeichnungen fügen sich nach und nach zu einer Geschichte, die mit ihrer eigenen verschlungen ist.